결혼한
여자에게

보여주고
싶은 그림

결혼한 여자에게

애인,

아내,

엄마딸,

그리고

나의 이야기

보여주고 싶은 그림

김진희 지음

이봄

결혼과 여자는 쉽게 연결이 되고 여자와 그림도 쉽게 연결이 되는데, 결혼한 여자와 그림은 생경하게 느껴지는 모순은 어디에서 기인한 것일까요.

그림은 누군가에게 보여주기 위하여 화가의 마음과 생각을 담아 그려집니다. 우리는 그림을 보면서 그가 어떤 느낌을 가졌을지 더듬어봅니다. 어두워지는 거리를 내다보면 유리창으로 바깥 풍경과 함께 자기 얼굴이 반사되어 보이듯, 그림을 통해 우리는 화가의 생각과 함께 나의 마음을 돌아보게 됩니다.

마음의 평안을 위해 균형만큼 중요한 것도 없을 거라 생각합니다. 자신의 안을 들여다보는 눈과 외부 상황을 바라보는 눈 사이에 균형이 깨지면 고통이 찾아옵니다. 자기가 책임질 수 없는 것까지 다 책임지려드는 일만큼 아픈 것도 없고, 자기 문제는 하나도 보지 않은 채 주변에 대한 푸념을 늘어놓는 일만큼 답답한 것도 없으니까요.

이 책의 지은이는 쉽지 않은 이 균형을 잘 잡으면서, 그림과 함께 자신의 이야기를 조곤조곤 들려줍니다. 이야기를 읽고 그림을 보면서, 문득 반사되어 보이는 내 얼굴을 돌아보게 되었습니다. 내 안의 나 자신과 끊임없이 나누는 대화, 그러면서도 나를 둘러싼 환경과의 소통 역시 놓치지 않는 모습이 마치 오랫동안 못 만난 친구의 얼굴에 새겨진 세월의 흔적에 대해, 슬프고도 아름다운 이야기를 듣는 기분이었습니다.

많이 알수록 많이 보인다고 하는 단순하고도 심오한 진리를 이 책을 통해 다시 한 번 경험함으로써, 잊고 있던 내 안의 나에게 그윽한 시선을 던지는 기회가 되면 좋겠습니다.

— 문지현(정신과 전문의, 『좋은 배우자를 만나는 법』 지은이)

세상이 아름다워보이는 건
어머니, 당신이 내 마음속에 별을
담아주셨기 때문입니다.

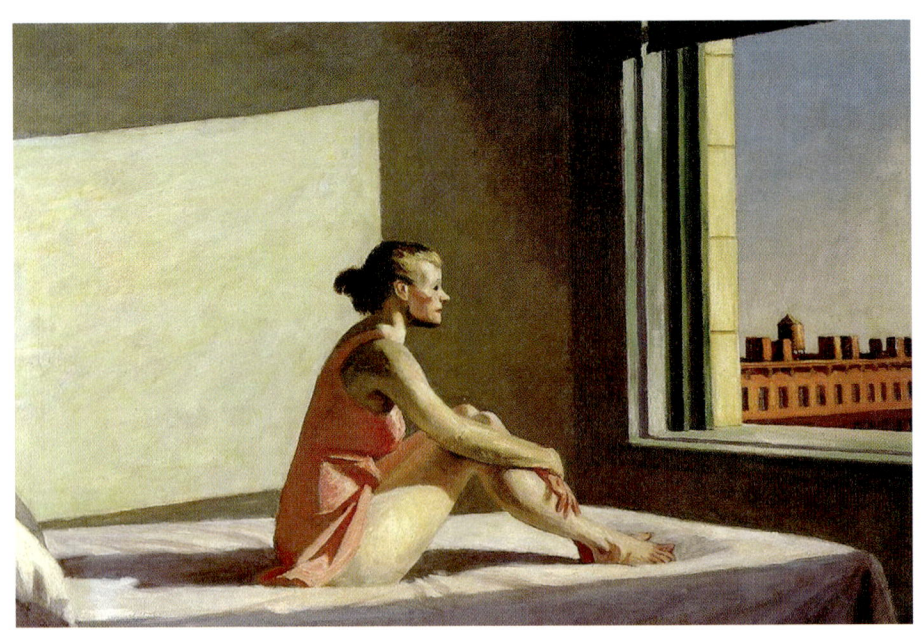

에드워드 호퍼,
「아침의 태양」,
1952년, 캔버스에 유채,
71.5×101.98cm,
오하이오 콜럼버스 미술관

이 책의 시작은 친정 엄마가 권하신 육아 일기였습니다. 지금은 아홉 살인 아들이 갓 돌을 넘겼던 그때, 양쪽 집안의 첫 혼사로 태어난 첫 아이는 고요히 잠든 모습만으로도 온 가족에게 기쁨과 설렘을 안겨주는 이야깃거리였지요. 딸의 서툰 엄마 노릇이 안타까웠는지 문턱이 닳도록 드나들며 저와 아이를 챙겨주시던 친정 엄마가 어느 날 "니, 이래 이쁜 거를 키우면서 우째 육아 일기도 안 쓰노"라며 책망하듯 한마디 하셨습니다. 그제야 일기를 써보려고 컴퓨터를 켰습니다. 그런데 당황스럽게도 저는 단 한 줄도 쓰지 못하고 멍하니 앉아 있다가 모니터 전원을 꺼버리고 말았습니다. 아이가 자라는 모습을 보며 느낀 환희와 경이로 가득 찬 글을 쓰며 행복을 확인할 수 있을

줄 알았는데, 오히려 저는 뭔가 불편하고 심지어는 억울하기까지 했던 것 같습니다. 하지만 누구에게도 그런 얘기를 털어놓을 수는 없었습니다. 결혼한 지 얼마 안 된 새댁이 품에 아이까지 안고 자신의 절망을 공공연히 이야기하기란 쉬운 일이 아니거든요.

답답한 심정에 혹시 나와 같은 누군가가 이런 마음을 기록한 책을 찾아보면 좀 낫지 않을까 해서 서점에 갔던 적도 있습니다. 그런데 막상 찾아본 엄마들의 이야기는 모두 충만함에 관한 것들뿐이었습니다. 때문에 저는 행복의 조건을 갖추고도 행복하지 못한 제 자신을 더욱 이해할 수 없었습니다.

그러던 어느 날, 우연히 화가 에드워드 호퍼의 그림 「아침의 태양」에서 제 마음의 정체와 맞닥뜨릴 수 있었습니다. 그림 속에는 누가 보아도 지치고 쓸쓸한 표정의 여자가 떠오르는 아침 해를 향해 멍하니 앉아 있습니다. 열어놓은 창을 통해 빛이 쏟아져 들어오는데 그녀의 얼굴 어디에도 아침을 맞으려는 의지는 보이지 않습니다. 오히려 또 다시 떠오른 태양과 그것이 강요하는 하루를 살아야 한다는 진부한 절망의 기색만이 선명합니다. 마주한 창밖 어디에도 그녀가 원하는 것을 들어줄 것 같은 세상의 흔적은 없습니다. 탈출구가 없는 풍경을 마주한 여인의 모습. 어쩌면 저와 같은 누군가 깊은 숨을 토해내며 견딘 오늘이 그 안에 있는 것 같았습니다. 이 그림을 처음 보았던 당시 저 역시 외롭고 지쳐 나아갈 곳을 알지 못한 채, 끝도 없이 방황하고 있었습니다.

돌이켜보면 그 당시는 그저 제 삶에서 변화가 필요했던 시기였다는 것을 이제야 알겠습니다. 나 자신만으로 가득 찼던 삶에서 벗어나 가족들을 돌보고 집의 온기를 지켜가는 엄마와 아내로 성장할 수 있도록 삶의 부력을 키워야 했던 '결정적인 시기'였던 것입니다.

이 글은 지나온 제 자신에 관한 기록이기도 하고, 동시에 저와 같을 누군가를 위해 터놓은 마음의 기록이기도 합니다. 삶이란 스스로 웃는 법을 배우는 것임을 겨우 깨달은 제가 독백으로 시작해 마침내 고개를 들고 대화를 청하기 시작한 이 책이 누군가 스스로의 마음을 읽어내는 데 도움이 될 수 있다면 그것으로 소임을 다한 것일 테지요. 빈방에 찾아든 빛처럼 때로 쓸쓸하고 표정 없는 글들이지만 부디 마음을 열고 제 초대를 받아주시길 바랍니다. 또, 함께하는 그림들과 대화하며 자신만의 이야기를 이어가시기를 조심스레 희망합니다. 그림 속의 세상은 이렇게 아름다우니까요.

2013년 늦은 봄
김진희

"결혼은
일찍이 어떤 나침반도 항로를 발견한 적이 없는
거친 바다다."

– 하인리히 하이네

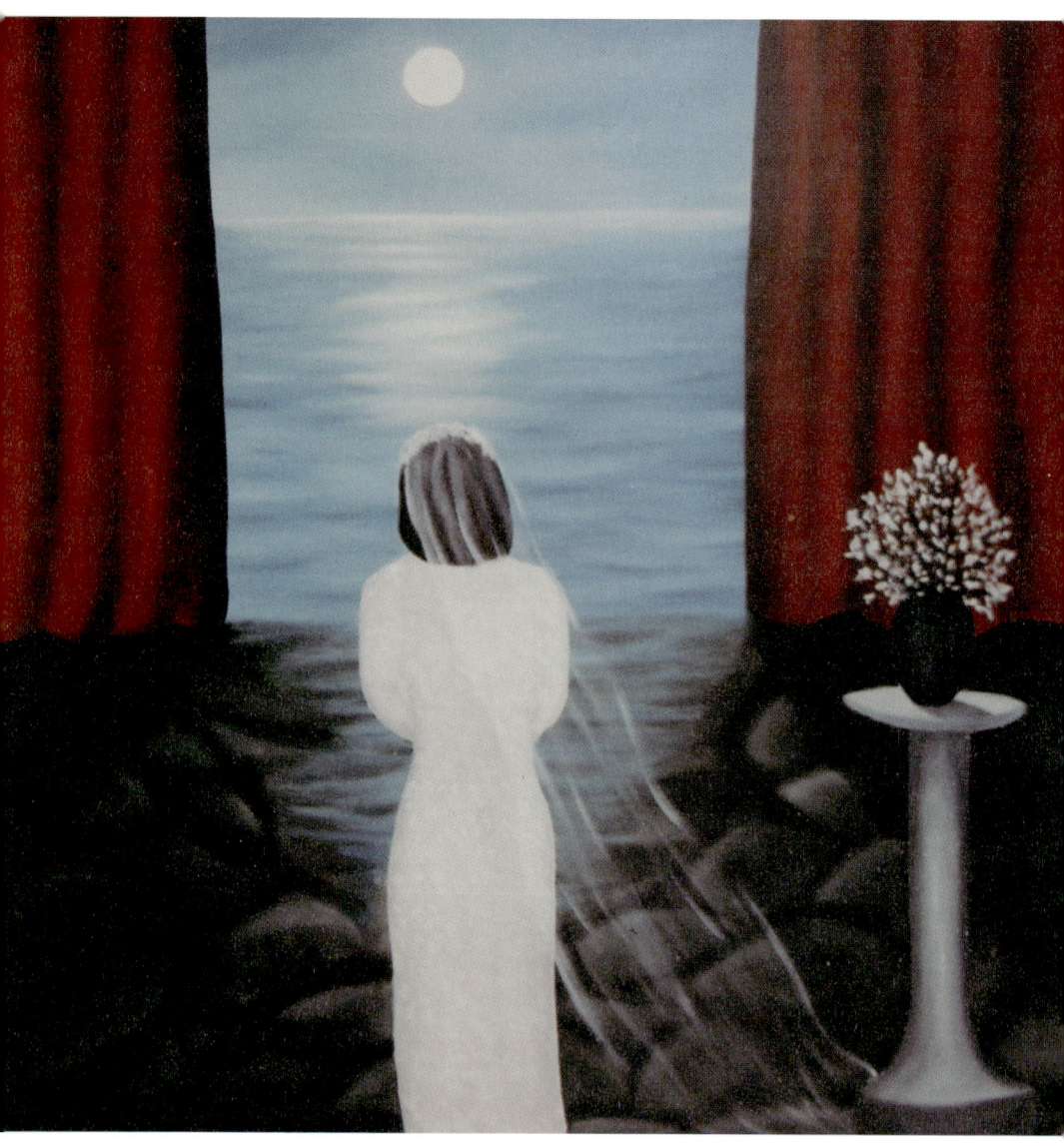

1부

나의

그 여자와 그 남자

결혼식

김원숙,
「Moon Bride」,
1983년.
캔버스에 유채.
51×41cm

"조용히, 담담히 서서 자기 앞에 다가온 사랑을 온몸으로, 온 마음으로 맞이하는 신부. 나는 우리 모두의 마음속에 있는 이 영원한 신부의 모습을 그렸다."

재미화가 김원숙이 그린 이 결혼식에는 신랑은 없고 신부 혼자 서 있다. 이제 막 피어날 꽃처럼 탐스레 그려지는 서양의 신부들과 달리 족두리를 지고 가마 밖으로 수심 어린 얼굴을 조심스레 내미는 우리네 옛 신부의 진지한 떨림이 느껴진다. 결혼이라는 판도라의 상자를 열었던 나의 이야기도 바로 이 그림처럼 시작되었다.

결혼은 누구나 언젠가부터 간직하게 되는 하나의 꿈이다. 비록 그것이 나이가 들어 정착해야 할 시기에 일어나는 흔한 사건 중 하나일지라도 누구나 결혼에 관한 그림은 마음속 어딘가에 간직하고 있을 것이다. 그것은 단순히 하얀 웨딩드레스를 입은 모습일 수도 있고, 평생의 동반자와 함께 아침을 맞는 행복한 그림일 수도 있고, 혹은 세상이라는 대지에 가족의 뿌리를 내리고 번성시키는 커다란 의미의 무엇일 수도 있다.

그림 속 그녀에게 결혼은 아름다운 신부가 되어 햇빛처럼 찬란한 베일을 쓰는 것이다. 향긋한 꽃으로 엮은 부케를 들고 수줍게 행복의 문으로 걸어 들어가는 것. 문 안의 세상은 그녀에게 지금의 자신을 넘어서는 존재를 사랑하게 되리라는 확신을 주는 곳이다. 오늘 그녀는 신부가 되었다. 그리고 곧 평생을 함께할 이와 사랑을 맹세하는 거룩하고 성스러운 순간을 맞이할 것이다. 마음은 설렘과 불안으로 흔들리고 있지만 그녀는 주저 없이 미지의 문 안으로 발걸음을 옮길 수 있다. 그녀에게 결혼이란 희망에 가득 찬 그 무엇이기 때문이다.

세상의 모든 것들이 행복과 불행, 밝음과 어둠처럼 상반된 것들이 짝을 이루고 있듯이 결혼 역시 시작이자 끝이다. 그 안에서 행복할 수 있다면 불행의 순간도 있을 것이고, 지쳐 돌아서고 싶거나 기쁘기 그지 없는 순간이 공존할 것이다.

　　그녀는 오늘 자신의 결혼식에서 두 눈을 꼭 감고 기도한다. 아직 아무도 들여놓지 않은 문 안의 뜰에서 자신이 가까이 할 수 있는 것이 절망보다는 희망이기를, 그 끝에서 행복을 얻지 못하더라도 믿음을 잃지 않기를 기도한다. 어차피 결혼이라는 것이 '누리는' 것이 아니라 '견디고 가꾸는' 과정이라면 지금 그녀의 기도가 희망과 믿음을 향해 있다는 것이 얼마나 다행인가.

사랑은
마법처럼
찾아왔다

우리는 일을 위해서 혹은 차를 마시거나 함께 식사를 하기 위해서, 또는 축구를 하거나 장례 절차를 위해서 사람들을 만난다. 하지만 사랑을 하기 위해 사람을 만나지는 않는다. 사랑은 우리가 찾아가서 만날 수 있는 것이 아니라 사랑이 우리를 찾아올 때만 드물게 만날 수 있는 특별한 손님이기 때문이다.

영화 〈남과 여〉에서 장과 안이 만나는 것처럼, 〈비포 선라이즈〉에서 제시와 셀린이 만나는 것처럼, 아이들 학교에 갔다가 혹은 기차를 탔다가 우연히 마주치는 것이 사랑이다. 준비가 되어 있다거나, 자격을 갖추었다거나 하는 것은 사랑의 조건이 되지 못한다. 찾아오면 아무리 애를 써도 거스를 수 없는 것이 사랑의 속성이다.

남편의 첫인상은 길을 가다 스친 누군가처럼 낯설고 평범했다. 그는 외모가 멋있어서 혹은 옷맵시가 좋아서 보고만 있어도 기분이 좋아지는 사람도 아니었고, 서점에서 책을 고를 때나 미술관에서 그림을 감상할 때 적절한 조언을 해줄 수 있는 사람은 더더욱 아니었다. 하지만 영화를 보다가 아버지가 떠오른다며 눈물을 흘리거나, 내가 남긴 밥을 스스럼없이 먹는 모습에 그만 반하고 말았다. 스스로도 알 수 있었다. 카프카의 고독을 모르고 브람스의 세련됨을 몰라도 이 사람을 밀어내어서는 안 될 것 같았다.

결혼을 결심한다는 것은 두려운 일이다. 그러나 휴가를 떠났다가 돌아오지 못하고 낯선 곳을 삶의 터전 삼아 살아가는 사람들처럼, 새로운 세상에서의 새로운 삶에 대한 두려움을 압도하는 무엇인가가 결국엔 생각지도 못했던 일을 하도록 용기를 준다. 이성의 힘으로 분별하기 어려운 그것은 환한 기쁨 같은 것, 그리고 따뜻한 그 무엇이다. 서로가 내민 손을 잡았을 때, 델 것처럼 뜨거운 진심뿐인 마음을 받았을 때, 우리는 지금까지 자신이 똑바로 서서 직진하고 있던 것이 아니라 살짝 기울어진 채 알지 못하는 방향으로 나아가고 있었다는 사실을 깨닫게 된다. 나에게 운명의 연인과 함께 찾아온 사랑은 '빛'이었다.

화가 마르크 샤갈에 관한 이야기에는 으레 그의 아내 벨라가 등장하곤 한다. 벨라 로젠필드와 샤갈은 첫눈에 서로에게 끌렸고, 그녀의 사랑과 격려는 샤갈의 세계를 이끌어준 근간이었다. 샤갈은 그녀가 죽고 나서 한동안 붓을 들지 못했다. 두 사람의 사랑은 과연 어떤 것이었을까. 흔한 사랑은 아니었겠지만, 그들이라고 위기와 갈등의 순간이 없었을 리 없다. 어쩌면 부부가 엮어가는 관계의 본질은 함께 헤쳐나온 서로의 존재에 대한 경의라는 것을 샤갈과 벨라도 잘 알고 있지 않았을까. 결혼은 갈등과 대립의 연속이다. 누구도 그것에서 자유로울 수 없다. 그럼에도 사랑과 믿음을 놓지 말아야 한다. 그것의 시작이 사랑이었다면 마지막까지 그래야 한다.

벨라가 떠나고 8년이 지나 발렌티나 브로드스키와 재혼한 샤갈은 열정적으로 작업을 하며 새로운 매체에도 손을 댔는데, 그중 하나가 스테인드글라스였다. 그리하여 파리 동북부의 작은 도시 랭스에 있는 대성당에서는 온통 파랗거나 보랏빛인 샤갈의 빛이 오늘도 사람들을 축복하고 있다. 사실 그 빛은 자연광으로 발현되는 것이 아니라 내부에 설치된 형광등의 힘을 빌린 것이다. 태양의 변화에 따라 신의 축복처럼 성당 안으로 쏟아지는 빛을 기대했던 화가가 그 사실을 알고 실망했던 것처럼 아름다운 모든 것에 숨겨진 반갑지 않은 비밀에 서늘한 마음마저 든다. 언제까지나 영원할 것 같던 사랑과 늘 나만 바라볼 것 같던 연인도 온데간데없이 기억 속에서만 반짝이고 있지 않은가.

그럼에도 언젠가 따스한 오후, 랭스 대성당의 한 귀퉁이에 무릎을 꿇고 앉아 스테인드글라스를 통해 들어오는 빛을 보며, 한때 내 삶을 환하고 따뜻하게 밝혀주었던 남편이라는 빛을 기억하고 싶다.

그리고 조용히 성호를 긋고 기도할 수 있으면 좋겠다. 처음 사랑을
시작했을 때 가졌던 믿음을 언제까지나 잃지 않기를, 여전히 존재한
다고 믿고 있는 사랑에 대한 희망을 지켜나갈 힘을 잃지 않기를.

본래 'The Lovers'라는 제목으로 첫선을 보였던 이 그림은 여러 차례의 수정을 거쳐 완성되었다. 1930년대 샤갈이 파리에 머물며 꽃을 주제로 정물화를 그리던 시절 처음 캔버스에 옮겨졌으나, 지금의 모습으로 완성된 것은 1940년대 말 그가 뉴욕에 머물던 때이다. 이 시기 화가는 고인이 된 아내 벨라에 대한 애도의 시간을 견디고 있었다. 커다란 흰색 부케 뒤로 샤갈의 푸른 슬픔이 화면을 가득 채우고 있다. 오른쪽의 닭은 엑스선을 투과해보면 처음에 천사였음을 알 수 있다. 벨라의 죽음이 아니라면, 어쩌면 뉴욕으로 이주하기 전처럼 밝은 그림으로 완성되었을지도 모를 이 그림은 아내의 죽음으로 뜻밖에 마주해야 했던 사랑의 본질, 그 필연적인 소멸성을 보여주는 것만 같다.

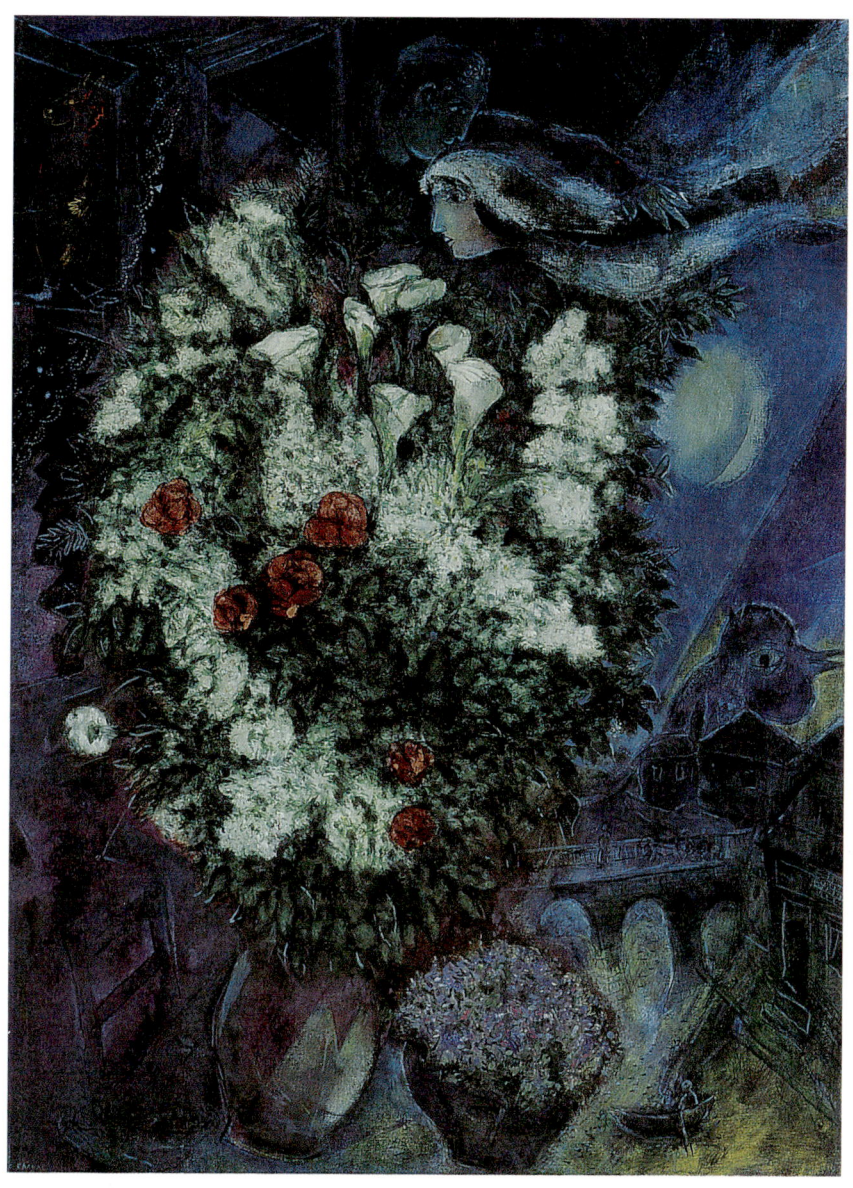

새벽의
떨림

내가 꿈꾸었던 청혼은 샌프란시스코의 금문교 아래에서 총총한 별들을 이고 별빛처럼 반짝이는 순수한 마음을 고백받는 것이었다. 날이 밝아 수면 위로 잔잔히 떠오르는 태양을 함께 바라보며 그의 아내가 되고 싶었다. 그렇게 어릴 때 읽었던 수많은 동화책의 주인공들처럼 행복하게 오래오래 살고 싶었다.

실제로 내가 청혼을 받았던 장소와 시간은 꿈에 그렸던 것과 크게 다르지 않았다. 깜깜한 밤이었고, 장소는 한강이었다. 하지만 내가 원했던 낭만과는 거리가 멀어도 한참 멀었다. 남편은 몇 날 며칠 동안 손수 만들었다는 야광 스티커를 붙인 검은 티셔츠에 'would you marry with me?'라고 적고는 눈을 감으라고 한 뒤 뒤를 돌아

'짠'하고 나타났다. 나는 당황하기도 했지만 문법이 틀린 문장을 보고 웃음부터 터졌다. 서로의 눈을 바라보며 영혼의 대화로 마음을 전달하는 청혼은 이미 깨진 꿈이었다. 남편이 선물한 것은 개그 프로그램의 한 코너처럼 과장된 웃음이었다. 겸연쩍어 하는 그와 웃을 수밖에 없었던 내가 어색한 모습으로 그렇게 하자고 약속한 것이 우리 부부의 시작이었다.

"뭘 할 건데?"
"글쎄, 나도 몰라. 그냥 여기 저기 돌아다닐 건데, 네가 있으면 더 재미있을 것 같아."

만난 지 10여 분밖에 되지 않은 남자가 양손의 엄지손가락을 세워 힘을 주고 연신 기차 창밖을 가리킨다. 잠시 망설이던 여자는 마침내 가방을 챙겨 그를 따라 함께 기차에서 내린다. 보고 또 보아도 아름다운 영화 〈비포 선라이즈〉의 셀린과 제시 이야기다. 결혼하고 이 영화를 다시 보면서 남편이 나에게 청혼했을 때, 그 역시 제시와 같지 않았나 하는 생각이 들었다. 앞으로 어떻게 될지 알지 못하지만 그래도 함께하고 싶다는 마음. 그것이 어색한 웃음과 함께 그가 내게 전달하려 했던 진심이었을 것이다.

많은 부부들이 기쁨에 들떠 함께 내린 결혼이라는 결정을 후회하고 절망하고 번복한다. 나 역시 그날의 우리와 나를 원망했다.

그러나 시간을 돌린다 해도 우리는 서로를 자신의 삶에 초대하려 애쓰고 또 받아들였을 것이다. 타인과 함께 살아가는 것이 어떤 것인지 전혀 모르는 두 사람에게 그것은 오차마저 희박하여 언제나 발생 가능한 사건이기 때문이다. 서로가 있어 행복했던 새벽녘 제시와 셀린은 이렇게 이야기한다.

"정말 이상해. 이 시간을 우리가 만들어낸 것 같아. 서로의 꿈 속에 나타나는 것처럼."

사랑의 시작은 언제나 꿈같다. 그것이 당혹스러울 정도로 뚜렷한 현실이라면 감히 누가 정신을 잃고 온몸을 바쳐 뛰어들려 하겠는가. 그래서 제시와 셀린도 사랑의 정점에서 다시 만날 것을 약속하고 헤어지는 것이 아닐까. 결혼하고 나서 나는 세상에는 두 개의 기차가 있다는 것을 알았다. 〈비포 선라이즈〉에서처럼 누군가 우연히 만나 사랑에 빠지는 기차와 현실과 이상의 대립 속에서 고뇌하는 『곰스크로 가는 기차』의 기차처럼 말이다. 사랑은 환상이고 결혼은 현실이라는 상투적인 말처럼 결혼해서 살다 보면 사람들은 전자의 기차에서 내려 어느덧 후자의 기차에 앉아 있는 자신을 깨닫고 경악하게 된다.
결혼생활은 나날이 빠져나올 수 없는 덫이 되어 자신을 옭아매고, 꿈꾸던 것으로부터 영영 멀어지게 만드는 것 같은 배우자와 마주한 채 아침을 맞이하고 밤을 메우고 있다는 생각을 하게 된 우리는 '곰스크'라는 이상향을 찾기 위해 현실을 부정할 수밖에 없는 소설의 주인공이 된다. 하지만 소설의 가장 유명한 부분처럼, '사람이 원한 것이 곧 그의 운명이고, 운명은 곧 그 사람이 원한 것'이다. 한때 운명이라고 여겼던 사람이 내가 원했던 사람이 아닐 수는 있다. 그렇지만 적어도 그때는 내가 그 사람을 원했고, 그래서 그 사람이 나의 운명이 되었다는 것을 다시 한 번 생각해본다면 곰스크로 가는 기차에서 내려 결혼이라는 현실로 돌아갈 수 있을지 모른다.

9년 후 셀린과 제시는 다시 만난다. 제시를 잊지 못해 결혼하지 못했다는 셀린과 결혼했지만 셀린을 잊을 수 없었다는 제시. 결국 미국으로 출발하는 비행기를 타지 않은 제시는 새로운 관계가 시작되리라는 기분 좋은 암시를 남기고는 셀린이 부르는 달콤한 왈츠 속으로 사라진다.

이제 곧 붉은빛으로 은은하게 세상을 물들이며 해가 질 것이다. 그리고 아직 세상의 온갖 허물을 속속들이 밝힐 태양은 시야 밖 저 멀리에서 다시 떠오르기를 기다릴 뿐이다. 결혼의 현실이야 어떻든 푸른빛의 동이 트기 전 여린 세상의 품 안에서 아직은 사랑을 꿈꿀 때다. 그것이야말로 사랑에 빠진 연인의 신부가 될 사람이 지녀야 할 최고의 덕목일 것이다.

영화 〈비포 선라이즈〉를 본 사람이라면 셀린과 제시가 밤을 보낸 공원을 기억할 것이다. 막 사랑을 시작한 두 사람이 함께 보았을 밤하늘의 별들을 생각하면 그 설렘이 내 것 같다. 벨기에 출신의 상징주의 화가 윌리엄 드구브 드 넝크는 파스텔로 윤곽의 긴장을 늦춰 밤의 장막이 잘 녹아든 공원을 부드럽게 묘사했다. 사랑을 꿈꾸는 사람들에게 밤은 아주 훌륭한 배경이다. 사물을 분별하기 어렵게 만들어 새로운 것의 잉태를 가능하게 하기 때문이다. 밤과 새벽 사이, 그리고 작가의 무의식이 투영되었을 신비한 마력의 공간은 서로에게 무심해진 부부도 그 시작은 떨림과 사랑이었음을 다시금 떠올려보게 한다.

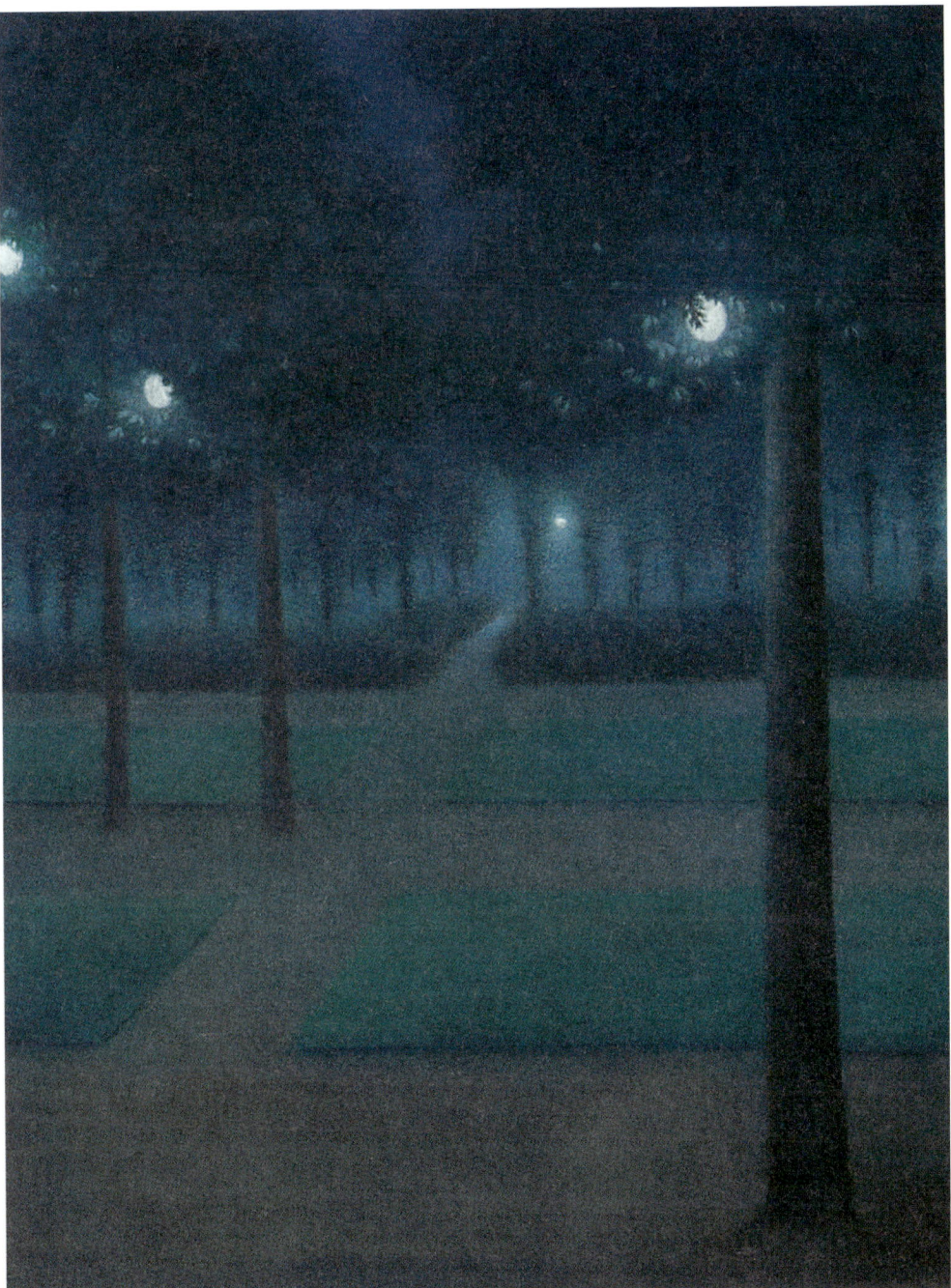

두 권의   두 개의
낡은 앨범   새 숟가락

"결혼은 상대를 이해하는 극한점이다." _『팔만대장경』 중에서

첫 부부 싸움은 신혼여행을 다녀온 지 며칠 지나지 않아 일어났다. 시어머니가 몇 가지 당부를 하셨는데 대화의 방식이 나에게는 너무 직접적으로 다가왔다. 불만은 당연히 남편에게 향했고 기강이라도 잡으려 했는지, 남편은 나를 무시한 채 시어머니 편으로 돌아서버렸다. 우리는 냉랭한 상태로 저녁 식사를 억지로 하고 말없이 TV를 보다가 등을 돌리고 잠이 들었다. 남편이 어찌나 남 같았던지, 꽤 오랜 시간이 지난 지금도 그날 일을 생각하면 서운해진다.

윤이 나는 새 숟가락 두 개만이 신혼집 살림의 전부는 아니다. 각자 들고 온 두 권의 낡은 앨범과 그 속에 들어 있는 사진 한 장 한

장이 지닌 사연과 의미를 이해하는 것부터 진정한 세간 장만의 시작이다. 나를 만나기 전까지 상대가 살아온 시간의 흔적과 기억, 그리고 그로 인해 생긴 습관과 상처의 골을 알아주고 보듬어주는 과정을 거치지 않고서는 진정한 부부가 될 수 없다.

결혼은 시작이다. 단지 새 집에 새 가구를 들이고 사랑하는 사람과 일상을 공유하는 피상적인 변화 말고도 새로운 가족과 갈등을 겪고 풀며 새로운 관계를 정립해야 하는 혼란과 소란의 장이다. 마음의 준비를 하는 것은 그러므로 몹시 중요하다. 시간이 걸리기는 했지만 나 역시 그날 시어머니가 해주신 말씀은 나를 위한 진심이었다는 것과 남편이 그렇게 할 수밖에 없던 이유도 알게 되었다. 요새는 남편과 다투더라도 이유를 먼저 생각해본다. 대개의 경우 그 답은 오래된 남편의 앨범 안에서 구해진다. 늘 완전한 답을 주지는 못하지만 적어도 실마리를 찾을 수 있게 도와주기는 한다.

사람이 어떻게 타인을 완전히 이해하고 받아들일 수 있겠는가. 죽는 날까지 나 자신과도 화해하지 못하는 부분이 있을 텐데 말이다. 다만 상대방의 사소한 습관조차 견디기 어려운 순간이 왔을 때 적어도 더 기다려야 하는지, 더 이상 여지조차 주지 말아야 하는지를 결정할 수 있도록 그 사람을 알아야 한다. 우리가 순간순간 내리는 작은 결정들이 결국엔 관계의 지도를 그려가는 연결점들이 되기 때문이다. 부부라는 관계의 특수성과 그것이 요구하는 깊이의 정도를 고려한다면 앨범 속의 사진 모두 어떤 의미가 없기란 힘들다.

내키지 않는다고 내다 버릴 수는 없는 노릇이다. 이미 삶은 개인의 울타리를 벗어나 새로 산 한 권의 가족 앨범에 차곡차곡 정리되고 있으니 말이다.

김원숙,
「Forever Orchard」,
2010년, 캔버스에 유채,
92×137cm

이 그림은 마치 성서에 나오는 아담과 이브의 낙원을 묘사한 것 같다. 남자와 여자가 있고 두 사람은 풍성하게 열린 열매들을 수확하고 있다. 서로의 아픔과 상처를 보듬고 부부의 마음밭을 가꾸며 두 사람이 함께 살아가는 여기가 바로 낙원이라고 말하는 것 같다.

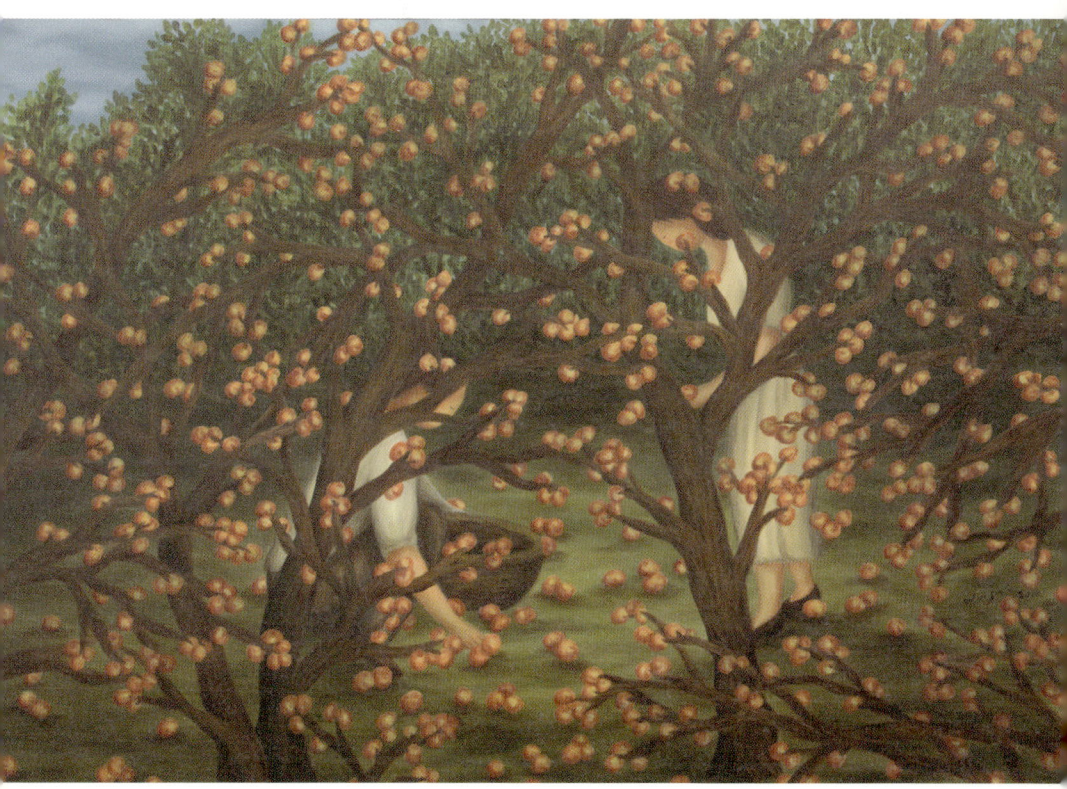

남편과
이방인

"들어와서 수영 좀 해. 시원하다."

"아니야, 나는 여기가 좋아. 신경 쓰지 마."

"덥지 않아?"

"괜찮아. 여기서 그냥 책 읽을게."

한여름 수영장의 천막 아래에서 나는 비닐이 녹는 냄새를 맡으며 반쯤은 지루하게 책을 읽고, 남편은 세상에 태어나 처음으로 물에 들어간 사람처럼 천진하게 수영장의 끝과 끝을 오가고 있었다. 오래된 수영장의 천막 너머 8월의 태양은 그 아래에서 살아가는 인간을 조롱하듯 내리쬐었다. '오늘 어머니가 돌아가셨다. 어쩌면 어제였는지도 모른다'로 시작하는 알베르 카뮈의 소설 『이방인』에서처럼 누군가 태양 때문에 살인을 저질렀다고 말해도 순간 그럴 수 있겠다고 생각이 기울어질 정도로 햇빛은 강렬했다.

내가 영국의 유명한 화가이자 사진가인 데이비드 호크니를 좋아하게 된 것은 그의 작업에 자주 등장하는 수영장 때문이었다. 수영장은 추리소설 속 살인사건이 일어나기에 적합한 비현실과 현실이 공존하는 공간이다. 아마도 그때 내가 수영장에 있었기 때문일 것이다. 아무런 사건도 일어나지 않았지만 나는 홀로 분주히 현실과 비현실의 경계를 넘나들고 있었다. 문득 남편을 알고 나서 처음으로 내가 어떤 낯선 남자를 만나 사랑에 빠져 결혼까지 했다는 사실을 발견했다. 다음 순간, 남편은 갑자기 수영하는 낯선 남자가 되었다.

거기까지 다다른 과정을 제대로 설명하기는 어렵다. 하지만 내가 이대로 도망쳐버리고 싶다는 충동에 사로잡혀 있다는 것을 아까부터 두근대고 있는 심장이 알려주었다. 나는 왜 이런 이상한 생각으로 흥분한 것일까. 반복적으로 물속으로 들어갔다 나왔다 하는 남편의 동그란 머리는 여전히 무아지경에 빠져 있었다. 정신을 차리려 애를 쓰는데 수영장 물의 소독약 냄새가 울렁거리는 속으로 가득 밀려왔다. 도무지 불안을 떨쳐낼 수가 없었다. 그 와중에도 집에 가서 여권과 가방을 챙겨 영영 나를 찾을 수 없는 곳으로 도망치는 내 모습을 떠올렸다. 범죄를 꾀하고 있는 사람처럼 나는 희생양이 될 대상과 눈을 맞출 수 없었다. 혹시 남편에게 들킬까 봐 손에 땀이 나고 조바심이 나면서도 엉덩이는 반쯤 들려 당장이라도 일어날 것만 같았다. '지금이 마지막 기회야. 도망칠 거야 말 거야?'

　　결혼해서 우리의 보금자리를 꾸미기만 하면 충분할 것이라 믿었고, 그래서 결혼을 결심했다. 하지만 막상 연인이었던 남자와 한집에 살며 생활의 전반을 함께하면서 나는 예상하지 못한 장면과 맞닥뜨리고 종종 당황했다. 결혼 전 우리는 무척 자주 만났고, 나는 내가 그 남자를 잘 알고 있다고 여겼다. 그러나 곁에서 본 그에게는 내가 모르는 면들이 너무 많았다. 신문을 본 다음 제대로 접어두지 않거나 양말을 벗어 아무 데나 던져놓는 것부터 별것 아닌 일에도 불안해 잠을 이루지 못하는 모습까지, 그는 내가 알고 있던 그 남자가 아니었다. 게다가 이제 더 이상 나를 만나러 내가 사는 집으로 오는 것이 아니라 해가 지면 자기 집으로 돌아오는 생활인이 되었으니, 그 남자는 나의 감정 변화나 나의 하루 혹은 내가 원하는 특별한 주말 같은 것으로부터 점점 멀어졌다.

　　돌이켜보면 갑작스레 내 등을 '탁' 하고 치고 간 두려움에 떠밀려 그제야 남편이란 존재를 인식한 것이었다. 우리는 같은 공간에서도 완벽하게 분리될 수 있는, 원래부터 무척 다른 사람들이었다는 사실도 새삼 떠올랐다. 외출하지 않는 날엔 샤워하는 것을 귀찮아하거나, 친구와 전화로 수다를 떨며 웃다가 울다가 심각했다가 다시 소란스러워지며 감정의 끝과 끝을 바삐 오가는 내 모습도 그에게는 낯선 것도 모자라 외계인처럼 보이리라는 것도 알 것 같았다. 그 즈음이나 혹은 그 이전에 이미 나 역시 남편에게는 한집에 살고 있는 이상한 행동을 일삼는 낯선 여자가 아니었을까. 그러므로 나는 스스로에게 면죄부를 주고 싶다. 가방을 싸들고 떠나고 싶었던 충동이 나에게만 일었으리라는 보장은 없으니 말이다.

지금은 남편과 함께하는 결혼생활이 당연하지만, 무지한 상태로 결혼에 덤벼들었던 당시의 나에게 남편의 존재나 결혼의 실체는 온몸으로 넘어서야 하는 통과 의례였다. 몇 번이나 두려워 도망치고 싶었지만 결혼의 구속력은 번복을 허락하지 않았고, 두고두고 두려워 떨쳐내고 싶었지만 나 아닌 한 사람 몫의 인생, 남편을 받아들여야 했다.

"이 사회에서 어머니의 장례식에서 울지 않는 사람은 죽음으로 규탄해도 좋다."

『이방인』의 모티프가 되었다는 문장이다. 카뮈는 소설을 쓰기 오래 전 이 문장을 떠올렸다고 하는데, 역설적이게도 그의 주인공 뫼르소는 어머니의 죽음에 그저 당황할 뿐 슬픔의 감정을 비치지 않는다. '뫼르소는 사회의 주변을 떠돌며 삶의 언저리를 방황하는 인물입니다. 그러나 세상에 대고 거짓말하는 것을 거부해 태양빛 아래 자기 감정을 적나라하게 드러내는 가엾은 남자입니다'라고 작가는 책의 서문에서 밝혔다. 그렇다면 이 사회에서 남편의 존재를 혼란스럽게 여기는 여자는 어떤 벌을 받아야 할까. 여전히 남편도 함께 이끌어가고 있는 결혼생활도 내 것이라는 실감을 하지 못하는 나는 아무래도 이 사회의 이방인인 것 같은데 말이다.

카뮈는 말한다. 사람들은 사는 것을 단순화하려고 매일 실제 느끼는 것보다 과장된 말들을 하며 살아간다고. 벌을 면하려고 궁리해보아도 보이는 것은 한 가지뿐이다. 함께한다고 믿고 있지만, 만나는 순간 서로의 삶을 비껴가며 늘 서로의 주변에 머무는 우리 모습. 과연, 남편에게 나는 어떤 존재일까. 내게 그는 이제 제법 익숙해진 낯선 사람인데 말이다.

빔 헬든스,
「주의가 산만해진」,
2011년, 캔버스에 유채,
75×55cm,
네덜란드 개인 소장
(BP Portrait Award 대상
수상작)

신혼 초 퇴근하는 남편을 마중 나간 적이 있다. 평소보다 일찍 도착한 그는 맞은편 출구로 나와 집을 향해 걷고 있었다. 골똘히 생각에 빠져 아무리 불러도 알아차리지 못하는 남편에게서 나는 처음으로 낯선 남자의 모습을 보았다.

그림 속 젊은 남자는 작가가 자신의 그룹 초상화에 종종 등장시키는 '제로엔'이다. 그는 자기만의 생각에 빠져 있다. 주의가 흐트러져 멍해진 시선은 그 향한 곳을 알 수 없다. 제로엔을 잘 아는 누군가 이 그림을 본다면 내가 그날 남편을 보았을 때와 같은 기분이 들지 않을까. 가까운 사람에게 나와 공유할 수 없는 영역이 있다는 것을 알았을 때 느끼는 미묘한 배신감. 우리는 어쩔 수 없이 내가 모르는 상대의 감춰진 모습에 서운함과 소외감을 느끼고 만다. 하지만 모든 관계에서 교집합을 제외한 나머지는 각자의 영역이 아니겠는가.

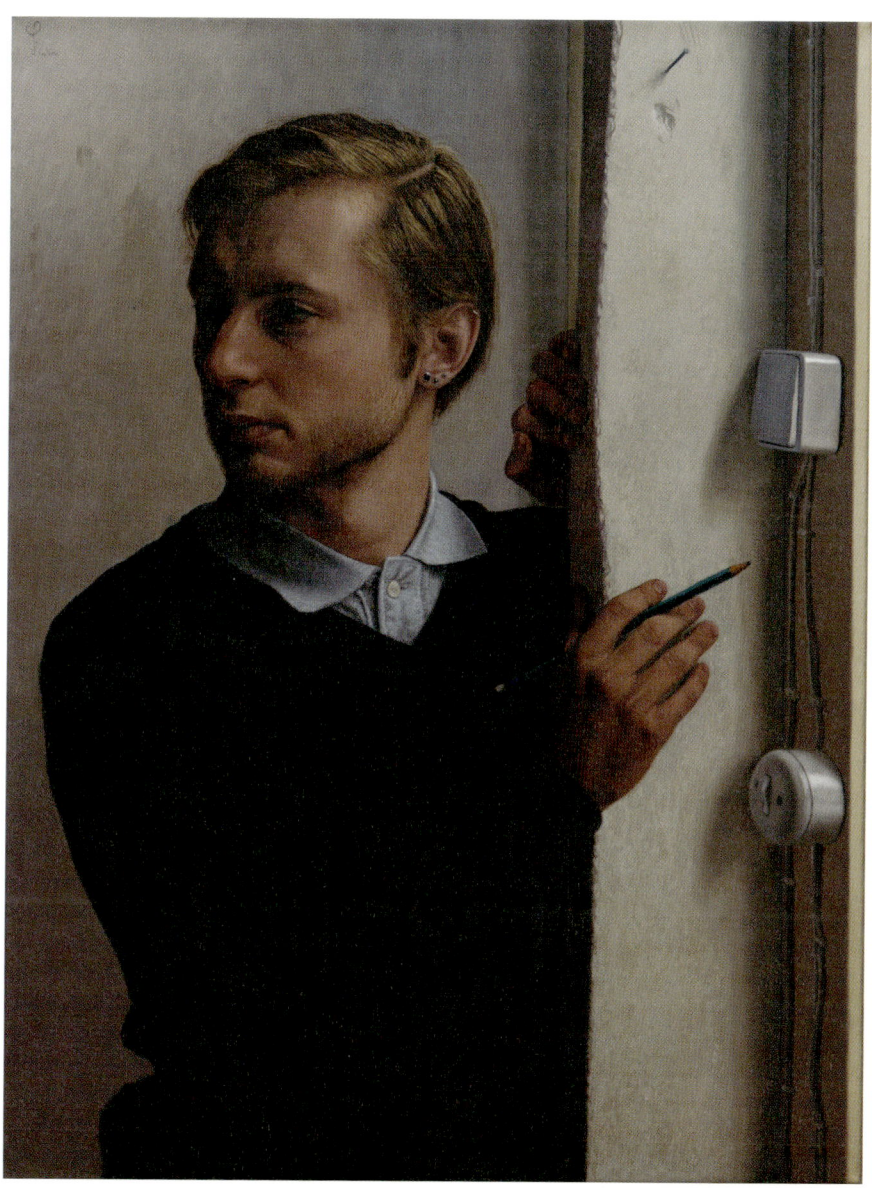

남편의
신발을
신었을 때

"어머니가 계속 칭찬을 늘어놓고 있는 동안 아시마는 불현듯 억누르기 힘든 충동을 느꼈고, 남자의 구두 속으로 가만히 자신의 두 발을 넣어보았다. 구두 안에 가시지 않고 남아 있던 남자의 땀과 자신의 땀이 뒤섞이자 그녀의 심장은 마구 뛰기 시작했다. 그때까지 남자의 몸에 닿은 경험으로 치자면, 이것이 아마 가장 그에 가까운 것이었으리라. 가죽엔 주름이 잡혀 있었고, 무거웠으며, 아직도 체온이 남아 따스했다. 왼쪽 구두에 묶여 있는 구두끈이 구멍 하나를 건너뛴 것이 눈에 들어왔다. 남자의 이런 작은 실수에 아시마는 이내 마음이 가라앉았다."

인도계 미국작가 줌파 라히리의 소설 『이름 뒤에 숨은 사랑』에 나오는 내용이다. 선을 보러 집에 온 남자가 부모님과 대화를 나누는 동안 아시마는 어머니가 준비해놓은 진한 녹색 사리로 갈아입고 문득 손님이 오면 신발을 벗어두는 곳을 떠올린다. 잠시 후 아시마의 눈에 들어온 것은 미국에서 인도로 신붓감을 구하러 온 아쇼크의 신발이다. 콜카타 어디에서도 보지 못한 전혀 새로운 모양의 신발에 호기심을 느낀 열아홉 살 아시마는 두 발을 넣어본다. 아쇼크의 실수 덕분인지 인연 덕분인지 결국 아시마는 그와 결혼하게 된다.

　　남편의 신발을 신어본 적이 있는가? 대충 함께 신는 슬리퍼 같은 것 말고 일터에 갈 때나 외출할 때 신는 구두나 운동화처럼 나 없는 곳에서 남편의 생활이 묻어나는 신발에 두 발을 진지하게 넣어본 적이 있는지? 구두를 닦기 위해 한번쯤 손으로 잡아보았을 법은 하지만, 마음먹고 다른 이의 신발을 신어보는 것은 흔한 일은 아니다. 오히려 남편이 미워 걷어찬 적이 있다면 모를까.

　　무척 더운 여름이었다. 일 욕심에 가족은 아랑곳하지 않던 남편이 자정이 지나 귀가한 밤, 문단속을 하다가 방금 벗어놓은 남편의 신발이 눈에 띄었다. 반만 신은 채 현관문의 빗장을 걸어 잠그려고 구두에 발을 넣었다. 신발 안은 남편이 하루 종일 흘린 땀으로 축축했다. 그것은 마치 전원이 꺼졌는데 완전히 멈추지 못하고 희미하게 돌아가는 기계처럼 '윙' 하는 소리를 내고 있었다. 나는 순간 울컥하고 말았다. 신발 속의 땀과 나의 땀이 섞였을 때 아시마와는 반대로 마음이 아팠다. 다른 사람들은 모두 잠이 들었을 늦은 시간에도 남편의 신발은 여전히 뜨거운 채로 현관에 버려져 있었다. 곧 오늘의 가동을 멈추고 싸늘하게 정지하겠지만 내일이면 어제와 같이 부지런히 제 주인을 따라 자기 역할을 할 것이다.

살다 보니 남편이 고울 때보다는 밉거나 원망스러울 때가 더 많았다. 하지만 그 축축하고 미지근한 신발에 발을 넣고 서서는 남편을 미워할 수가 없었다. 이렇게 늦은 밤에야 그 사람을 멈추게 하는 것이 일과 성공에 대한 욕망뿐은 아니리라는 생각때문이다. 가끔 '가장'과 '장남'이란 짐이 무겁다고 말하던 남편의 억울할지도 모를 속내를 조금은 알 것 같았다. 그에게도 스무 살 시절의 꿈이 있었을 텐데 어쩌다 지금은 가정을 꾸려나가기 위해 하루 꼬박 하고도 지난 시간까지 자기 자신은 버려두게 됐을까. 안타깝고 측은한 마음에 맨손으로 신발 겉에 묻은 먼지와 흙을 털고, 뭉클해지는 마음은 혹시 남편이 알아차릴까 봐 서둘러 감추었다.

사실 남편은 내게 언제나 풀지 못한 숙제였다. 나는 그를 미워할 수도, 사랑할 수도 없었다. 모든 것이 너무 복잡했고, 답을 구했다고 여긴 순간 또 다른 문제가 막아섰다. 그러던 어느 날 우연히 한 그림을 보았다. 그림의 제목도 작가도 알지 못했지만 나처럼 수수하다 못해 허름한 차림의 여인이 눈에 들어왔다. 그녀는 있는 그대로의 모습으로도 위엄을 잃지 않고 있었다. 화가가 이젤 앞에 그녀를 세웠던 것 역시 같은 이유였을 것이라 생각했다. 낮은 조명 아래 그림을 그리는 남편 앞에 부끄럽지도 감정이 앞서지도 않은 모습으로 선 화가의 아내를 보고 있으면 두 사람 사이가 어떤 것인지 대략 짐작할 수 있다. 나를 알아주는 사람이 있을 때, 잊고 있던 아름다움도, 잊고 있던 자신을 향한 열망도 긍정할 수 있다.

'그 사람을 알려면 그의 신발을 한번 신어보라'는 말이 있다. 신발에는 주인의 기쁨과 당혹, 기대와 좌절의 순간이 여과 없이 기록된다. 그래서 시간이 지나면 기나긴 길을 걸어온 개인의 발자취가, 어떤 기운이 서려 있게 마련이다. 손을 통해서는 사람의 욕망을 읽을 수 있다. 신발을 통해서는 숨겨진 속마음의 면면을 엿볼 수 있다. 남편은 술에 취하지 않으면 속내를 잘 털어놓지 못한다. 그렇게 자라도록 교육받았기 때문이다. 어렴풋이나마 남편의 속을 엿보게 된 나는 곰살궂은 아내는 못 되도 가끔 남편의 마음을 슬쩍 알아주는 척한다. 그러다 보면 어느덧 조금은 가까이 마주하게 되고 문득 내가 좋은 아내가 된 것 같은 착각을 하기도 한다.

마음을 전하는 데 말 같은 것은 필요하지 않은 순간이 있다. 남편의 신발을 신어보았던 그 다음 날 아침, 나는 이른 새벽 갓 지은 밥을 식탁에 내놓는 것으로 마음을 대신했다. 남편이 그 마음을 몰라도 상관없다. 언젠가 알게 되는 날이 올 것이다. 그것이 부부의 마음이리라.

위렌 장,
「대화」,
2008년, 캔버스에 유채,
76.2×60.96cm,
작가 소장

화가들에게는 자신만의 뮤즈가 있고, 우리는 그림에 나오는 수많은 그녀들의 아름다움에 반해 어떤 그림을 편애하기도 한다. 원래 제목이 「화가와 뮤즈」였던 이 그림을 처음 보았을 때 나는 허름한 차림의 이 여자에게서 내 모습을 보았다. 어딜 가나 수수한 차림일 수밖에 없는 전업주부인 나도 뮤즈가 되어 다른 사람 앞에 당당히 설 수 있겠구나. 희망은 벅찬 긍정을 경험하도록 해주었다. 함께해온 결혼생활에 대한 오마주로 작가가 아내를 위해 제작한 이 작품은 최근 「대화」로 제목을 바꾸어 달았다. 낮은 조명 아래 서로의 모습을 바라보며 진행되었을 작업 과정을 떠올려보면 두 제목 모두 그림과 의도에 참 잘 어울린다.

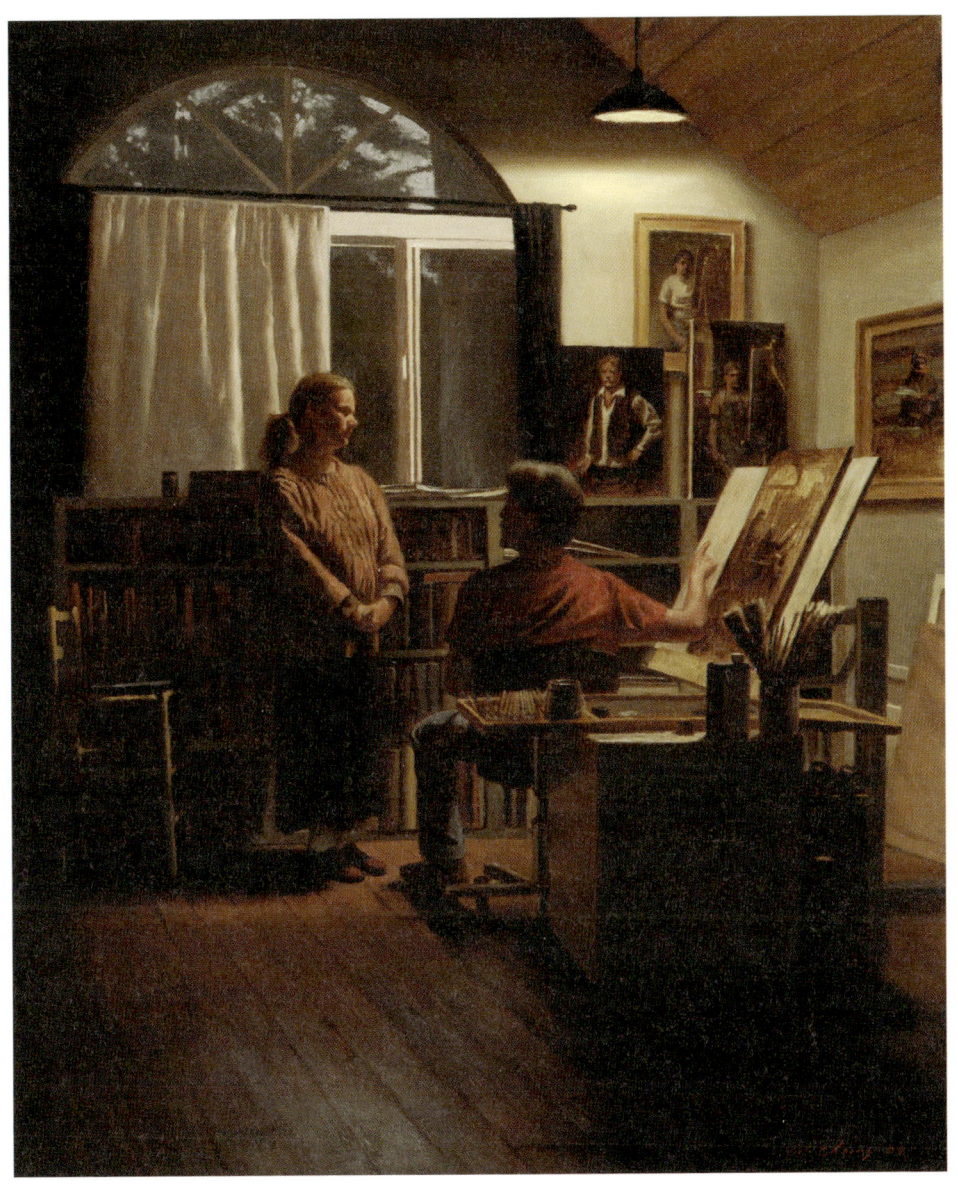

45

시작과 끝이 있는
부부라 불리는 인연

존과 나는 다코타에 있던 우리 집 부엌에 있었고, 한밤중이었다. 세 마리의 고양이—사샤, 미카, 그리고 차로—가 우리 두 사람을 위해 차를 만들고 있던 존을 올려다보고 있었다. 사샤는 새하얗고, 미카는 새까맸다. 둘 다 아름답고 세련된 페르시안 고양이였다. 반면 차로는 잡종이었다. 존은 차로에게 특별한 애정을 가지고 있었다. "차로, 넌 참 재미나게 생겼어"라고 말하며 가끔 녀석을 쓰다듬곤 했다.

"요코, 요코. 티백을 먼저 넣고 뜨거운 물을 부어야 해." 영국인인 존은 차 만드는 역할을 자처했다. 그래서 나는 포기해야 했다. 집 안에서 아무 소리도 들리지 않는 한밤중에 존이 만든 차를 마시는 것이 좋았다. 어느 밤 존이 말했다.

"오늘 낮에 미미 아주머니와 이야기를 했는데, 뜨거운 물을 먼저 부어야 한다고 하시네. 그 다음에 티백을 넣는 거라고. 맹세코 티백을 먼저 넣으라고 가르쳐주셨는데……."

"그럼, 우리 지금까지 쭉 잘못하고 있었던 거야?"

"음……."

우리는 둘 다 웃음을 터뜨리고 말았다. 그때가 1980년이었다. 우리 두 사람 중 누구도 그것이 우리가 함께 삶을 이어갈 수 있는 마지막 해였다는 것을 알지 못했다. 존이 살아 있다면 올해는 그의 생에서 70번째 해였을 것이다. 그러나 사람들은 그가 여기에 있거나 없거나 상관하지 않는다. 그들은 그저 그를 사랑하고 그 사랑 속에서 그의 존재를 지켜나가고 있다. 올해, 이 세상에서의 짧았던 40년 동안 존이 우리에게 주고 간 것에 대해 감사하는 마음을 기린다는 편지들을 나는 세계 곳곳에서 받았다.

우리가 그에게서 받은 가장 소중한 선물은 그의 말들이 아니라 그가 행한 선행들이었다. 그는 진실을 믿었고, 그것을 외칠 수 있는 용기가 있었다. 그 때문에 어떤 권력자들의 심기를 불편하게 했다는 것을 우리 모두 알고 있다. 그러나 그것이 존이었다. 그는 다른 방식을 알지 못했다. 만약 그가 지금 여기에 살아 있다면, 그는 여전히 진실을 외치고 있을 것이다. 진실 없이 세계 평화를 구현할 방법은 없을 것이다.

오늘, 그리고 그가 암살되었던 날, 내가 기억하는 것은 우리가 웃음을 터뜨리며 차를 마셨던 그 밤이다. 사람들은 말한다. 십대들은 모자에서 떨어지는 물만 보아도 웃는다고. 그러나 지금 십대들은 서로에 대해 슬프고 화나 있다. 존과 내가 십대였다고 할 수는 없을 것이다. 그러나 나의 기억 속에서 우리는 웃고 있던 커플이었다.

_오노 요코, 『뉴욕 타임스』 2010년 12월 7일 기사

1966년, 런던의 인디카 갤러리를 방문한 존 레논은 우연히 오노 요코와 만난다. 당시 갤러리의 주인이었던 존 던바가 존을 요코에게 소개했고, 마침 요코는 다음 날부터 시작되는 전시를 준비 중이었다. 존은 갤러리 안을 둘러보다가 눈에 들어오는 작품을 하나 발견한다. 관람객이 사다리를 타고 올라가 나무로 된 판자에 못을 박을 수 있도록 한 설치작품 「못을 박으세요Hammer A Nail」였다. 관람객의 참여를 유도한 발상이 꽤 재미있다고 여긴 존은 문득 못을 박고 싶어진다. 하지만 요코는 아직 전시가 시작되지 않았으니 내일 와서 해보라고 한다. 잠시 후 마음이 쓰였는지 요코는 5실링을 지불하면 못질을 허락하겠다고 한다. 그러자 존은 "그럼 당신에게 상상의 5실링을 드릴게요. 그리고 나서 상상의 못을 박겠어요"라며 재치 있게 응수한다.

서로의 영혼 깊숙이 닿았던 세기의 연인 존 레논과 오노 요코는 이렇게 만났다. 두 사람이 처음 만났던 장면에 관해서는 몇 개의 시나리오가 더 있어서 어떤 것이 확실한지 알 수는 없지만, 그들의

만남을 둘러싼 모든 이야기 속에서 매번 두 사람은 첫눈에 서로를 알아보고, 운명적인 인연을 시작한다.

그로부터 약 15년 후인 1980년 12월 8일 10시 50분경, 존과 요코는 다코타에 있는 그들의 아파트로 돌아가고 있었다. 이들이 아파트 입구에 들어섰을 때 그날 아침 존에게 사인을 받아갔던 마크 채프먼이라는 남자가 존의 등 뒤에서 네 발의 총알을 쏘았고, 근처 병원으로 옮겨진 존은 11시 7분경 사망했다. 요코에게 그 아침은 눈앞에서 남편이 살해된 순간이었다. 그러나 존이 사망한 다음 날 그녀는 통곡하는 사람들에게 "존을 위한 장례식은 없습니다. 그가 인류를 사랑하고 인류를 위해 기도했듯이 여러분도 그에게 같이 해주세요"라는 성명을 발표했을 뿐이다. 그리고 전 세계가 지켜보는 가운데 화장한 남편의 유해를 센트럴 파크에 뿌렸다. 강렬했던 그들의 인연은 그렇게 막을 내렸다.

부부라는 인연에는 그 시작과 끝이 있게 마련이다. 10년 전 낯선 사람이었던 남자는 내 데이트 상대가 되었고, 2년 후 나의 남편이 되었다. 그리고 그 남자는 6년 전 내 아이의 아빠가 되었고, 지금은 우리 집의 가장이다. 이젠 우리 인연의 처음을 떠올리면 그때 느꼈던 설렘이 어색하기까지 하다. 관계의 모양이 그때와는 달라도 너무 달라 피식하고 웃음마저 나온다. 우리 앞에 다가올 6년, 8년, 10년, 그리고 더 세월이 지나도 남편은 나와 함께 나이 들어갈 것이고, 내 아이의 아이들의 할아버지가 될 것이다. 그러다 언젠가 둘 중 누군가 먼저 자리를 비우게 되면 우리의 인연도 막을 내릴 것이다. 지난 시간 때로 서로에게 기대하며 대개는 서로를 견디며 매끄럽지 못하고 삐거덕거리는 부부라는 수레의 바퀴를 함께 몰아왔지만 마지막을 생각하면 문득 남편의 존재가 새롭다. 우리는 서로를 어떤 모습으로 기억할까.

깜깜한 밤, 티백을 먼저 넣고 물을 부을 것인지 혹은 물을 먼저 붓고 티백을 넣을 것인지 고민하다가 존과 요코는 시시한 이야깃거리에 아이처럼 웃음을 터뜨린다. 그들 사이는 그런 것이었나 보다. 둘만 있으면 충분히 기쁘고 즐거운 사이 말이다. 남편이 살해됐어도 여전히 행복한 모습으로 기억에 남는 그런 사이 말이다.

생각해보니 남편과 신나게 깔깔대고 웃어본 지가 언제인지, 그런 완벽한 순간들을 누린 적이 언제인지 아득하다. 아무것도 아닌 일로 함께 키득거리는 것조차 우리에겐 참 어울리지 않게 되었다. 남편이 되고 아내가 되어 한집에서 부대끼면서 우리에게 둘만의 추억이나 순수한 즐거움이란 어쩌면 영영 잊힌 어린 시절처럼 스스로 노력하지 않으면 회복할 수 없는 기억 속으로 사라진 모양이다.

지난여름 남편과 극장에 갔다가 소나기를 맞은 적이 있다. 영화가 끝나고 밖으로 나오자 시야를 가릴 정도로 세찬 비가 쏟아지고 있었다. 마침 아이를 데리러 유치원에 갈 시간이 되어 우리는 할 수 없이 일인용 작은 양산을 함께 쓰고 극장에서 제법 떨어진 주차장까지 가야 했다. 양산을 쓴 것이 무색하게 우리의 옷은 거의 다 젖고 말

았다. 신호등 앞에 멈추었을 때 우리는 누가 먼저랄 것도 없이 '푸후
홋' 하고 웃었다. 두 사람의 머리조차 가릴 수 없는 조그마한 우산을
받쳐 들고 물에 빠진 생쥐 꼴을 한 서로의 모습을 보고 웃지 않을 수
가 없었다.

그날 오후 나는 늘 뭔가 석연치 않았던 남편과 함께 흠뻑 비를
맞았다는 사실이 못내 즐거워 신이 났다. 영혼 깊숙이 통하는 사이가
아니면 어떠랴. 부부란 어차피 폭포수처럼 쏟아지는 감정의 소용돌
이를 안고 살아가는 것이 아니라, 가느다란 물줄기 같은 감정의 반복
속에서 인연의 겹을 하나하나 쌓아가는 사람들이다. 아마도 남편은
깨끗하게 빨아놓은 빨래나 정돈된 부엌을 보며 나를 기억할 것 같다.
현관에 벗어둔 검은색 구두를 보면서 내가 남편을 생각하듯 말이다.

남편의 기억 속에 영원히 남을지도 모를 내 모습, 혹은 우리의
모습은 오늘도 우리를 스쳐가고 있다. 무심한 마음으로 대하는 것에
익숙해진 남편, 그리고 나를 되돌아본다. 삶이란 공들이지 않아도 저
절로 쌓이는 생활의 무한한 층임을 우리 부부의 인연 앞에서 문득 깨
닫는다.

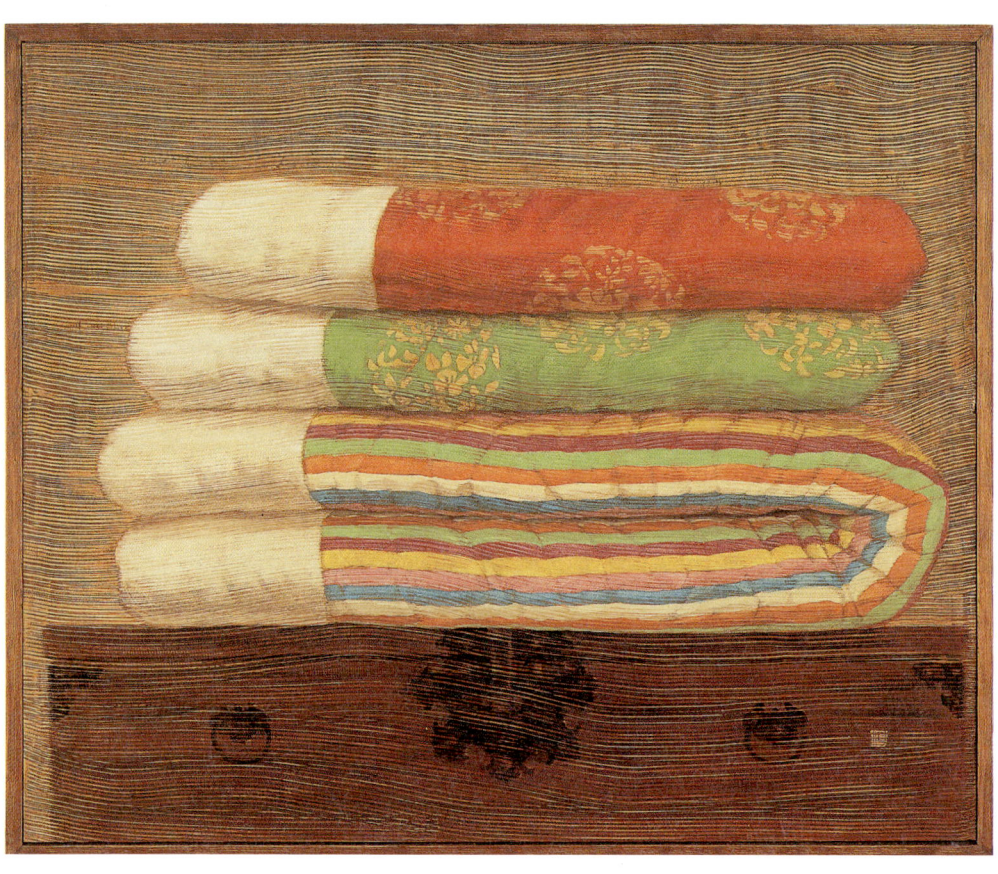

나무를 재료로 하는 작업이라면 보드에 직접 그림을 그리는 방법이나 목판화가 먼저 떠오른다. 종이와 달리 작가의 손길이 직접적으로 드러나는 나무 기반의 작업은 그 특유의 따스함이 매력적이다. 김덕용은 나무에 그림을 그리거나 오브제를 붙이는 동시에 목판화처럼 재료를 손으로 다듬고 파는 과정을 병행한다. 결과 결 사이에 작가의 숨결이 주입된 고유한 화면은 그렇게 탄생한다. 서로 쌓아온 시간의 켜가 부부를 만들어가듯, 하나하나 잘 깎고 다듬은 나무의 결 위로 청색과 다홍색의 가지런한 이불 한 채와 요 한 채가 놓였다. 서로에게 저렇게 다정하고 포근한 존재가 부부라는 듯이.

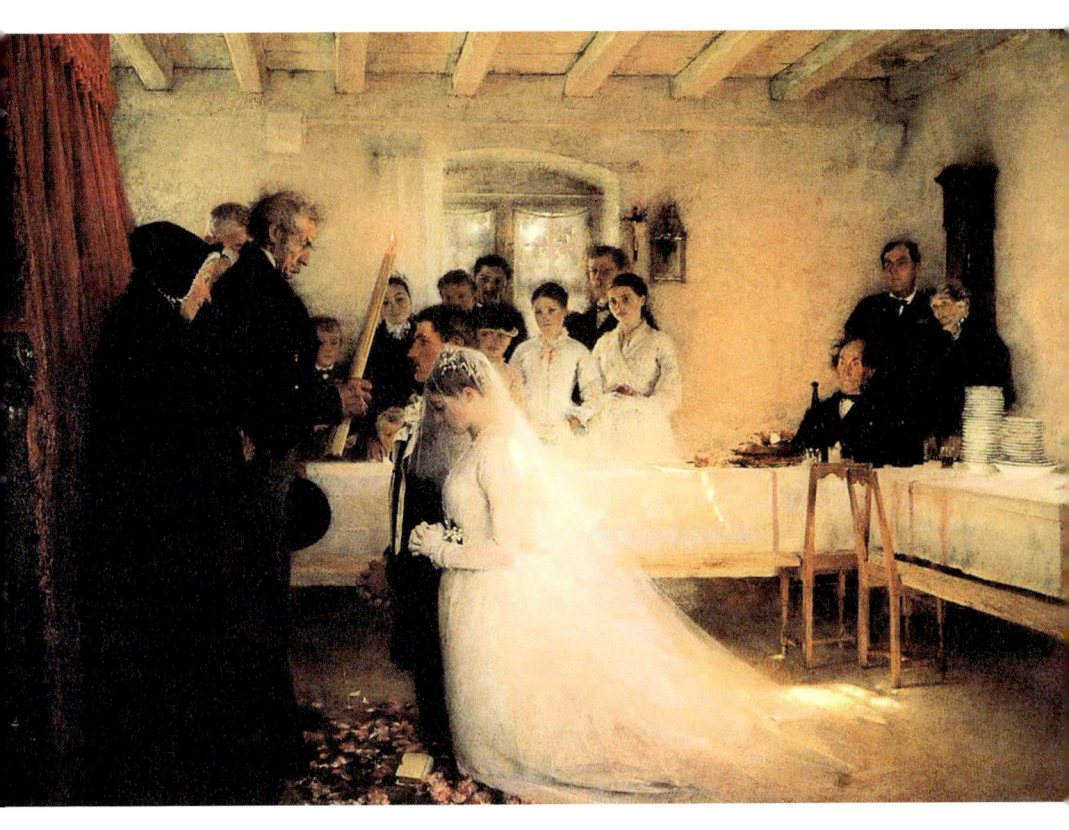

고개 숙인 신부의 얼굴에 드리워진 베일과 커튼에 반사된 은은한 빛이 아름답다. 하객들 누구 하나 딴청을 피우지 않는다. 커다란 초와 바닥에 놓인 결혼 서약서가 결혼식은 축복인 동시에 엄숙한 약속의 예식임을 상기시킨다. 기도하듯 손을 모은 것은 같지만 덤덤한 표정의 신랑과 달리 고개를 숙인 신부의 얼굴은 긴장한 듯 굳어 있다.

당시에도 지금처럼 스튜디오에서 결혼사진을 찍기도 했으니 곧 피로연이 열리고 두 사람은 첫 부부 사진을 찍을 것이다. 부부가 된 것을 '기념'하는 사진이다. 하지만 진짜 결혼사진이란 살아가면서 찍는 것이 아닐까 싶다.

파스칼 다냥 부베레,
「결혼식 전 젊은 부부를 위한 축복」,
1880~81년, 캔버스에 유채, 99×143cm
러시아 푸시킨 박물관

얼마 전 친정에 갔다가 우연히 부모님의 결혼사진을 보게 되었다. 사진 속에는 무표정한 아버지와 어딘가 희미한 얼굴의 어머니가 대가족을 배경으로 나란히 서 있었다. 시종일관 혼자서 결연해야 했던 어머니의 결혼생활을 생각할 때 그것은 지난 세월이 순간으로 내려앉은, 참으로 그럴싸한 사진 한 장이었다. 옛날보단 지금이 나아지고 달라진 것 같지만 결혼 후 대부분 잘 웃지 않게 된다는 것을 생각하면 결혼이란 여전히 카메라 렌즈 밖에서 몸으로 직접 겪어야 하는 경험의 세계임이 확실하다.

나의 진짜 결혼사진은 어떤 것일까. 하루하루 엮어가는 일상의 거대한 틀인 결혼을 한 장의 사진에 담아야 한다면, 인공적으로 만들어 잡아놓은 행복의 표정을 원하는 사람은 없을 것이다. 지나온 궤적 속에서 다양한 표정과 몸짓을 선택해 한 장의 사진으로 만들 수 있다면 그것이야말로 정직한 결혼 이야기가 되지 않을까. 아픔을 가렸던 손일지라도, 눈물로 얼룩졌던 얼굴일지라도, 극복하고 넘어선 이의 자긍심을 덧입힐 수 있다면 회한의 자국도 눈물의 자국도 없는 모습으로 사진 속에 담길 수 있을 것이다.

마음속에 간직한 결혼사진에서 나는 늘 저 멀리 원경에서 나 자신을 향해 다가오고 있다. 햇살도 쾌청하여 빨래 마르는 냄새마저 기분 좋

은 유월의 어느 날처럼 밝은 모습으로 내게 온다. 마음속에 그린 결혼사
진을 앞에 두고 결혼의 자화상은 누가 그려주는 것이 아니라 내가 만들
어가는 것이라는 흔한 진리에 다시 한 번 고개를 끄덕여본다.

결혼이라는 이름의, 발이 아픈 신발

이른 저녁을 먹고 아이를 유모차에 태운 채 우리 부부는 한강 둔치로 산책을 나갔다. 어슴푸레한 색을 띤 해가 서녘으로 기울 때 진한 커피를 마시고 싶다던 내게 남편이 선심을 쓴 날이었다. 입가에는 미소가 가득한 채 한 손에 커피를 들고 강변에 섰을 때만 해도 '행복은 이런 것이구나' 싶었다. 그런데 작은 문제가 생겼다. 급하게 나서느라 잘못 신고 나온 구두, 예전에 미국에 갔을 때 9.99달러라는 가격에 눈이 멀어 신어보지도 않고 사온 구두가 문제였다. 초여름 저녁 바람이 시원해 흐뭇하던 순간부터 발뒤꿈치에서 얼핏 신호가 왔다.

"우리 조금만 천천히 가자."

"그래, 그러지 뭐."

처음에 속도를 늦추자고 했을 때 남편은 선뜻 응했다. 오랜만에 맛보는 여유로움에 그 역시 느긋해진 모양이었다. 강 건너에는 우리가 늘 드나드는 대형 마트가 보이고, 강 위에는 아이가 잘 가지고 놀던 도로 모형과 비슷한 이런저런 다리들이 얽히고설켜 차와 사람들을 실어 나르고 있었다. 복잡한 도시의 퇴근길 자동차 행렬도 내가 속하지 않았다면 관조할 수 있는 것이 사람의 심사인지라 이따금 간간이 들려오는 짜증 섞인 '빵빵' 하는 소리마저 우리와는 무관한 소음일 뿐이었다.

하지만 발은 점점 더 아파왔다. 맨발에 신고 나온 구두의 딱딱한 가죽은 자라는 이가 간지러워 무엇이든 긁어야 하는 생쥐처럼 걸음을 디딜 때마다 조금씩 살갗을 벗기려고 호시탐탐 기회를 노렸다. 싸구려지만 자세히 보면 디자이너의 손길을 거친 듯 앞코가 사랑스러운 구두는 서너 번밖에 신지 않은 새것이어서 꺾어 신으려니 그도 내키지 않았다.

"우리 조금만 더 천천히 가자. 응?"
"왜, 힘들어서 그래? 커피 마시면서 천천히 와. 내가 유모차
밀고 먼저 갈게."

다행히 오늘따라 기분이 좋은 남편은 유모차를 밀고 저만치 앞서갔다. 뒤처진 나는 어느새 남편 몰래 아직 다 마시지도 않은 커피 컵을 슬며시 버리고 급성위염에 걸린 사람처럼 허리를 꺾은 채 걸었다. '아이고 발이야, 아이고 발이야.' 그래도 나는 계속 걸었다. 발뒤꿈치의 얇은 피부는 이미 벗겨지기 시작해 걸을 때마다 쓰라리고 따가웠다. 신발을 벗고 발을 살펴보았더니 뾰족하게 튀어나온 앞부분은 빨갛게 짓눌렸고 발목 아래쪽은 살갗이 벗겨져 있었다.

　그럼에도 나는 걸어야 했다. 나는 남편에게 내가 신발을 잘못 신고 나왔다는 사실을 알리고 싶지 않았다. 세상에 태어나 단 한 번도 미리 우산을 준비하지 않아서 비를 맞은 적이 없었을 법한 꼼꼼하고 촘촘한 남편이 하는 그 말, "그러니까 내가 뭐라고 했어"를 오늘은 듣고 싶지 않았다.

　결혼은 기대를 충족시켜주지 않는다. 각자의 기대는 어긋날 수밖에 없으며, 애당초 그 기대란 것은 현실 밖 수많은 우연의 결과가 낳은 환상으로부터 온 것이다. 결혼은 오히려 발에 맞지 않는 신발 같은 것이리라. 고통 속에서도 쉽사리 벗어던질 수도 구겨버릴 수도 없는 그런 것 말이다. 배우자는 생각보다 깐깐하고 방탕하거나 게으르고, 의외로 도덕적이지 못하고 냉정하고 자기 자신밖에 모르는, 좀처럼 나아질 기미가 없는 사람이기 쉽다. 남편은 남자친구가 아니라 쉽게 헤어질 수도 없다는 친구의 체념처럼 길을 가다가 발이 아파울 수 있는 것은 어린아이에게나 가능한 일이다. 그러므로 우리는 앞으로 가야 한다. 잠깐 서서 통증을 달랠 수는 있겠지만, 결국 일어나 다시 앞으로 나가야 한다.

그 저녁 우리의 산책은 옆 상가에 새로 생긴 샌드위치 가게를 구경하는 것으로 끝이 났다. 집으로 돌아와 나는 군데군데 빨갛게 상처 난 발을 따뜻한 물로 씻고 잠자리에 들었지만 욱신거리는 것은 발뿐만이 아니라 마음속도 마찬가지였다. 캄캄한 천장을 멍하니 바라보며 누워 있는데, 남편은 옆에서 아무것도 모른 채 벌써 잠들어 있었다. 각기 다른 외쪽 신발 두 개가 만드는 신발 한 켤레의 족적이 결혼생활이다. 짝을 이루고 싶지 않더라도 외발로는 오래 걸을 수 없다는 것을 우리는 잘 알고 있다. 상대방이 어떻게 걷고 있는지 찬찬히 살피며 발걸음을 맞추어가다 보면 모양이 다른 두 개의 발자국이 나란할 것이다.

발이 아플 때는 신발일랑 시원스레 벗어던지고 앉아 쉬어볼 일이다. '그 사람이 그 사람'이고 '세월이 약'이라는 유행가 가사처럼 복잡한 감정마저도 흥얼흥얼 넘기면 분명 다시 일어나 걷고 싶어질 것이다. '귀를 뚫어본 사람이 결혼할 준비가 된 사람'이라는 말이 있다. 고통을 겪은 대신 몸에 보석을 지닐 수 있기 때문이라고 한다. 부부되기의 힘겨운 과정을 지혜롭게 극복한 두 사람의 얼굴에서는 보석처럼 반짝이는 미소가 환히 빛날지도 모른다.

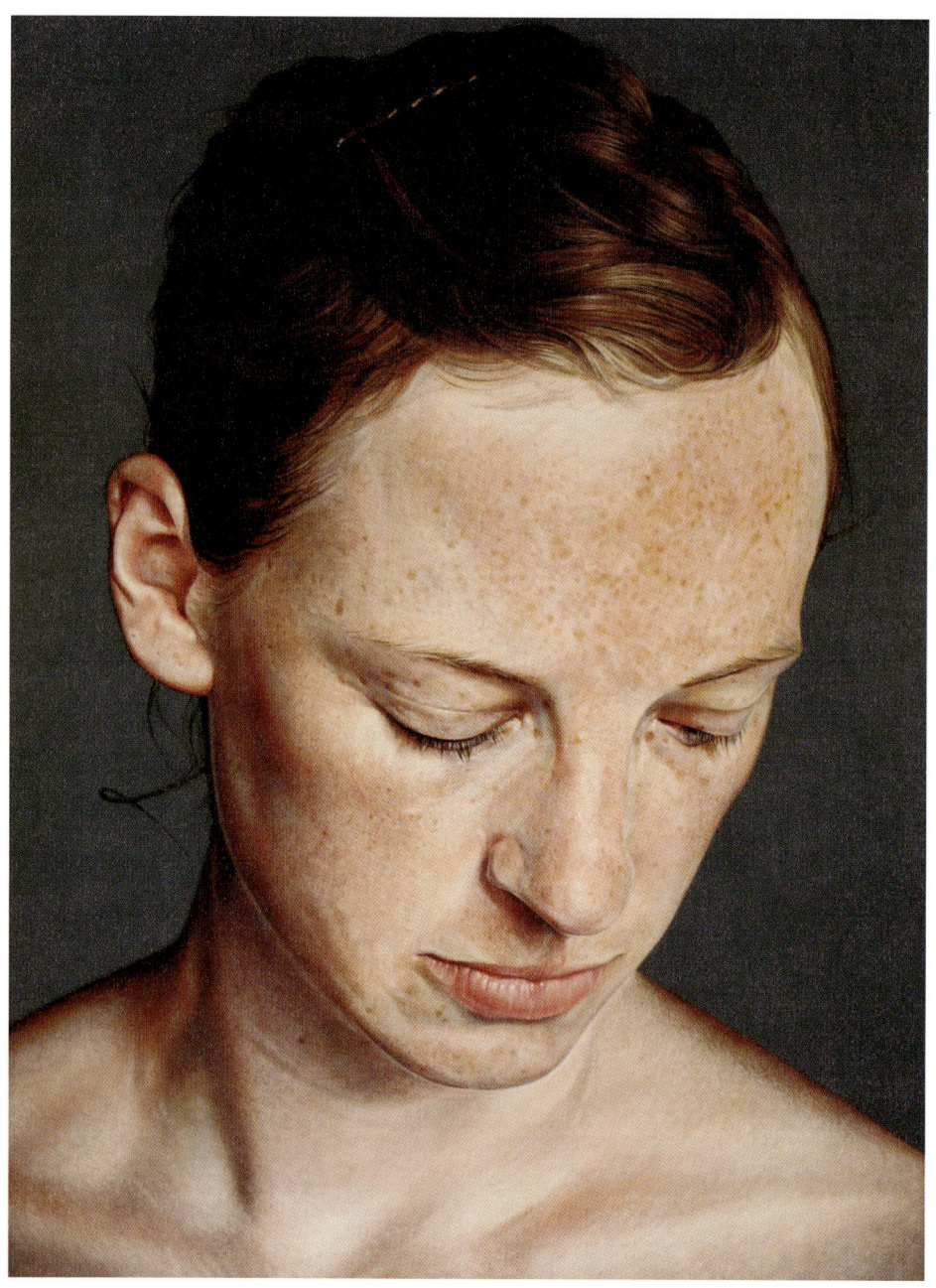

62

앨런 콜슨,
「시애라」,
2010년, 패널에 유채,
40.3×29.7cm,
작가 소장

화가 앨런 콜슨은 가족을 자신의 그림에 자주 등장시킨다. 관계의 친밀함 덕분인지 잘 아는 사람에 대한 애정이 묻어나는 그의 작품들에서 종종 새로운 것을 발견할 수 있다. 이 그림 속의 여자 시애라는 작가의 아내이다. 작가는 옆에 앉아 바느질을 하는 아내의 모습에서 영감을 얻어 이 작품을 완성했다고 한다. 시애라의 얼굴에 난 기미와 주근깨를 비롯한 반점들을 세밀하게 그려 넣은 것을 볼 때, 작가는 이런 세밀함이 부부간의 유대를 담보해주리라 여긴 듯하다. 시애라가 사실적으로 묘사한 이 얼굴에 만족했을지 궁금하다. 부부란 역시 허물이 먼저 보일 정도로 가까운 사이인가 보다.

인간적인 남편

인간적인 남자는 담배에 불을 붙이기 위해 비 오는 날 기꺼이 우산을 바닥에 내려놓는다. 남자가 다시 우산을 쓰고 비에 약간 젖은 머리로 담배를 피우기 시작하면 석류처럼 빨간 불씨가 수증기 가득한 대기 속으로 하얀 연기구름을 피워 올린다. 빗방울을 튕기고 지나가는 근사한 자동차에 탄 남자보다 조그만 우산을 쓰고 담배와 라이터 사이에서 갈피를 잡지 못하는 모습이 조금은 더 인간적이다. 인간적인 남자는 또 연봉 협상을 위해 새로 구입한 값비싼 셔츠를 입고 나간다. 구김이라고는 찾아볼 수 없고 반짝거리는 셔츠를 입고 눈에 힘을 주고 어깨도 펴고 걷는다. 셔츠의 가격이 실제 그의 연봉에 걸맞은 것인지는 알 수 없지만 괜찮은 사람이라는 인상을 주려고 애쓰는 모습이 인간적이다. 설령 연봉은 기대한 것만큼 오르지 않고 한 달 후 카드 대금으로 청구된 셔츠 가격을 보면서 후회하더라도 자신보다 근사한 옷을 부러 차려입은 남자의 모습은 진솔해서 오히려 인간적이다. 어색한 구석구석에서 그 사람의 사람다운 모습이 바로 보이고 만다.

인간적인 남편은 아내가 아이를 낳을 때 손을 꼭 잡아주고 고통을 함께하려 노력한다. 아기가 태어나면 함께 눈물을 흘리고 "당신을 정말 사랑해"라는 말도 잊지 않는다. 탯줄을 자를 때 주춤하고 분만실 바닥에 쏟아진 피를 보고 아연실색하면서도 의연한 척 아무렇지 않은 척 웃고 있는 모습도 인간적이다.

인간적인 남편은 퇴근길에 가끔 아내를 위해 한 다발은 부끄러워 차마 못 사고 장미꽃 한 송이를 사서 재킷 안주머니에 구겨넣었다가 현관문을 여는 아내에게 진심으로 건넨다. 조금 초라할지라도 꽃 한 송이를 사서 건네는 나이 든 남자의 모습은 참으로 인간적이다. 인간적인 남편은 부인 몰래 좋아하는 여자 배우의 사진을 들여다본다. 그런 모습을 들켜 아내가 화를 내도 얼굴과 몸매가 아름다운 그녀에 대한 미련을 거두지 못하는 모습은 언제 보아도 무척이나 인간적이다.

내 남편 역시 인간적이다. 예쁜 여자 배우들이 나오는 광고를 눈여겨보고 연봉 협상이 있는 날은 다림질에 신경을 써 달라고 짜증 섞인 말을 아끼지 않는다. 인간적인 내 남편은 혹여 아내가 자신의 부모님을 제대로 섬기지 않을까봐 결코 아내의 편을 들지 않는다. 책임을 다하고 의젓한 모습으로 살도록 교육받은 그에게는 부모님을 기쁘게 해드리고 인정을 받는 것이 먼저다.

그래서 거실의 형광등을 갈아 달라거나 화분을 베란다로 옮겨 달라는 아내의 부탁은 한 달이 지나도, 1년이 지나도 들어주지 않으면서 부모님을 모시고는 계곡에도 가고 봄꽃과 겨울눈을 보여드리기 위해 어떤 수고도 마다하지 않는다. 심지어 승진에서 누락되어도 그는 부모님께 속을 보이지 않는다. 그 일로 아내와는 며칠째 한마디도 섞지 않고 정성스레 차린 식탁 앞에서도 고마운 기색이 없지만 그 와중에도 꼬박꼬박 부모님께 문안 전화를 하며 아내를 소외시킨다.

인간적인 나의 남편은 또 수고했다는 말을 하지 않는다. 그는 서로 힘겹게 이끌어가고 있는 삶의 무게를 혼자 떠맡고 있는 사람처럼 늘 표정이 무겁다. 이 정도까지 생활비를 절약하거나 이 정도까지 아이를 건사하는 아내의 노고 따위에는 고마움을 표시하지 않는다. 그것이 내 남편의 인간적인 모습이다.

그는 어쩌다 이렇게 말할 뿐이다. 마음속으로는 늘 고맙게 생각하고 있다고. 하지만 아내가 생각하는 진짜 인간적인 남편은 사과할 줄 아는 남편이다. 지난 시간 아내의 마음을 몰라주고 몰아세우기만 했던 남편이 견디기 어려웠다고 큰마음을 먹고 곰삭아 깊숙이 파인 속에서 꺼낸 눈물을 흘릴 때, 앞으로 잘하겠다는 말 같은 것은 하지 않는 남편은 인간적이다. 하지만 정말 인간적인 남편이라면 말할 수 있어야 한다. 미안했다고. 그 말 한마디면 아내는 더운 눈물을 쏟아내고 다시 환하게 웃을 수 있을 것이다.

르네 마그리트,
「향수」,
1940년,
캔버스에 유채,
102×81cm

마그리트 부부는 한때 마그리트가 먼저 시작한 각자의 외도로 이혼 위기를 맞기도 했다. 「향수」를 그렸던 당시 마그리트는 부인 조제트를 남겨둔 채 나치에 점령된 벨기에를 떠나 망명 중이었다. 조국과 아내, 그리고 어머니라는 회귀 가능성을 모두 상실한 마그리트는 무용지물로 보이는 날개를 달고 쓸쓸하게 강 아래를 내려다보고 있다.

발에 박힌 가시를 빼준 은혜를 갚기 위해 은인 성 히에로니무스의 곁을 지켰다는 사자 이야기가 전해진다. 그래서 성 히에로니무스가 등장하는 그림에는 늘 이 사자도 함께 나온다. 그림 속 사자는 보통 조제트 또는 마그리트 자신으로 분석된다. 나는 마그리트 쪽에 마음이 기운다. 어린 시절 어머니의 자살을 경험했던 마그리트의 마음속 가시를 제거해준 조제트를 그리워하는 화가의 자화상이 아닐까 싶다. 서로의 마음을 알아줄 때 배우자는 방황을 끝내고, 은인이 기다리고 있는 마음의 고향으로 돌아오게 될 것이다.

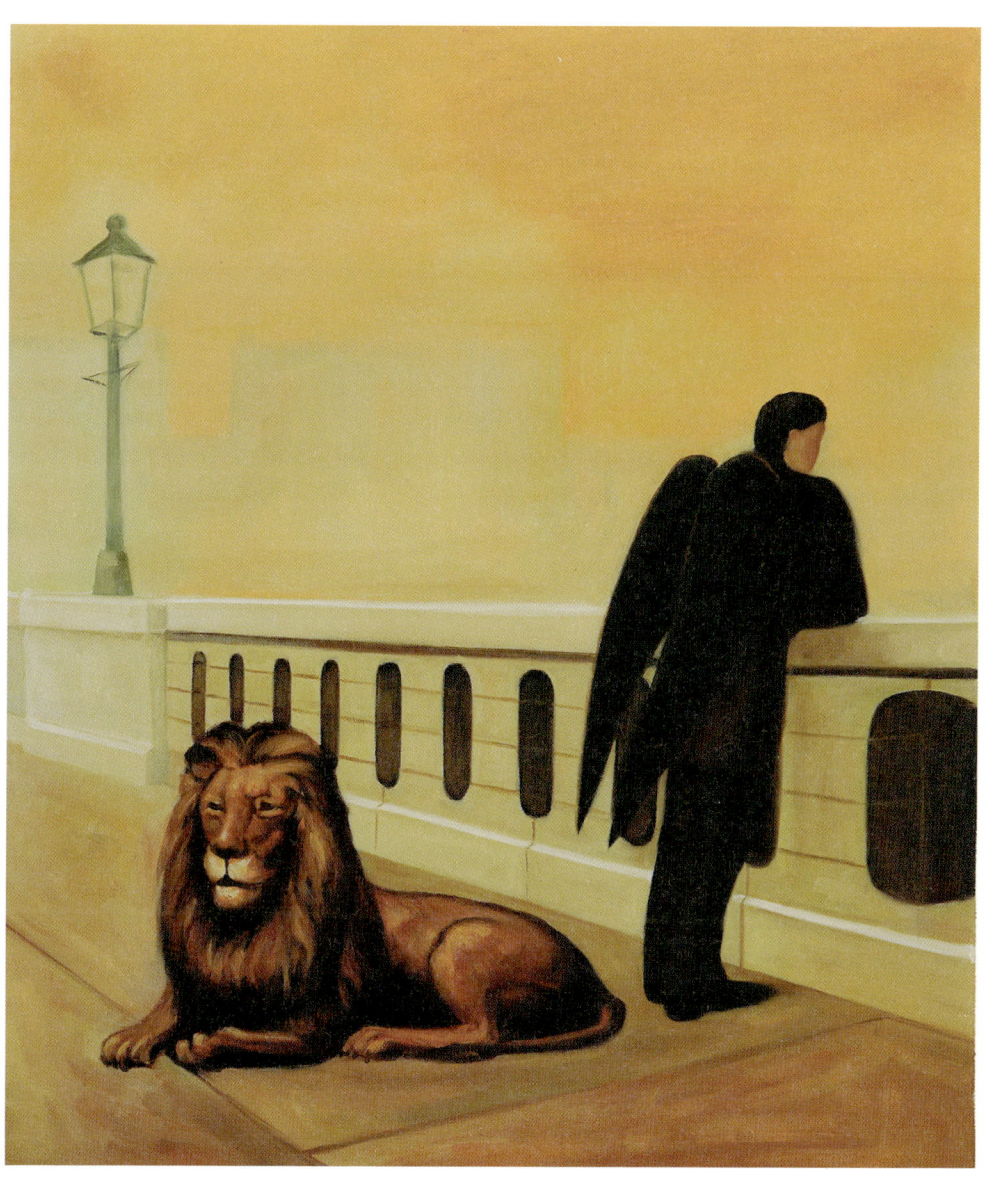

"결혼생활은 긴 대화다." _ 니체

그 누구와도 소통할 수 없었던, 그리고 가장 소통하고 싶은 대상과
의 소통 부재로 나는 내 안으로 침잠하기 시작했다. 그 무렵 남편은
잦은 출장은 물론 자기 자신을 전부 회사에 갖다 바치는 생활을 하
고 있었다. 결혼하고 5년 동안 남편은 내 생일에도, 자신의 생일에도,
결혼기념일에도 집에 없었다. 가까운 친구가 함께 식사를 하며 쓸쓸
함을 덜어주었지만 면세품으로 대신하던 기념일의 선물들을 채 뜯어
보기도 전에 남편은 또 떠나고 없었다. 고립이 무엇인지, 외따로 떨
어진 사람이 얼마나 약해질 수 있는지 결혼생활 5년을 거치며 나는

뼈저리게 느꼈다.

처음에 외로움은 그 실체를 알지도 못하는 사이 나를 지치게 했다. 어느덧 자신이 외롭고 고독하다는 것을 깨달았을 때는 이미 갈 곳을 모르고 좌절한 상태였다. 후에 남편은 당시엔 일을 더 열심히 해 성공하여 가족에게 안락함과 행복을 주고 싶었다고 털어놓았다. 하지만 그때 행복은 너무 멀리 있었다. 아이 때문에 아무것도 할 수 없었던 내가 어떤 인내의 시간을 보내고 있는지 남편은 전혀 눈치채지 못했고, 나 역시 일에 지쳐 있던 남편의 적막함을 알지 못했다.

우리는 서로에게서는 물론 각각 자신과도 멀리 떨어져 그 누구와도 제대로 소통하지 못하고 있었다. 남편에게 나의 외로움이나 고립감을 설명하고 싶어도 스스로 그것의 정체가 무엇인지 알지 못했고, 남편 역시 자신을 가족에게서 분리시켜 외따로이 서게 하는 원인을 정확히 알지 못했다. 서로 하나씩 털어놓으며 단절의 진짜 이유를 찾아보았으면 좋았으련만, 우리는 둘 다 마음을 헐벗은 주제에 등을 돌리고 다른 곳을 보고 있었다.

우리는 평생의 동반자를 얻기 위해 결혼을 한다. 그런데 우리 대부분은 결혼으로 인해 더 외로워지고 더 혼자가 되고 만다. 주인을 잃은 개나 고양이처럼 누군가의 손길이 그리워 방황하고 헤매기 일쑤다. 누가 보아도 떠도는 동물 신세와 매한가지인 흔들리는 눈빛의 사람들에게도 한때 진심으로 사랑했던 남편과 아내가 있었다. 평생 호소할 수 있는 대상이, 마음 놓고 안길 수 있는 대상이 있음에도 그들은 여전히 잠깐이나마 마음의 주인이 되어줄 대상을 찾아 방황한다.

그렇게 되지 않으려면 대화를 많이 해야 한다고 들었다. 시시하고 사소한 것까지 서로 이야기하고 나눠야 한다고 말이다. 부부 사이에서 대화가 어색해지면 정말 남보다 못한 사이가 된다고 했다. 그러다가 혼자인 것보다 못한 사이가 된다고도 들었다. 하지만 이렇게 많은 욕망과 이렇게 많은 미움과 이렇게 많은 원망이 얽혀 있는 부부라는 관계의 층을 어떻게 뚫고 들어가야 하는지, 그 답은 도대체 어디에 있단 말인가. 그것이 쉽다면 우리가 이렇게 외로울 리가 없다.

배우자에게서 우리는 부모님과의 관계에서 비롯된 결여를 보상받기 원한다고 한다. 이러한 가정으로부터 출발하는 정서적 커뮤니케이션 방법 '이마고'는, 부부 문제를 진단할 때 각자 어린 시절을 돌아보게 한다. 그 때의 불행한 기억 하나가 부메랑이 되어 지금 배우자와 내게 얘기치 않은 상처를 주고 마음을 닫게 한다.

돌이켜보면 나 역시 어릴 적 아버지에게서 충분히 받지 못했던 사랑과 관심을 남편에게서 받으려고 했다. 반면, 남편은 어머니에게서 기대했던 것을 내가 대신 채워주리라 믿고 있었다. 서로의 속마음을 엑스레이 촬영해본다면 주려는 사람은 없고 받으려는 사람 둘이서, '사랑해'라고 속삭이고 있을 것이다. '나를 사랑해 달라'는 진짜 뜻은 여전히 숨겨진 채 말이다.

부부의 대화는 상대의 깊고 오랜 배경을 이해하는 것에서 시작해야 한다. 상대의 눈을 보기 전에, 내 마음과 그의 마음에 귀를 기울일 때 말만 오가는 대화가 아닌 진정한 소통이 가능하다. 사람은 누구나 내면 깊숙한 곳에 위로받고 싶은 상처를 갖고 있는 까닭이다. 사이가 좋아 보이는 옆집 부부를 정원에 비유한다면 그 집에는 어떤 꽃이 피어 있을까. 아마 종류에 상관없이 향기로울 것이다.

　　　부부의 연이 맺어졌을 때, 그때 우리 부부 두 손에 주어졌던 작은 씨앗들은 지금 어떤 꽃을 피웠을까. 아직 꽃을 피우지 못했다면 노력해볼 수 있어 다행이다. 반평생을 함께 한 부부 사이에 남은 것이 한 번 피어보지도 못하고 딱딱하게 말라버린 까만 씨앗 한 움큼이라면 그 삶은 너무 안타깝다. 배우자를 인생에서 가장 좋은 친구로 만들 줄 아는 사람이 현명한 사람이라고 하지 않던가. 마음만 먹으면 '사랑과 전쟁'이 '두 친구의 이야기'로 바뀔 수 있지 않을까.

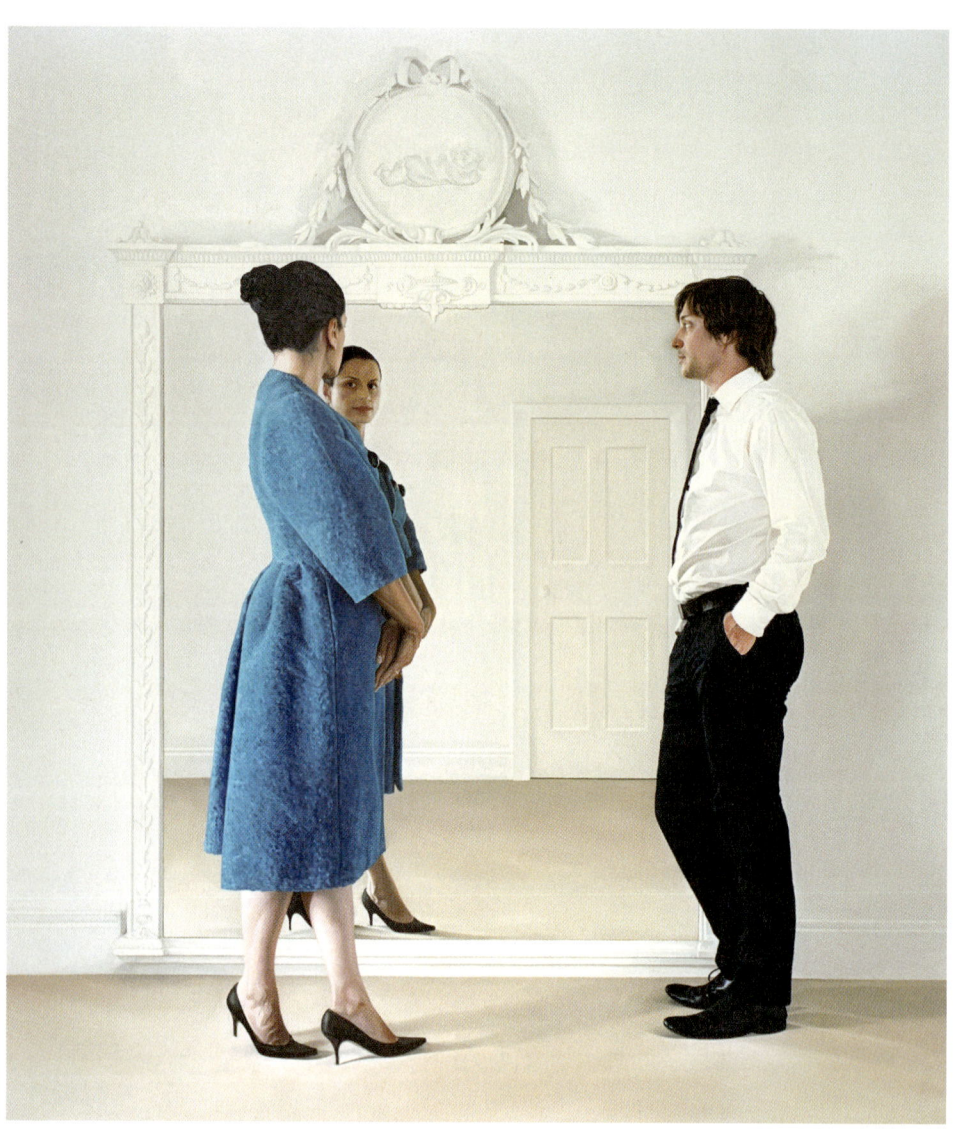

관객과 등장인물들 사이에 정서적 거리를 두기 위해 거울이라는 매체를 이용한 그림이다. 관객은 인물들과 직접 마주치지 않고 거울을 슬쩍 엿보면서 둘 사이를 오가는 긴장과 유대를 읽어낼 수 있다. 그런데 남편인 마이클의 모습은 거울 속에서 찾아볼 수 없다. 작가가 의도한 이 구도적 장치는 다분히 아내인 조지아의 관점에서 바라보는 두 사람을 그린 것처럼 보이게 한다.

이 그림은 메아리 없는 울림으로 그치고 마는 부부의 대화, 그 씁쓸함의 본질을 꿰뚫고 있다. 조지아처럼 나만 보이고 상대방은 안중에도 없다면 대화는 이미 힘들어진다. 부부의 대화가 얽히고설켜 갈 곳을 모르게 되었을 때, 그 매듭을 풀기 위해서는 상대방의 이야기에 먼저 귀를 기울여야 한다. 상대의 약점에 조금만 더 너그러워지면 덜 외롭다는 것을 잊지 말자.

"내가 만약 아프리카의 노래를 안다면, 기린들과 그들의 등 위
에 떠 있는 아프리카의 초승달, 그리고 들판의 쟁기들과 커피
를 따는 땀에 젖은 얼굴들의 노래를 안다면, 아프리카는 나의
노래를 알까?"

_영화 〈아웃 오브 아프리카〉 중에서

아프리카에는 그들만의 문화가 있다. 그들만의 예의와 관습, 그리
고 언어가 있다. 커다란 종이를 아무렇게나 가위질한 것 같은 아프
리카의 달을 보기 위해 케냐의 몸바사로 가는 길이라면 우연히 태
양처럼 붉은색 천을 두른 마사이족 청년을 만날지도 모르겠다. 아

마 그는 "소파"(안녕) 하고 인사를 건넬 것이다. 좀 더 흥이 나면 자기 다리처럼 길쭉한 막대를 들고 경중경중 뛰어오르며 부족의 전통춤 '아다무'로 환영의 몸짓을 할지도 모르겠다.

결혼하고 공식적인 가족이 되어 처음으로 함께 거실의 소파에 앉았을 때 그들은 모두 환영의 예를 갖추었다. 과일과 차를 권했고 필요한 것은 무엇이든 도우려 했다. 그러나 그들에게는 그들만의 예의, 소통방식이 있었고, 그것이 그들의 문화였다. 누구도 드러내놓고 강요하지는 않았지만 이제 떠나온 곳에서의 방식은 통하지 않는 그 세상의 거실은 이질적인 공기로 가득했다. 익숙한 과일에서도 전혀 다른 맛이 났다. 런던의 차이나타운에서 먹었던 아무런 맛이 나지 않는 배처럼 딱딱한 과육은 사람을 조롱하듯 교감을 원치 않았다. TV에서 아홉 시 뉴스가 흘러나오던 낯익은 풍경에서 현기증을 느끼는 유일한 사람이 있다면, 바로 막 여기 도착한 이방인, 즉 나 자신이었다.

결혼은 새로운 도시로 여행을 떠나는 것과 같을지도 모른다. 전혀 모르는 언어를 쓰는 나라로, 전혀 다른 기후의 나라로, 그리고 전혀 다른 사람들이 살고 있는 나라로 떠난 여행. 가끔 나는 결혼이란 집으로 돌아가기엔 너무 늦어 이미 여행지도 아닌 낯선 땅에서 살아가는 것이 아닐까 하는 생각을 한다. 어느 날은 낙담하여 포기하고 싶기도 하지만 끝이라는 과정을 언제까지나 미루게 되는 것이 이 여행을 끝내지 않는 구실인 것 같다.

언젠가 아이와 여행을 하게 되어 구청에 여권을 발급받으러 간 적이 있었다. 작성한 서류를 내밀자 창구의 직원이 물었다.

"본적지가 어디인가요?"
"경상북도 안동입니다."
"어, 엄마랑 아이랑 본적지가 다른가요?"

질문의 의미를 못 알아차린 어리둥절한 여권 신청자에게 따끔한 한마디가 날아들었다.

"결혼하면 본적지가 바뀝니다. 거기 호적 초본 보세요."

그이가 손가락으로 가리킨 세 장짜리 문서에는 시아버지의 이름이 가장 먼저 있었고 뒤이어 남편의 가족들이 태어난 순서대로 나열되어 있었다. 눈앞의 사실과 관공서 직원의 권위에 굴복하여 마지못해 알겠다고 대답은 했지만 잘못된 곳에 불시착한 듯한 내 이름을 보고 있으려니 뭔가 치미는 마음을 삼킬 수 없었다. 게다가 본적지란에 적혀 있는 생경한 마을 이름을 보자 억울함마저 솟구쳤다. 떠나온 지 10년이 넘었어도 마음의 뿌리는 고향이라는 터를 벗어나지 못했던 모양이다. 그 순간 떠오르는 부모님의 얼굴은 머리를 세차게 흔들어 지워야 했다.

결혼한 지도 10년, 시부모님과 길 건너 아파트에서 살아온 지도 10년, 주말마다 시부모님과 함께 저녁을 먹은 지도 10년이 되었지만 여전히 나는 포개질 수 없는 문화와 뿌리의 문제 때문에 마음의 거리를 좁히지 못하고 있다. 처음으로 시아버지를 따라 전라남도 무안에 있는 작은 마을에 갔을 때, 동네 어른이 선물로 주신 무화과를 모조리 썩혀 남편 몰래 버릴 수밖에 없었던 것처럼, 알고자 하는 의지와 진정 그것의 일부가 되는 것은 달랐다. 언제나 한 발짝 떨어져 나 역시 이미 가족인 그들을 바라보며 또 바라보아지며 살고 있는 것 같은, 늘 어딘가에 혼자 머물고 있는 것 같은, 부유할 수밖에 없는 삶에 나는 어느덧 익숙해진 것 같다. 그런 내게 이제 와서 진정한 정착이란 떠나온 곳의 기억조차 희미해져 제자리도 찾기 어려운 경계를 떠도는 것 아닐까. 작가 마야 안젤루의 말처럼 가족에게 돌아가는 것도, 그들에게서 떠나는 것도 내게는 불가능하리라.

　　살면서 우리는 셀 수 없이 많은 곳을 방문한다. 방문지의 기억은 너무 아름다워도 너무 끔찍해도 좋지 않다. 두 번째 방문이 어려워지는 까닭이 되기 때문이다. 가족은 이미 너무 아름다웠고 또 너무 끔찍했다. 그러나 여행자로서 방문을 멈출 수는 없다. 가족은 평생 정기방문이 필수인 여행지이므로.

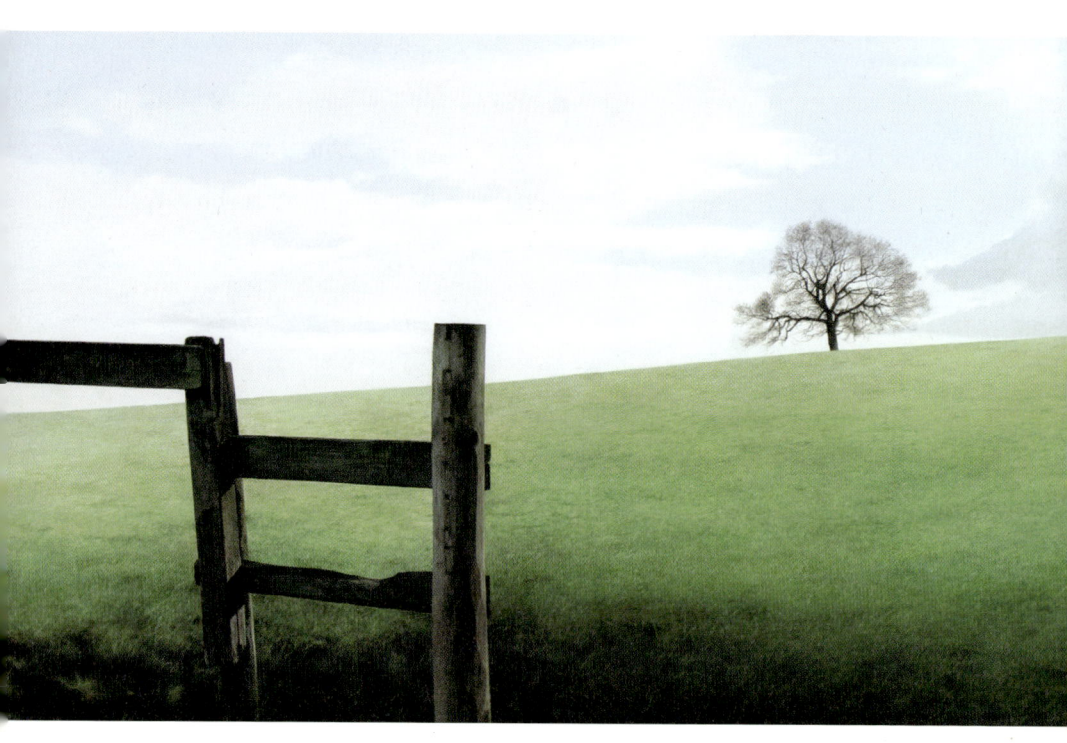

마이클 개스켈,
「열린 경계」,
2004년, 보드에 에그 템페라,
17.3×38cm,
홍콩 개인 소장

그림 속에 혼자 비스듬히 기울어져 있는 나무는 쓸쓸함을 감추지 않는다. 새라도 한 마리 날아들어 황량한 풍경 속에 활기를 넣기를 작가는 바라지 않는 것 같다. 빈 것은 비어 있는 대로 꽉 차 있다는 말처럼, 안과 밖의 구별을 모호하게 하는 낡은 울타리마저 소란한 감정의 공감을 요구하지 않는다. 글이나 말로는 표현할 수 없는 심상을 그림이나 음악으로 이해하게 될 때가 있다. 가족 사이의 유대가 흔들리는 것을 느낄 때 드는 미안한 마음을 이 그림 속에서 본다.

다이애나를
이해할 때

1997년 8월 어느 아침, 플랫 메이트들과 공동으로 사용하던 거실에서 이른 아침을 깨우는 전화벨이 울렸다. 개강 전 준비를 위해 서둘러 돌아온 사람은 나뿐이라 이불을 박차고 일어나 수화기를 드는 것도 내 몫일 수밖에 없었다. 뜻밖에도 엄마의 전화였다.

안부도 묻지 않고 엄마는 "다이애나가 죽었다카지, 찰스가 다이애나를 죽였다"라며 만인의 사랑은 물론 우리 엄마의 사랑도 받던 영국의 왕세자비가 사망했다는 소식을 전해왔다. 당시는 국제전화비가 무척 비싸 엄마는 급한 일이 아니면 절대 전화를 하지 않았다. 중요한 일도 아닌데 전화까지 했냐며 엄마에게 핀잔을 주고 전화를 끊은 후 TV를 켰다.

그 후로 런던은 그녀의 이야기로 숨도 쉴 수 없을 정도로 빼곡히 채워졌다. 엘튼 존이 불렀던 추모곡 'Candle in the wind'에서 반복적으로 흘러나오던 'Candle'이라는 단어가 결국은 뇌리에 박혀 해가 지면 양초를 꺼내 불을 붙여야 할 것만 같았다. 그녀의 죽음은 사람들의 광기 속에서 점점 부피를 키우고 있었다. 다이애나의 죽음을 빼면 빈 공간이라고는 전혀 없을 것 같았던 그곳에서 나는 사건에 전혀 무관심한 한 사람으로서 일상을 꾸려갔다. 미술학교를 졸업해 세계적으로 유명한 디자이너가 되고 싶다는 것밖에 생각할 줄 모르던 안타깝던 나이, 스물하나였다.

13년이 지난 어느 오후 분주한 카페에 앉아 언니와 커피를 마시며 이야기를 나누다가 나는 울음을 터트렸다. 그때 우리는 귀걸이 따위에 대해 조잘대고 있었다. 그런데 갑자기 내 안에서 무엇인가 뒤틀리며 자기 형태를 되찾고자 했다. 그 울음은 마침내 터진 신음 소리였다. 그것은 내 고통의 메아리였다. 결혼을 하고 아이를 낳아 가정이란 터전을 일구고 있지만 스무 살 시절의 꿈도 잃었고, 남편과는 갈등의 극으로 치닫고 있었다. 인생의 전환점이 되리라 굳게 믿었던 결혼은 나를 절망으로 인도하며 발끝에서 나를 넘어뜨릴 기회만 노리고 있는 것 같았다.

우리 부부는 서로를 이해하고 서로의 진짜 모습을 알아가고자 하는 의지가 없었다. 부부의 이름으로 가족이 되었지만 여전히 각자의 삶을 살았던 우리는 하나임을 가장한 전혀 다른 둘이었다. 한 달이 넘도록 변변한 대화도 없이 나는 아이를 키우고 남편은 회사에 갔다. 주말은 각자 번갈아 아이를 데리고 시댁과 친정에서 보냈다. 그와 함께하는 시간은 언제 깨질지 모르는 살얼음판 위에 서 있는 것처럼 불안했다. 상황은 반복되었다. 어느덧 그것이 우리 부부의 사이가 되고 말았다. 답답했다. 우리는 왜 거기까지 이르게 된 것일까.

"언니, 나 어디로 가야할지 정말 모르겠어. 아무것도 보이지 않고 귓속이 멍해."

독실한 가톨릭 신자인 언니는 광야에 서는 것은 신께 구원받을 수 있는 기회이니 두려워하지 말고, 우선 홀로 자신과 마주하는 시간을 가져보라며 진심 어린 조언을 해주었다. 언니에게 응급처방을 받고 집에 돌아왔지만 기분은 나아지지 않았다. 그리고 얼마 후 우연히 그녀, 다이애나와 다시 만나게 되었다. 10년이 지나 다시 만난 그녀는 죽었다고 믿기지 않을 정도로 여전히 고유한 빛을 발하고 있었다. 그러나 자세히 보면 눈은 슬퍼 보였고 다문 입은 표정보다 먼저 굳어 있었다. 나는 뒤늦게 홀로 그녀의 죽음을 애도했다. 늘 세상의 구경거리로 살면서 잘못된 곳에서 사랑을 찾았던 그녀가 안돼서 울었다. 한편으로는 이제야 그녀를 이해하게 된 삶을 살아가는 나 자신이 안돼서 울면서도 행여나 잠든 아이가 깰까 봐 숨죽이며 눈물을 닦았다.

발레리나가 되기를 열망했던 다이애나 스펜서는 키가 너무 크는 바람에 꿈을 포기해야 했다. 그리고 그녀는 귀족 집안 출신에 영국국교회 신자이며 처녀성을 간직하고 있을 것이라는 이유로 찰스 왕자의 배우자로 지명되었다. 1981년 7월 29일에 거행된 그들의 결혼식은 전 세계에서 7억 5,000만 명이 지켜본 거대 이벤트였고, 당시 그녀는 겨우 스무 살이었다. 결혼식 사진을 보면 마치 훗날 닥칠 불행의 전조인 듯 무려 8미터에 달하는 하얀 베일이 하늘 끝까지 풍성하게 닿아 있다.

그들의 결혼생활은 파국으로 치달았지만 그 와중에도 다이애나는 바쁜 스케줄 틈틈이 아이들을 직접 등하교시키고 왕실에서 정해주는 유모 대신 아이들을 직접 챙겼던 자상한 엄마였다. 그러나 1996년 결국 찰스 왕자와 이혼하고, 이듬해 8월 파리에서 교통사고로 생을 마감한다. 전 세계가 다이애나의 죽음을 슬퍼했고, 대인지뢰와 에이즈 퇴치에 열심이었던 공로로 그녀가 소속된 단체에 노벨 평화상이 주어졌지만 이제 그녀는 가고 없다.

때로 고통은 그것의 이름조차 가늠할 수 없을 정도로 우리를 눌러 가둔다. 그것에서 벗어나는 방법은 도망치거나 지나가기를 기다리는 것이 아니라 오히려 핵심을 바로 보고 스스로의 힘으로 자신을 일으켜 세우는 것이다. 그러나 다이애나를 보며 그녀에게도 다른 길이 있지 않았을까 하는 생각을 갖는 것은 당사자가 아니기 때문에 품을 수 있는 것이리라. 상실, 배신, 고독으로 점철되었을 삶에서 그녀가 자신의 감정을 말로 풀어 자신과 소통할 수 있었을까?

평생 서로 사랑하기로 약속하는 결혼이라는 제도만큼 무관심과 이기심으로 타인을 절망하게 만드는 장치는 없을 것이다. 그녀처럼 특별한 경우라면 그 구속력은 더욱 더 강력했을 테니 속으로 파고드는 상처의 깊이는 마치 폐허처럼, 원래 있던 것은 전부 들어내고 텅 빈 채로 황량하고 아득했을 것이다.

배우자를 만나는 것은 그저 운명이라고 설명할 수밖에 없고, 행복하지 못해 고통을 받는 것도 운명의 한 부분이라고들 한다. 어떤 결혼이건 반드시 고통이 따른다는 것을 나는 이제 경험으로 알고 있다. 고통의 끝엔 무엇이 있을까? 다시 처음으로 돌아가려는 희망과 사랑? 정답은 없다. 이야기의 끝은 스스로 구할 수밖에 없다.

지금의 내가 16년 전으로 돌아가 이른 아침 그 전화를 다시 받는다면 아마 엄마와 함께 눈물을 흘릴 것이다. 그리고 내가 만난 상처로 얼룩진 얼굴의 그녀들을 생각하며 하루쯤 학교를 빠지고 다이애나의 무덤에 하얀 국화를 한 송이 헌화했을 것이다. 부디 행복하기를 바란다. 그녀가 저 멀리 떠나간 곳에서는.

「빗속의 다이애나」,
1981년

결혼은 운명이리라. 우리 모두는 각자 판단의 결과로 현재의 배우자와 결혼생활을 하고 있다고 믿지만, 어쩌면 이미 정해진 사람을 만나 정해진 삶을 살고 있는 것일 수도 있다. 그렇지 않다면 부부라는 인연을 어떻게 납득할 수 있을까. 잘못된 짝을 만나 한 사람의 인생이 파괴되는 것도 드문 예는 아니다. 그녀는 감히 상상이나 했을까. 결혼 때문에 자신이 요절하리란 것과 배우자 때문에 죽을 때까지 고통 받을 것이라는 사실을 말이다.

사진은 결혼전 다이애나의 모습이다. 우리가 기억하는 다이애나의 마지막 모습과 중첩시켜보면 날카롭게 파고드는 슬픔을 피할 수 없다.

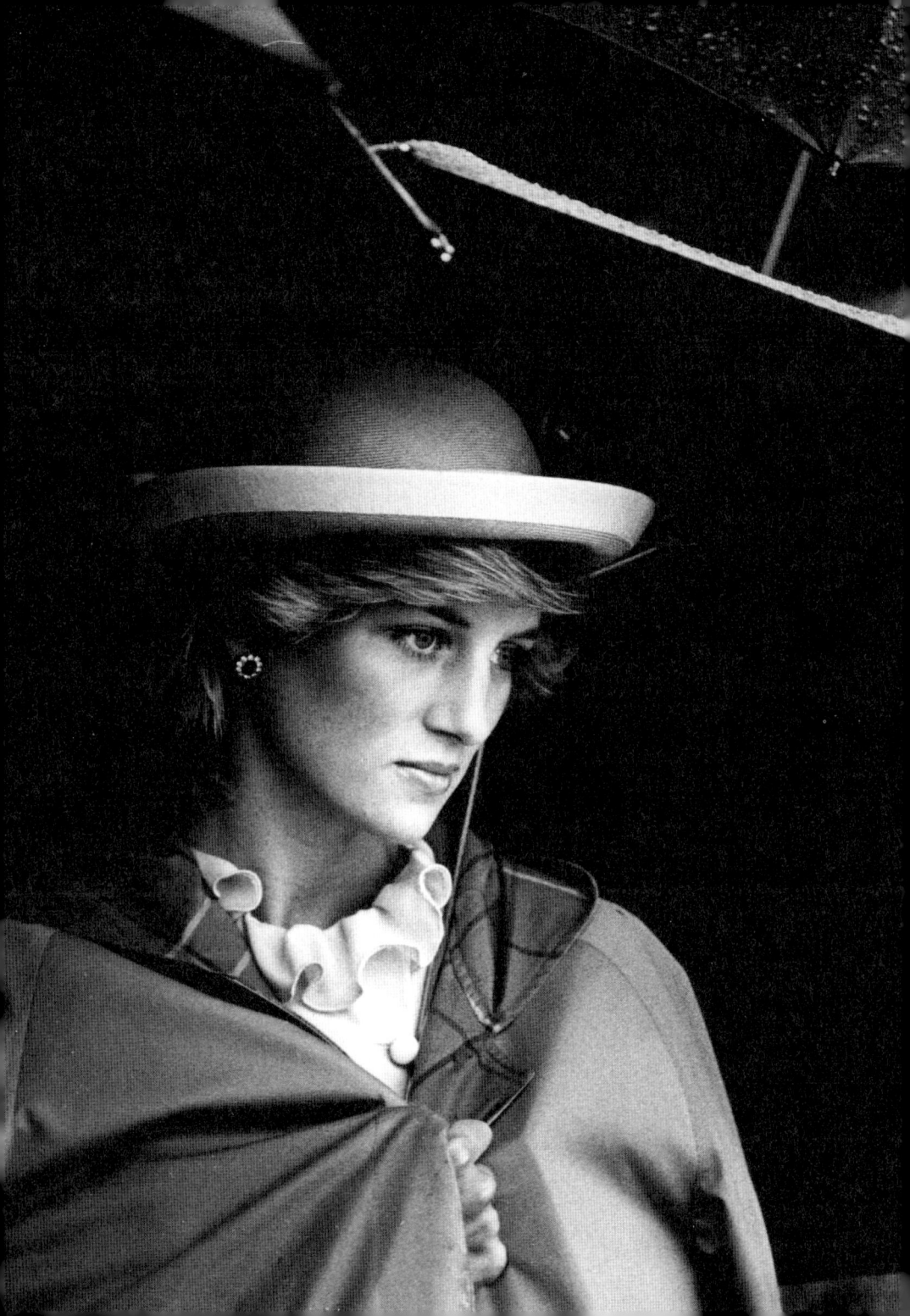

그 친구가 시어머니가 보내주신 거라며 맛깔스러운 김치와 젓갈을 꺼내 상을 차려줄 때, 시어머니가 꼬박꼬박 챙겨주시는 생일용돈을 받아들고 자랑할 때, 나와 친구들은 그녀를 부러워했다. 만약 겨울밤 그 두 사람이 오붓하게 마주 앉아 통탕통탕 다듬이질을 한다면 그 경쾌한 소리가 10리 밖 부엉이 울음소리와 섞여도 귀에 거슬리지 않을 정도로 두 사람은 서로를 잘 이해하는 사이로 보였다. 친구는 힘든 일이 생기면 시어머니와 상의했고, 그 어른의 자애로운 관용과 현명한 사리는 그녀의 결혼생활에 일어난 풍파를 덮어주는 폭신한 목화솜 이불이 되어주었다.

그러나 아무리 살가운 고부라 해도 피를 나눈 부모자식이 아넌지라 그동안 묵과한 진실의 세찬 매를 피해가지는 못했다. 늘 그 친구 편이라고 모두가 믿었던 그 시어머니는 결정적인 순간 아들 편으로 돌아섰다. 같이 부대끼고 같이 나눈다고 진짜 가족이 되는 것은 아니었던 것이다. 남의 가족에 끼어든 누군가는 영원히 그저 남이다. 이후 그 친구는 마음을 가눌 수가 없어 많이 힘겨워했다. 자식 편을 드는 부모를 탓할 일은 아니지만, 그녀에게 그 사건은 은인에게 떠밀리고 배신당한 것과 같아 쓰라린 마음은 쉽사리 달래지지 않았다.

　　집 근처 카페에서 다급하게 만난 그녀는 망연한 얼굴로 말했다. "망치로 한 대 얻어맞은 것 같아." 나마저 온몸에 힘이 빠졌다. 커피를 권하며 나는 그녀의 입장을 열심히 옹호했다. 이 땅에서 며느리의 이름으로 살아가는 사람이라면 누구나 공감할 이야기에 나는 그것이 마치 내게 닥친 일인 양 복받치는 흥분을 삭이지 못했다. 내가 정신을 반쯤 잃은 사이 아직 울어야 하는지, 화를 내야 하는지조차 모른 채 친구는 멍하게 커피 잔만 응시했다. 분노도 슬픔도 담겨 있지 않은 지친 눈망울은 좌절의 한가운데를 보고 있는 듯했다.

　　"너 정말 하루도 더 살기 싫지?" 하고 묻자 친구는 고개만 끄덕였다. 결혼 8년, 누구보다 열심히 일하고 아이를 키우며 묵묵히 버텨온 그녀였다. 남편 때문에 속앓이를 할 때도, 승진에서 미끄러지고, 아이가 많이 아팠을 때도, 다 괜찮다고 마음을 덜어주는 사람이 있어서 그녀는 견디고 또 견뎠다. 남편 대신 시어머니에게서 위안을 얻더라도 힘이 된다면 크게 상관할 일은 아니었다. 그러나 이제 지나간 시간이 아무것도 아니었고, 그 시간을 견딘 자신조차 미련스럽게 느끼고 있을 그녀 앞에서 나는 어떤 말도 보탤 수가 없었다. 그녀는 이미 견디기 어려운 맛으로 가득한 결혼이라는 이름의 초콜릿 상자를 너무 많이 열어본 상태였다. 이제 더 이상은 단 한 알도 참고 넘길 수 없게 된 그녀에게 어떤 답을 주어야 옳은지 나도 알지 못했다. 내가 가진 초콜릿 상자의 비슷하게 끔찍한 맛을 함께 나누는 것밖에는.

살다 보면 끝으로, 끝으로 밀려나는 때가 있다. 벼랑 끝에 매달려 손끝의 힘을 '탁' 하고 놓아버리고 싶은 순간이 찾아오고야 마는 때가 있다. 눈을 꼭 감고 이대로 떨어져버리면 홀가분할 것 같다가도 바닥까지 추락하는 것을 상상하면 두려워진다. 그러나 더 이상 견딜 수 없는 지경에 이르면 기대와 두려움의 크기를 가늠할 여유는 허락되지 않는다. 결국엔 바닥으로 쿵, 아프게 떨어지고 만다.

결혼생활을 하면서 우리는 누구나 한번쯤 절벽의 끝에서 아득한 바닥까지 떨어진다. 한두 번으로 그치면 다행이고 여러 번이었다면 직접 겪지 않았어도 함께 아플 일이다. 우리는 어떻게 다시 우리를 밀어낸 삶으로, 생활로 돌아갈 수 있을까. 누가 나에게 열 번을 물어도 열 번 다 좋다고 말할 수 있는 미국의 작가 마야 안젤루는 이렇게 말했다.

"나는 양손에 포수 글러브를 끼고 살아서는 안 된다는 것을 깨달았다. 공을 되받아 던질 수 있어야 하기 때문이다."

아내가 되고 엄마가 되면서 여자들은 희생하는 것에 지나치게 익숙해진다. 양손에 글러브를 끼고 누가 던지는 공이건 일단 받고 보는 것이다. 쏟아지는 공을 반복해서 받다 보면 점점 내가 왜 공을 받고 있는지조차 모르게 된다. 자신을 향해 수없이 날아드는 공의 포화 속에 있는 순간 바로 글러브를 벗어야 한다. 그리고 글러브를 벗고 힘을 그러모아 멋지게 한 방 되던질 것인지, 이대로 마운드를 떠날 것인지 결정해야 한다.

밀려났다고 포기하는 것은 어려운 일이다. 애정이 없었다면 밀려나 떨어질 때까지 벼랑 끝에 매달려 있지도 않았을 테니까. 부부의 이름으로 얽힌 인연은 전설에 나오는 월하의 노인이 묶어놓았다는 붉은 끈으로 맺어졌다고 하는데, 함부로 끊어버리는 것보다는 천천히 느슨하게 풀어가는 것이 나을지도 모른다. 그 일이 있고 나서 한참이 지나 다소 편해진 얼굴로 찾아와 친구는 말했다. 비워내고, 받아들이니 이제 좀 괜찮아졌다고.

세상에는 기대라는 것을 허용하지 않는 것들이 몇 가지 있는데, 결혼 역시 그중 하나인 것 같다. 훌륭한 야구선수가 되려면 혹독한 훈련과정을 거쳐야 하듯, 결혼생활의 마운드에서도 지독한 훈련은 예외를 모르는 듯하다. 그러므로 쉽게 포기하지 말아야 한다. 그것이 바로 결혼이라는 게임이다. 당신은 지금 몇 회말 투수인가?

인류의 역사는 일종의 이야기의 흐름이고, 셰익스피어는 그것의 핵심을 희극과 비극으로 엮어 만들었다. 워터하우스의 그림들에서 우리는 이름만 들어도 알 수 있는 대문호의 이야기 속 여인들을 만날 수 있다. 난파되는 배를 바라보며 흩날리는 머리칼을 잡고 서 있는 여자는 셰익스피어의 『템페스트』에 나오는 미랜더. 그녀는 곧 저 배를 타고 온 청년 퍼디넌드와 사랑에 빠져 부모들의 원한을 풀어주는 상징이 될 것이다.

나침반이 소용없는 험난한 항해와 같은 결혼생활에서 배가 좌초되고 난파되는 위기를 감당하는 것은 많은 이들이 겪는 과정일 것이다. 셰익스피어는 끝이 좋으면 다 좋다고 했다. 난파되는 배에서 새로운 가능성을 만나는 그림 속 미랜더처럼 당당히 맞서려는 의지가 강한 사람의 결혼 이야기는 희극으로 마무리될 수도 있을 것이다.

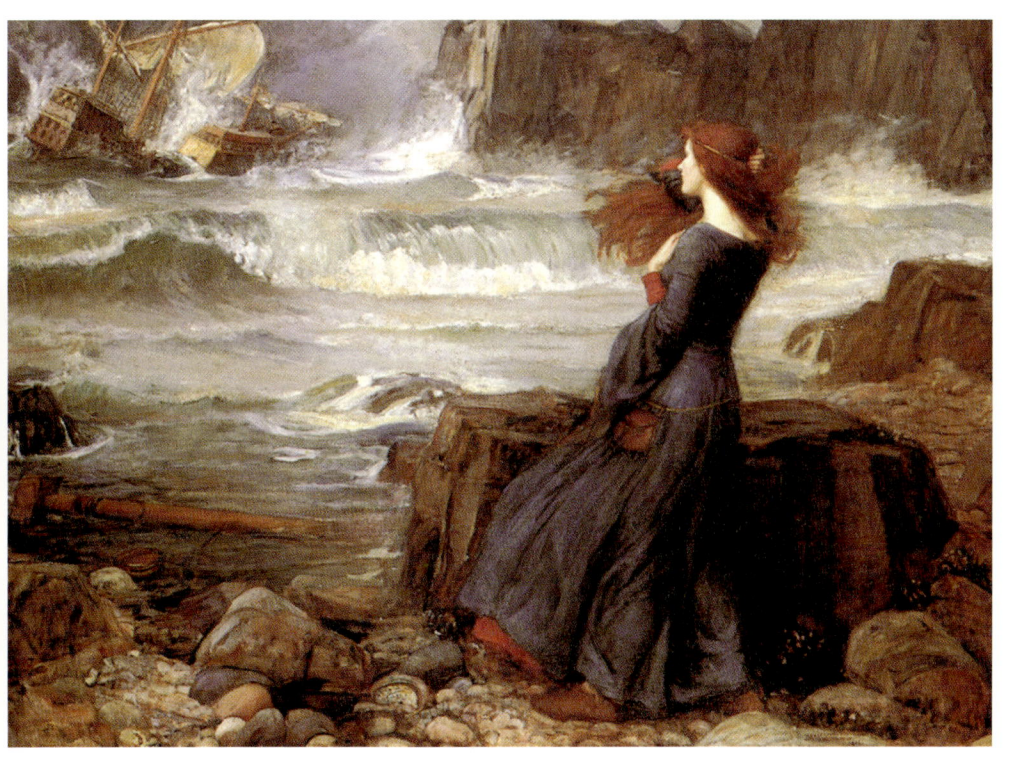

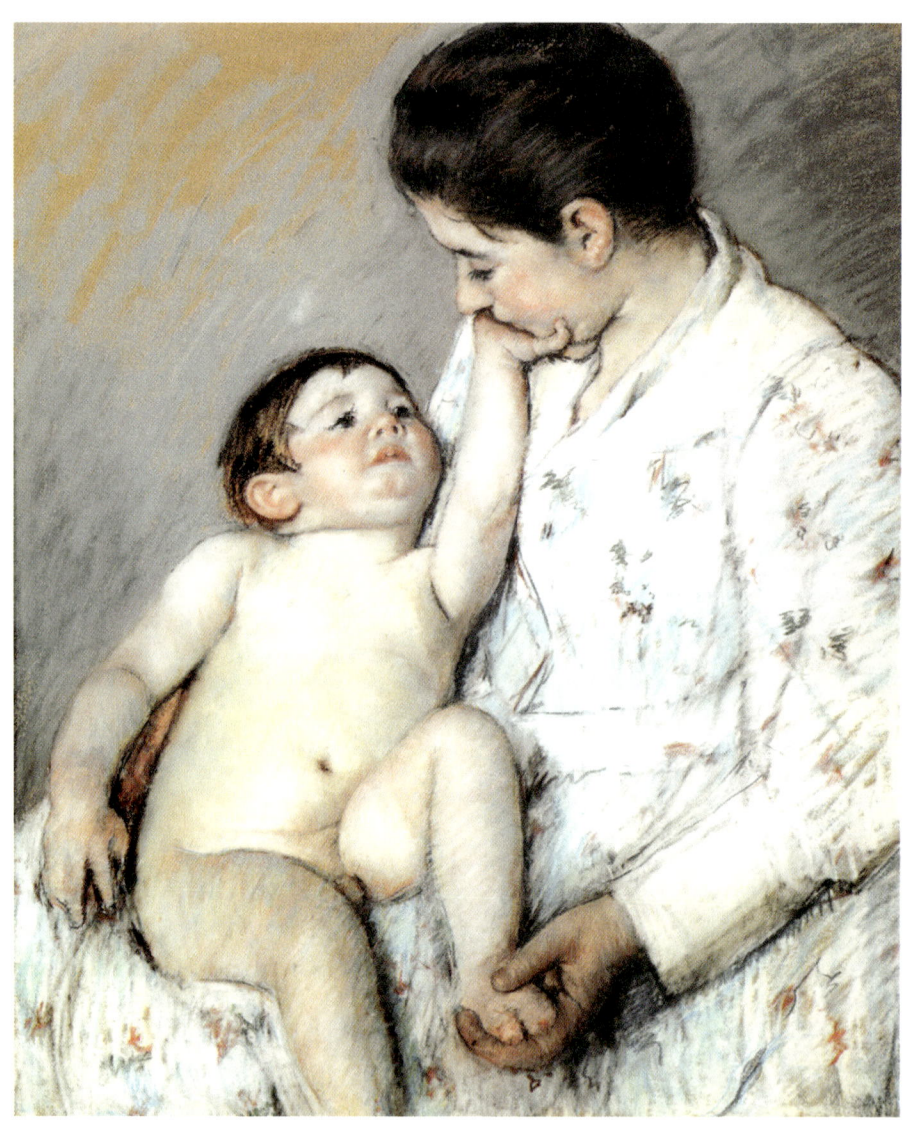

3부

내가 새로운 사랑을 할 때

아이와 엄마

메리 커셋,
「아기의 첫 애정 표현」,
1891년, 종이에 파스텔,
61×76.2cm,
개인 소장

아이와 엄마를 따뜻하게 담은 작품들로 유명한 화가 메리 커셋. 그녀는 어떤 엄마였을까? 사실 그녀는 결혼을 한 적도, 아이를 낳은 적도 없다. 모든 것이 남성 중심이었던 19세기, 그녀는 미국의 학계와 화단에 염증을 느껴 과감히 프랑스로 떠난 당찬 여자였고, 에콜 데 보자르 같은 학교가 남자들에게만 개방되는 현실에 굴하지 않고 고전을 독학으로 탐구한 투지 있는 작가였다. 그런 상황에서 커셋은 끊임없이 엄마와 아이의 상호유대를 주제로 한 그림들을 그렸다. 아이가 없는 커셋에게도 엄마와 아이 사이는 따뜻한 담요처럼 마냥 포근해 보였나 보다.

유치원에서 돌아온 아이에게 쿠키를 만들자고 하자 신이 나서 엄마를 향해 조잘거린다. 아직 오븐은 예열도 하지 않았는데 먼저 달아오른 아이의 빨간 볼과 동그란 눈 안에 반짝하고 짧게 빛이 지나간다.

"엄마, 나 공룡 쿠키랑 우주선 쿠키 만들어서 내일 친구들한테 보여줄 거야. 엄마는 그거 있잖아, 엄마가 좋아하는 거, 타지마할 쿠키 만들어줄게."

아이는 연신 목소리를 높인다. 그렇게 어려운 쿠키를 만들 수 있을까 조금 걱정되는 엄마와 달리 작은 캥거루처럼 집 안을 뛰어다니는 아이는 꿈에 부풀어 있다.

우리는 그릇에 달걀과 버터 등을 넣고 주걱으로 열심히 저어 쿠키 반죽을 만들었다. 덥석 반죽을 뜯어간 조그만 손이 연신 반죽을 주무르고 굴리는데 공룡은 쉽사리 나타나지 않는다. 아쉬운 대로 우주선을 먼저 만들었지만 당사자가 아니라면 그것이 공룡인지, 우주선인지 알아볼 수 없는 형체 불명의 쿠키들만 가득하다. 타지마할은 만들지 않아도 된다고 할까 망설이는데, 녀석은 벌써 무굴제국의 전문가 2만 명이 동원되어 22년에 걸쳐 만들었다는 건축물의 시초를 다질 반죽을 열심히 굴리고 있다.

"홍아, 이건 좀 어려울 것 같은데, 타지마할 어떻게 생겼는지 생각나?"

"어, 그거, 이렇게 크고 동그랗고, 동그랗게 생겼잖아. 나 알아."

허공에 크고 작은 동그라미 몇 개를 그리며 설명하는 아이의 진지한 표정에서 나는 오늘의 마지막 작품이 될 타지마할의 형체를 얼핏 볼 수 있었다. 잠시 후 우리는 오븐 앞에 쪼그리고 앉아 초콜릿 공룡과 초콜릿 우주선과 초콜릿 타지마할이 '짠' 하고 나타날 준비를 하는 모습을 지켜보았다. 달콤한 냄새에 들떠 조바심이 난 우리를 다독이듯 오븐의 타이머는 째깍째깍 탄생의 순간을 향해 달려가고 있었다.

엄마가 되기 전 내가 '환희'라는 말을 알고 있었을까? 엄마를 사랑하느냐고 물으면 고개를 갸우뚱하고 수줍은 얼굴을 하는 아이를 알기 전에, 가을 저녁 나무 아래에서 그녀를 밀어주는 엄마에게 행복을 고백하는 아이를 알기 전에, 내게 '행복'이나 '기쁨' 같은 말들이 진정 의미가 있던 것이었을까? 오늘도 나는 잠든 아이의 얼굴을 가만히 들여다본다. 나의 몸 안에 함께 살고 있다가 세상으로 나온 두 발을 어루만져본다. "내가 정말 너 때문에 못 살아" 하고 소리 지르며 하루에도 몇 번씩 높은 곳에 올라간 아이를 끌어내리고, 어질러놓은 장난감들을 모으면서도 잠든 녀석을 바라보기만 해도 흐뭇한 것을 보면 내 이름은 이제 엄마가 맞는 것 같다. 아이 때문에 울고, 아이 때문에 나는 웃는다.

내 이름은
엄마
입니다

지난겨울 평소 만성 폐질환을 앓고 있던 시아버지께 생사를 넘나드는 위기가 찾아왔다. 우리 집 현관에는 만약을 위해 준비한, 현금 봉투가 든 작은 가방이 꾸려져 있었고, 맏며느리인 나는 전화 수신음을 최대로 올린 것도 모자라 가장 크고 시끄러운 벨소리로 세팅해놓고 언제든 전화가 오면 달려 나갈 수 있도록 만반의 준비를 하고 있었다. 한밤중에도 새우처럼 꼬부리고 옅은 잠을 자야 했던 그때, 집안 일을 하다가 남편의 전화를 받고 순간 멈추었던 호흡을 쓸어내린 적이 한두 번이 아니었다. 다행히 차도가 있어 응급상황은 해제되고 시아버지는 치료를 위해 집이 아닌 요양원으로 가셨다.

　　같은 아파트 맞은편에 살면서 시아버지의 오랜 병치레에 늘 마음이 무거웠지만, 막상 먼 곳으로 가시니 한없이 짠한 마음이 들었다. 눈이 많이 내리던 어느 날 요양원으로 향했다. 몇 개의 터널을 지나 가평으로 들어서자 눈은 차가 움직이기 힘들 정도로 수북이 내려앉아 있었다. 아까부터 어른들이 주고받는 대화가 신경 쓰였는지 아이는 "엄마, 눈 오는 게 나쁜 거야?" 하고 물었다. 엄마로서 아이에게 좀 더 객관적으로 눈에 대해 알려주고 싶어서 일단 답을 미룬 채, 우리는 병동으로 들어섰다.

눈으로 둘러싸인 호젓한 병원은 생명의 기운이 가신 얼음처럼 찬 곳이었다. 병마와 싸우느라 지친 시아버지의 안색에도 온기는 희미했다. 아이와 부러 익살스러운 이야기로 너스레를 떨고는, 쉬고 싶다는 어른을 뒤로하고 우리는 뒷산으로 산책을 갔다.

산책로에는 환자들이 휴식을 취하고 기운을 얻을 수 있도록 나무들이 즐비하면서도 배려하는 모양으로 심어져 있었다. 정원의 세계에 무지한 나는 나무들의 이름은 알 수 없었지만, 잎을 잃은 잔가지마다 피어난 눈꽃들이 겨울의 쓸쓸함을 잠시 잊을 정도로 환상적인 매무새로 소복했다. 마치 내일 아침이면 시집갈 새색시의 하얀 버선처럼 곱고 정성스러운 모습에 나는 그만 넋을 잃고 그 아래에 서 있었다.

"엄마, 우리 저기까지 가보자, 빨리."

들만 보면 뛰어다니고픈 충동에 휩싸이는 사내 아이의 재촉에 제법 멀리까지 눈밭을 걸었다. 어느덧 아이의 손과 볼은 홍매화처럼 붉고 차가워졌다.

"홍아, 이제 가자. 할아버지가 걱정하셔."

걸어온 길을 다시 걸어 병동으로 향하는데, 잠시 후 아이가 소리쳤다.

"엄마, 저기 좀 봐! 우리 발자국이 있어."

신이 나서 강아지처럼 활발해진 아이와 달리 나는 뭉클한 마음을 감출 수가 없었다. 그것은 지난 시간 우리가 함께 걸어온 길을 닮은 모양으로 멀리에서 점점 이쪽으로 다가오고 있었다. 홍아, 언제 이만큼 자라서 발자국이 저만큼 커진 거니. 고요한 뜰 하얀 눈밭 위에 새겨진 우리 두 사람의 발자국은 나에게 생명과 죽음, 그리고 엄마가 되는 것은 이런 것이라고 가르쳐주고 있었다. 뜨거워지는 눈시울을 억누르지 못해 저만치서 나를 부르는 아이의 목소리에도 나는 잠시 발길을 옮기지 못했다.

겨울은 물이 부족한 계절이다. 그래서 나무들은 잎을 떨구고 계절을 날 준비를 한다. 눈이 내리는 날에는 녹은 눈의 물기로 마른 뿌리를 적시며 조용히 봄을 기다린다. 눈은 하늘에서 생명을 위해 내려주는 영양제이자 수분 보충제. 나는 눈 내리는 날 눈에 파묻히는 모든 것을 사랑한다. 그중에서도 소리가 묻혀 주위가 뭉툭해지는 포근함은 언제까지고 떠나보내고 싶지 않다. 그래서 누군가 생을 다하는 날 눈이 와서 놓고 싶지 않은 생을 향한 절규도, 상실로 찢어지는 가슴이 통곡하는 눈물도 다 묻힐 수 있다면, 견딜 수 없는 슬픔도 조금은 줄어들지 않을까 하고 비겁한 생각을 한다.

소멸은 늘 생명의 가장 가까운 곳에 있다. 그렇기에 우리는 소멸에서 생명을 본다. 눈은 녹아 물이 되어 땅 아래로 사라지고 그것에서 얻은 기운으로 새로운 생명이 봄을 밝힌다. 엄마란 아이가 기쁠 때 함께 웃고 아이가 슬플 때 함께 울어주는 존재라면, 엄마의 마음은 한겨울의 눈처럼 모든 것을 위해 녹아내리는 희생을 기꺼이 받아들여야 할 것이다. 우리의 부모가 그랬듯이, 그들의 부모가 그들에게 그러했듯이, 우리는 서로를 내주며 오늘도 생과 삶을 이어간다.

집으로 돌아오면서 아이에게 눈은 고마운 존재라고 말해주었다. 아이는 자기가 좋아하는 눈이 세상에 도움이 되는 존재라니 역시 눈은 소금 같은 것이 맞다며 흐뭇해했다.

'태홍아, 지금처럼 쑥쑥 자라서 너도 누군가에게 눈처럼 소중한 사람이 되어주렴. 슬프거나 기쁠 때 너의 발자국은 엄마 가슴에 마음껏 찍어놓아도 좋단다. 엄마는 그러려고 이 세상에 와서 너를 만난 거니까.'

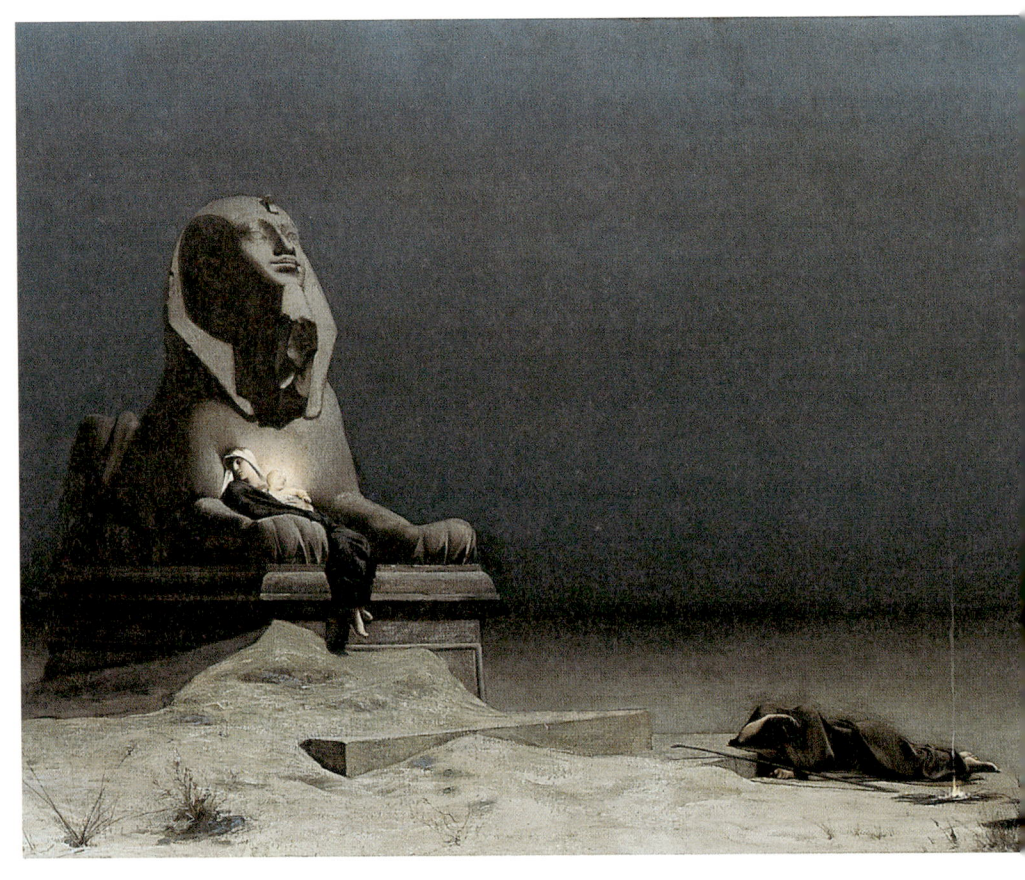

뤽 올리버 멀슨,
「이집트로의 피난 중 휴식」,
1880년, 캔버스에 유채,
77×133cm,
니스 미술관

장차 세상의 모든 수수께끼를 풀어낼 아기예수를 안은 어머니 마리아가 힘겨운 피난길 도중 스핑크스의 품에 기대 잠을 청하고 있다. 수수께끼를 맞히지 못하는 사람을 잡아먹었다는 전설 속의 괴물 스핑크스에 기댄 모자의 운명은 이미 엄청난 소용돌이에 휘말린 듯, 사막의 적막 속에서도 불안한 기운이 느껴진다.

누군가의 어머니가 되고 또 누군가의 자식이 되는 운명은 인간의 의지가 아닌 신이 내린 선택이다. 그러므로 그 인연을 이어가는 것은 산의 정상을 오르듯 더 높은 곳에 이르려는 발버둥이 아니라, 사막을 건너듯 서로의 운명에 감추어진 수수께끼를 하나씩 풀어가는 기다림의 과정일 것이다.

베로니카
이모

왱왱 울리는 매미 소리에 계절도 지쳐가던 늦여름의 끝 무렵, 나의 첫 출산 예정일이 다가오고 있었다. 하지만 엄마는 사정이 있어 내 산후 조리를 거들어줄 수 없었다. 그때 가까운 친구가 믿어도 된다며 베로니카 이모를 소개해줬다. 힘찬 걸음으로 다가와 악수를 청하며 아기가 태어나면 잘 지내보자던 이모는 활기가 남다르고 세련된 사람이었다. 그런데 나는 마음이 마냥 편하지만은 않았다. 이모는 아이를 낳은 적이 없었기 때문이다. 나도 처음이라 아는 것이 하나도 없는데, 마찬가지로 경험이 없는 이에게 의지해야 한다는 사실이 불안하고 두려웠던 것이다. 그러나 그 분이 아니면 도움을 청할 사람이 없었다.

출산 전 이모와 한 번 더 만나고 집으로 돌아오는 길, 한 치 앞도 보이지 않을 정도로 세찬 소나기가 쏟아졌다. 두 번 만났지만 아직은 낯선 베로니카 이모의 차를 탔는데, 빗방울의 기세는 점점 더 강해지더니 소리를 넘어 물리적인 존재로 변모해 차 안의 공기를 휘저었다. 애써 침착하려 했지만 이모는 그런 내 기색을 눈치챘는지 곧 오랜 친구처럼 세상사 이야기를 시작했다.

예전에 이모가 아주 젊었을 때 비행기를 타고 뉴욕 공항에 내린 사건부터 뉴욕에서 옷가게를 했던 이야기며, 또 그렇게 험한 도시에서 운전을 했던 이야기며, 뉴욕의 택시 운전사 이야기며, 들을수록 빠져드는 이모의 이야기는 재미난 풍경들로 이어져 순식간에 한 사람의 짧은 히스토리로 모아졌다. 그날 집에 도착할 즈음 나는 조금이나마 이모에게 마음의 문을 열 수 있었다. 나와는 매우 다른 삶을 살아온 여자의 삶에 슬며시 공감할 수 있었다. 계속 신경 쓰이던 이모의 노란색 닥터 마틴 단화가 다정하게 내 마음 속으로 들어왔다.

지금도 건강하지만 아이는 출산 과정에서도 엄마를 힘들게 하지 않고 세상 밖으로 힘차게 나왔다. 문제는 산후 우울증이었다. 아침저녁으로 분주한 베로니카 이모를 봐서라도 차려주는 밥을 잘 먹고 싶었지만 호르몬 이상으로 정서의 균형을 잃은 나는 미역국만 봐도 눈물부터 나고 나 자신이 아닌 아이를 위해 억지로 밥을 먹어야 한다는 사실도 견디기 힘들었다.

"이모, 다음부터는 밥이랑 국 조금만 주세요."

"무슨 소리야. 애기 엄마가 무조건 많이 먹어야지. 아이고, 생선도 그렇게 먹어서 어떡해. 남은 건 내가 먹을 테니까 푹푹 떠서 많이 먹어."

"네, 저 천천히 먹을 테니까 가서 좀 쉬세요."

"무슨 소리야. 밥은 혼자 먹으면 재미없어."

"이모, 저희 돌보는 거 힘들지 않으세요?"

"무슨 소리야. 나는 이런 게 좋아. 예전에 내가 떠도는 고양이들 밥을 꼬박 챙겨주었더니 어미가 새끼를 낳아서 한 마리를 집 앞에 두고 갔더라. 사람이건 동물이건 거두고 보살피면 공이 있어. 어서 먹어."

한 달 내내 이모는 점심상을 치우면 언제나 장을 봐와서 새로운 요리를 해주고 팥빵과 꿀호떡 같은 간식거리를 산더미처럼 쌓아놓곤 했다. 이모는 마치 보름달에 사는 바지런한 토끼처럼 우리의 속살을 메워주었다. 사실 당시 이모의 이야기는 귀에 하나도 들어오지 않았다. 나는 그저 혼자 있고 싶었고, 혼란으로 가득한 상황 밖으로 도망치고 싶었다.

어느 날 이모가 예전에 바닷가에서 주워온 것이라며 커다란 소라껍데기를 내 머리맡에 슬며시 두고 갔다. 그날 새벽 먼동이 트도록 혼자 창가에 멍하니 서 있는데 저쪽에서 커다란 소라껍데기가 하얗게 반짝였다. 귀에 대고 소리를 한번 들어보라던 이모의 말이 생각나 가만히 차갑고 커다란 그것을 귀에 대보았다. 아스라이 사라지는 연기처럼 파도 소리 같은 것이 오다가 가버리고, 갔다가 다시 오는 듯했다. 나는 참았던 한숨을 후 길게 내쉬었다. 엄마가 되는 것에 대한 두려움과 불안을 그제야 속 시원히 내뱉어본 것이다.

요즘 철이 드느라 가끔 나와 갈등을 겪는 아이의 머리맡에는 베로니카 이모가 선물로 준 소라껍데기가 여전히 하얗게 밤을 밝히고 있다. 그것이 기억하여 담고 있는 것이 떠나온 엄마의 품, 바다에 관한 것이라면 그리하여 가만히 귀를 대고 그 안으로 들어서는 누구에게든 언제나 넘실대는 파도와 바다의 넉넉한 품을 빌려줄 수 있다면, 아이를 낳지 못한 여인의 가슴이라도 한없이 넓어 그 품 안으로 들어서는 누구라도 숙연하게 하고야 만다.

신이 그녀에게 허락한 것이 무엇이고, 허락하지 않은 것이 무엇인지 모르지만, 따뜻한 마음으로 남을 돌보는 성녀 베로니카의 모습을 나는 이모에게서 보았다. 그것이 바로 몸과 마음이 지친 상태로 혼자 앉은 식탁에서 내가 늘 그녀와 그녀의 이야기를 그리워하는 까닭이리라.

그림을 그리기 위해 잠시 올려놓았을 꽃병 덕분에 겨우 생기를 얻은 낡은 의자는 어딘가 친정 엄마의 푸근한 미소를 닮았다. 「마담 X」처럼 치명적인 매력을 지닌 그림을 그린 작가의 작품이라기에는 전혀 드라마틱하지 않지만, 이 그림에서 자신만의 의자를 보는 이들도 있을 것이다.

언젠가 베로니카 이모의 집에 점심 초대를 받아 갔던 날, 나는 서재에 있는 흔들의자에 앉아 아이에게 젖을 주었다. 오래되어 다리도 앙상한 그 의자에서 지난 이야기가 읽혔다. 그 의자는 이모의 남편이 아기였을 때 부모님이 쓰시던 것을 새로 칠하고 손보며 대를 물려온 것이었다. 한창때의 활기를 자식에게 전부 내준 부모, 그들을 닮은 다리 네 개가 부모됨의 의미를 뭉클하게 일깨워주었다.

110

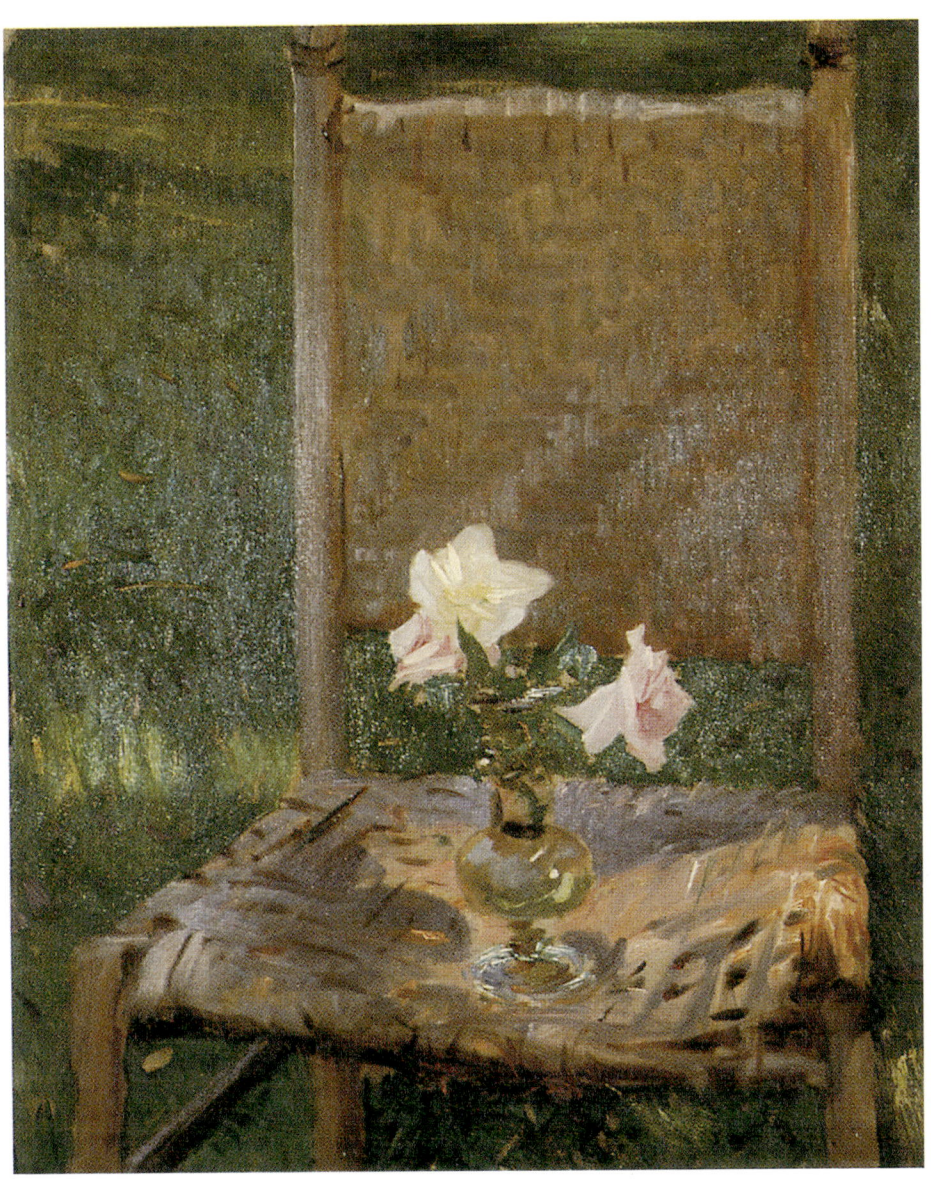

엄마가
가르쳐준
맛

"치즈의 숙성과정은 인간이 지혜를 얻고 성숙하는 과정과 사
못 비슷하다. 그 두 과정 모두, 삶은 100퍼센트의 사망률을 기
록하는 불치병이라는 사실을 깨달음으로써 얻어진다."
_존 란체스터, 『아주 특별한 요리 이야기』 중에서

쇼핑을 마치고 막 헤어지려는데 친구가 한숨을 푹 쉰다. 집에 가면
엄마가 또 부정적 코멘트로 찬물 끼얹을 텐데 벌써부터 두렵다는 것
이었다. 나는 위로하듯 고백했다.
　　"그래도 너희 엄마는 말로 하시지. 우리 엄마는 이젠 말 같은
건 하시지도 않아. 눈빛으로 응수해. 위아래로 훑어보기 시작하면 바

로 항복이라니까."

그렇다. 한동안 엄마는 나만 보면 나를 제외한 가족들에 대한 불만이며 당신의 팔자에 대해 분노했다.

어느 날부터 엄마는 깨달음이 있었는지 부쩍 말수가 줄고 가급적 서로에게 지난한 이야기는 꺼내지 않았다. 불안하리만치 즐거운 모녀의 대화를 나누다가 나는 엄마의 눈치를 보며 헤어지곤 했다. 대신 엄마는 이제 눈빛으로 마음에 들지 않는 기운을 표시하기 시작했다.

만약 엄마와 약속이 있는 날 엄마가 싫어하는 장식이 많은 옷이나 준수하지 못한 차림으로 나타나면 엄마는 인사를 하는 동시에 그 눈빛을 보냈다. 결이 고운 것을 좋아하는 우리 엄마에게 세상은 마음에 들지 않는 곳이다. 파란색에도 물색과 잉크색이 있어 결국엔 불만으로밖에 메울 수 없는 이상과 현실의 간극 그 자체인 엄마의 취향은 사실 딸인 나에게는 매번 옳다. 얼마 전 친구가 마지못해 웃으며 "우리 엄마는 네거티브 오 여사"라고 했던 것처럼 엄마의 성을 따서 '신 눈빛'으로 불리는 우리 엄마와 친구 엄마를 말릴 수 있는 것은 이제 아무것도 없어 보인다.

"엄마, 그만 좀 챙겨요. 이럴 거면 아예 김치냉장고를 차에 실어주지 그래요."

친정에 갔다가 집으로 올 때면 나는 엄마와 늘 실랑이를 한다. 엄마는 늘 우리 부부가 양손에 들고도 넘치는 대파와 마늘 같은 식자재며 아이 먹일 과일을 몇 뭉치씩 챙겨놓는다. 온 김에 가져가라는 것이 엄마의 변이지만 나는 친정집 기둥뿌리 뽑아가는 죄책감에 미안할 겨를도 없이 엄마의 넘치는 사랑을 견디지 못해 그만하라고 비명을 지르고 만다. 그러면 엄마는 씁쓸한 얼굴로 으레 그 눈빛을 보이며 손을 거둔다. 그러나 다음 주말 엄마는 내가 남기고 온 된장과 땅콩을 들고 버스와 지하철을 두 번이나 갈아타고 우리 집 현관에 나타난다.

어렸을 때 우리 집은 저녁이면 쓸쓸하면서도 분주했다. 건설회사에 다니던 아버지는 항상 지방 현장에 계셨고 엄마가 우리 3남매를 거의 혼자 키우다시피 했다. 엄마에게 제일가는 가치는 잘 먹이는 것이었다. 엄마는 매일 저녁 시금치와 콩나물 단짝 반찬에 생선을 가지런히 손질하고 알맞게 구워 풍성한 밥상을 차렸다. 식탁이 없던 그 시절 엄마가 방으로 들고온 상에 둘러앉아 3남매가 밥을 먹기 시작하면 엄마는 그제야 밥하느라 다 젖은 앞섶의 물기를 털고 한숨을 돌렸다.

워낙 밥도 잘 먹고 숙제며 공부며 알아서 하던 나에게 엄마를 차지할 기회는 잘 나지 않았다. 권하지 않으면 충분히 먹지 않는 언니와 어린 동생을 거두는 데 바빠 엄마는 나까지 돌볼 여력이 없었던 것이다. 어느 봄날 오후 학교에서 돌아오니 싱크대에 딸기가 수북이 담긴 소쿠리가 있었다. 식탐 많던 내가 연신 딸기를 입안으로 넣자 엄마는 언니에게 딸기 먹었다는 말은 하지 말라며 소쿠리째 넘겨주고는 어느새 쪼그려 잠들었다. 엄마의 배가 올라왔다 내려갔다 하며 코 고는 소리가 나직한 가운데 나도 빈 소쿠리를 밀고 엄마에게 묻혀 덩달아 잠들었다. 나른한 오후, 엄마와 딸기를 독차지했던 행복함은 지금도 소중히 간직하고 있는 나만의 비밀이다.

뭘 해도 기분이 나아지지 않고 몸도 축 처지는 날 음악의 정서에 힘입어 기운이 솟을 때가 있다. 누가 나를 위해 만들어준 것처럼 고마울 정도로 그럴싸하게 마음을 움직이는 노래나 연주를 듣고 있으면 음표 하나하나가 가슴에 와 박히며 기분이 좋아진다. 내게 엄마의 음식도 그런 것이다. 아무리 입맛이 없다가도 엄마가 만든 나물 반찬을 한 입 먹으면 바로 입맛이 돌고 기운이 나고 기분이 바뀐다. 어릴 적 우리 어머니가 해주던 그 맛이 왜 안 나는지 모르겠다며 언제나 참기름도, 방금 넣은 깨도 한 숟가락 두 숟가락 더 넣는 시아버지가 늘 헤매며 찾았던 그것이 바로 엄마의 맛이다. 세계 어느 나라에나 있는 진부한 문구처럼 '홈 메이드'나 '엄마가 차려준 밥상'에 있는 맛이 아니라, 태어나 처음으로 만나 칠순을 넘긴 나이에도 최고인 것이 바로 '우리 엄마의 맛'이다.

엄마의 맛은 그리움이다. 한 입 먹으면 추억 속으로, 또 한 입 먹으면 어느새 엄마의 품속으로 간다. 그래서일까. 나는 우리 엄마의 맛 앞에서 언제나 기꺼이 항복하고 기꺼이 즐겁다. 그것이 없다면 늘 힘에 부치는 수레처럼 무거운 내 삶을 어떻게 끌고 갈지 자신이 없다.

칠순을 앞둔 엄마는 이제 함께 드라마를 보다가도 코를 골며 잠들어버린다. 그런 모습을 보면 마음이 약해서 늘 한바탕 눈물부터 쏟아내던 엄마의 지난 시절이 오버랩되며 마음이 짠해진다. 천성이 여린 엄마의 이야기에는 나병에 걸린 아버지를 혼자 모시고 들판 한가운데에서 남들과 떨어져 살았던 끝주네 집 장독대와 어느 봄날 끝주네 마당을 찾아온 나비 같은 것이 등장한다. 그런 이야기를 할 때면 엄마는 참외를 깎다가도 눈물을 글썽이고 코끝이 빨개진다.

나이 들어 가장 슬픈 것은 다가올 부모와의 이별이라는 것을 깨달은 딸에게 잠든 노모의 모습은 늘 가슴 한쪽을 울컥하게 하고도 남음이 있다. 아이처럼 잠든 모습에 목구멍까지 차오르는 서글픔을 견디지 못하고 엄마의 품을 엿볼라치면 잠귀 밝은 엄마는 이내 선잠에서 깨고 만다. 안쓰러운 노모에서 다시 '신 눈빛'으로 돌아오는 것이다. 엄마는 이내 엄마를 사랑하지 않을 수도, 항복하지 않을 수도 없게 소리친다. "지랄한다, 마."

핵터 마누엘 에르난데스,
「어머니의 초상」,
2009년,
캔버스에 유채,
35.5×91.4cm,
작가 소장

잠든 가족의 얼굴을 물끄러미 바라본 적이 있는가. 의식의 무장을 풀고 잠든 얼굴은 같은 인간으로서 가슴이 저릿한 측은함을 느끼게 한다. 그림 속 어머니의 잠든 얼굴에서는 무엇도 보태지 않은 어머니의 원래 모습을 볼 수 있다. 잠든 엄마의 모습은 평화의 다른 말이다. 아무리 사소해도 걱정거리가 있다면 마음 놓고 잠을 청할 수 없는 것이 엄마라는 사람들이기에, 잠든 엄마의 모습은 언제 보아도 흐뭇하고 편안하다.

엄마가 잠시 쉬는 동안, 설거지통의 그릇들은 때를 불리고 냉장고 속 고기와 생선에는 맛이 스며든다. 평생 허리 한 번 마음껏 못 펴보고 키웠어도 다 내주지 못해 미안한 마음의 다른 말, 엄마가 가르쳐준 맛과 사랑은 이런 것일 게다.

작가는 어머니의 모습이 담긴 이 그림을 누구에게도 팔고 싶지 않았다고 한다. 그래서 작가가 소장하고 있다. 어머니를 향한 작가의 애정이 묻어나는 소장처이다.

117

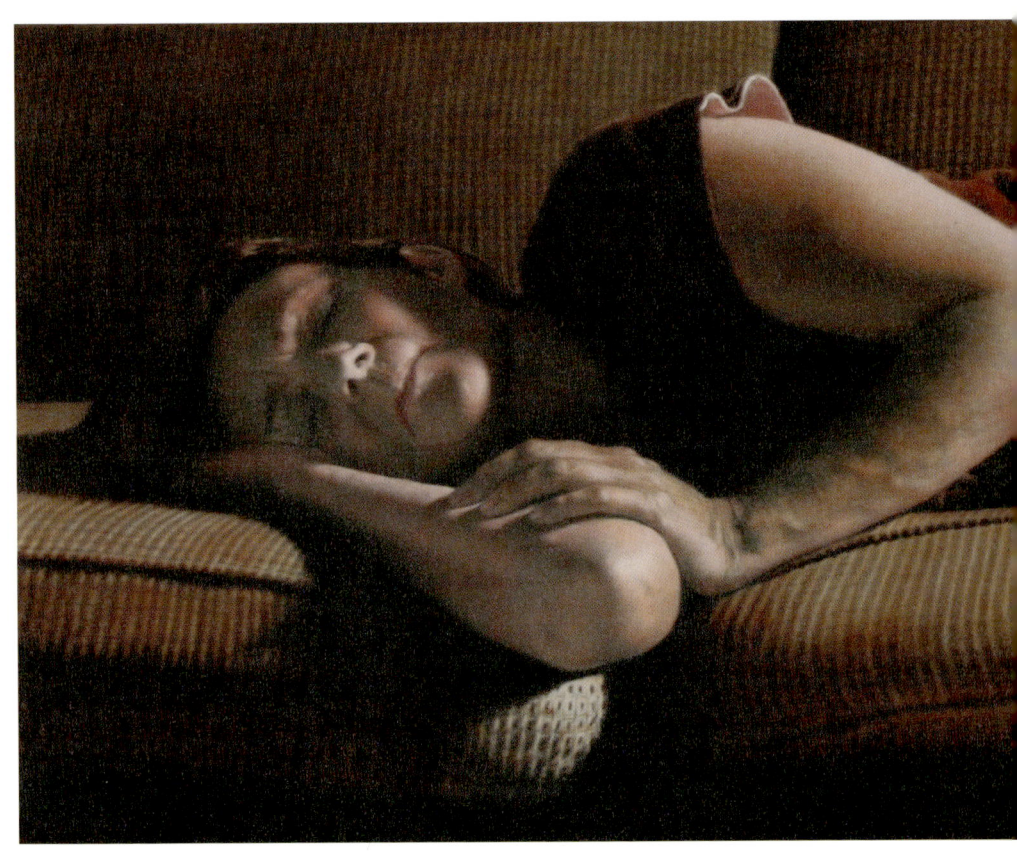

118

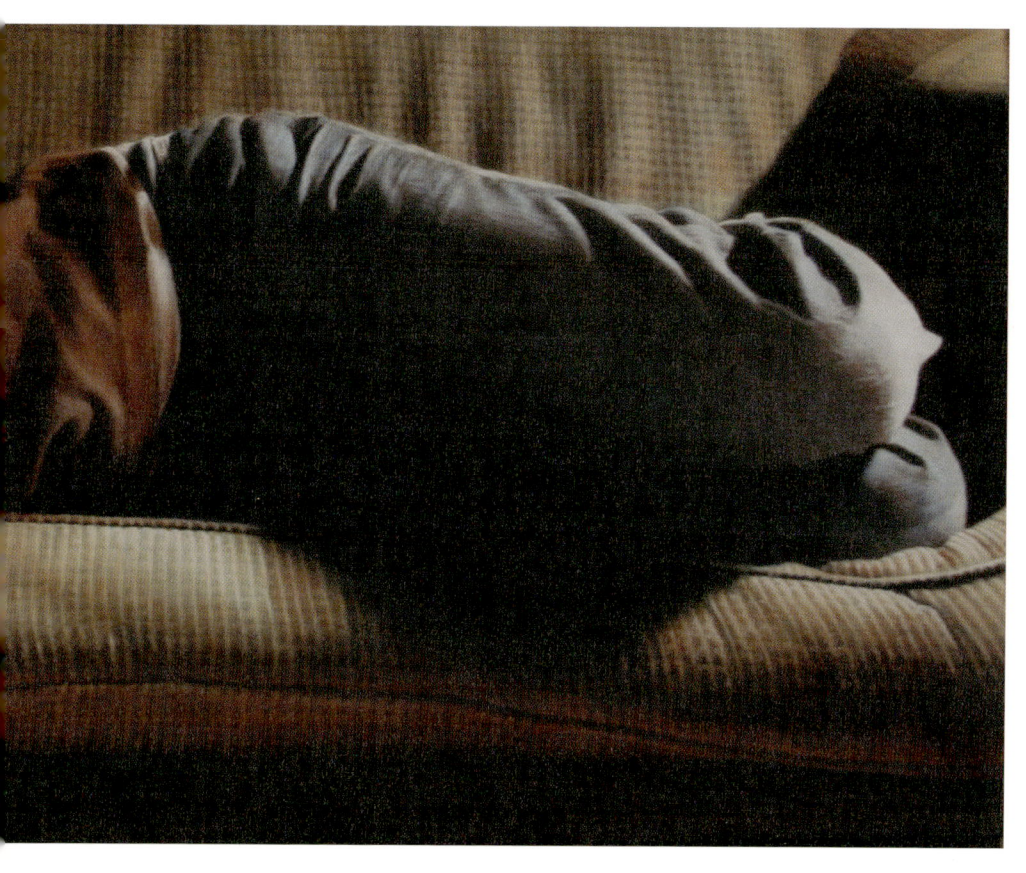

엄마의
　　속
　　사정

미국 소설가 레이먼드 카버의 단편소설 「이웃 사람들」에는 무미건조한 삶을 사는 부부 빌과 앨린이 등장한다. 어느 날 이웃인 스톤 부부가 이들에게 고양이와 화초를 부탁하고 여행을 떠난다. 번갈아 스톤 부부의 집을 드나들게 된 두 사람은 뜻밖의 호기심을 억누르지 못하고 집 안 곳곳을 살피며 타인의 사적인 영역까지 거침없이 손을 대기 시작한다. 처음에는 빌이 스톤의 옷을 꺼내 입어보는 사소한 비행이었지만, 점차 대담해진 이들은 장식장에 있는 술을 마시고 급기야는 서랍 속의 은밀한 사진까지 꺼내본다. 뜻밖에도 이러한 행동들이 자극이 되어 빌과 앨린의 관계는 전에 없던 생기를 찾는다.

　　흔히 우리가 이웃에 대해 혹은 이웃과 나와의 관계에 대해 가지고 있는 일반적인 개념들과 달리 두 사람의 이야기는 독특하면서도 쌉쌀한 데가 있어 긴장을 유발한다. 마치 달콤하고 먹음직스러워 보이던 케이크에서 예상치 못한 불쾌하고 종잡을 수 없는 맛이 나는 것처럼, 기존의 생각들은 편견이고 선입견이었음을 여지없이 각인시킨다. 내게 엄마가 되는 것도 이와 다르지 않았다면 과장일까?

내가 엄마가 되기 전 세상의 모든 엄마들은 행복해 보였다. 여자로서 누릴 수 있는 최고의 기쁨이라는 엄마의 삶을 사는 그녀들의 모습에서 행복 이외의 다른 모습은 본 적이 없었다. 그래서 막 엄마가 되었을 때 나는 의심할 수 없었다. 이제 수없이 보아온 자애로운 얼굴로 작고 여린 생명을 품에 안은 그녀들처럼 행복해지기만 하면 될 테니 말이다. 그러나 눈앞의 현실에 대한 내 반응은 빌과 앨린의 숨겨진 본능처럼 야만적이고 저속했다.

출산 과정에서 지친 몸을 쉬게 해야 한다는 강박증과 함께 내 안에서 나를 미치게 했던 광기는 인간도 짐승이기 때문에 발현된 것이리라 생각한다. 그때 나는 사람이 아니라 새끼를 낳은 짐승이었다. 누가 아이를 해칠까 봐, 아이가 잠든 사이 숨을 쉬지 못할까 봐, 나는 출산 직후 사흘간 한 순간도 잠들지 못했다. 어릴 때 할머니가 기르시던 토끼가 새끼를 낳았을 때 토끼장 안을 절대 들여다보지 말라던 어른들의 경고를 무시하고 호기심 어린 눈길을 보냈다가 엄마 토끼가 새끼를 몽땅 죽였던 것을 보고 느낀 그 충격이 다시금 내 머릿속을 맴돌았다.

시간이 지나 생명에 대한 강박증은 가셨지만 엄마로서 행복해지는 것은 쉽지 않았다. 아이를 보살피는 것에 먼저 지쳤고, 개인으로서만 살던 삶의 부피를 키우는 것 역시 만만치 않았다. 그때까지 보고 들었던 엄마로서의 기쁨은 남의 이야기이거나 거짓말이거나 둘 중 하나였다. 엄마를 보며 옹알옹알 웃다가 잠든 아이를 다독이며 언제 키워서 나 없이도 걷고 먹고 말하게 할 수 있을까 푸념하는 것은 다반사였고, 아기 띠를 두르고 장바구니에 열두 롤짜리 욕실용 휴지를 든 헝클어진 내 모습이 거울에 비쳤을 때는 심지어 '이제 내 인생에는 종말이 고해졌구나' 하고 스스로 사형선고까지 내렸다.

좌절이라니, 그것은 생각해본 적도, 생각해서도 안 되는 엄마의 모습이었다. 왜 엄마들은 진실을 말해주지 않았던 것일까. 현실의 맛과 모양은 겉모습만 화려한 케이크 같다고 왜 아무도 말해주지 않았던 것일까.

"엄마, 오늘은 온 세상이 세수하는 날인가 봐. 저 돌 좀 봐. 깨끗해졌어."

봄비 내리는 이른 아침 각각 노란색 우산과 연두색 우산을 쓰고 산책로에 나서자마자 아이가 탄성을 질렀다. 한적한 산책로 곳곳에서 싱그럽고 여린 새싹들이 비를 맞아 기운이 나는 듯 반듯하게 활짝 웃고 있었다.

"엄마, 빗방울은 어떤 냄새가 나?"

"엄마, 빗방물이 물에 떨어지면 왜 튀어나가는 거야?"

"엄마, 자동차 바퀴가 센 거야, 빗방울이 센 거야? 바퀴가 빗방울을 밀어내니까 더 센 거지, 맞지?"

아직 모든 것이 신기한 아이에게 세상은 재미난 것들로 가득한 흥미로운 곳이다. 아빠와 함께 장을 보러 가는 길, 뿌예진 차창에 그림을 그리던 아이가 엄마를 불렀다.

"엄마, 이것 좀 봐."

"어, 그래, 괴물 그렸구나. 무섭게 잘 그렸네."

"엄마, 아니야, 이거 엄마야."

아이의 해맑은 대답에 나는 그만 흐뭇한 미소를 짓고 만다. 버스 정류장에서 선 누군가가 그때 나를 보았다면, 아마 엄마란 행복한 사람들이라고 믿었을 것이다.

현미경을 들고 추리소설을 들여다보는 것처럼 긴장이 감
도는 에이미 베넷의 세계는 사전에 만들어진 3D 모형을 통
한 사유와 관찰의 결과다. 작가는 먼저 모델하우스에 전시
하는 아파트 모형처럼 네모난 아크릴 상자 안에 배경을 구
성하고 손가락 크기의 사람들을 배치하는 과정을 거친 후
이야기가 만들어지면 캔버스에 옮긴다고 한다. 『이웃 사람
들』 연작 중 하나인 그림 속 눈 내린 조용한 마을에는 사건
이 한창 진행 중이다. 이층에서 무슨 일이 있었는지 층계참
의 두 사람은 당황해 넋이 나가 있고, 방문객으로 보이는
거실의 세 사람도 어리둥절한 상태 같다. 제목만으로는 상
상조차 할 수 없는 그림의 속사정처럼 세상은 자주 우리의
기대를 비껴간다. 엄마가 되는 것 역시 겪어보지 않으면 절
대 알 수 없는, 예기치 못한 사건의 연속이다.

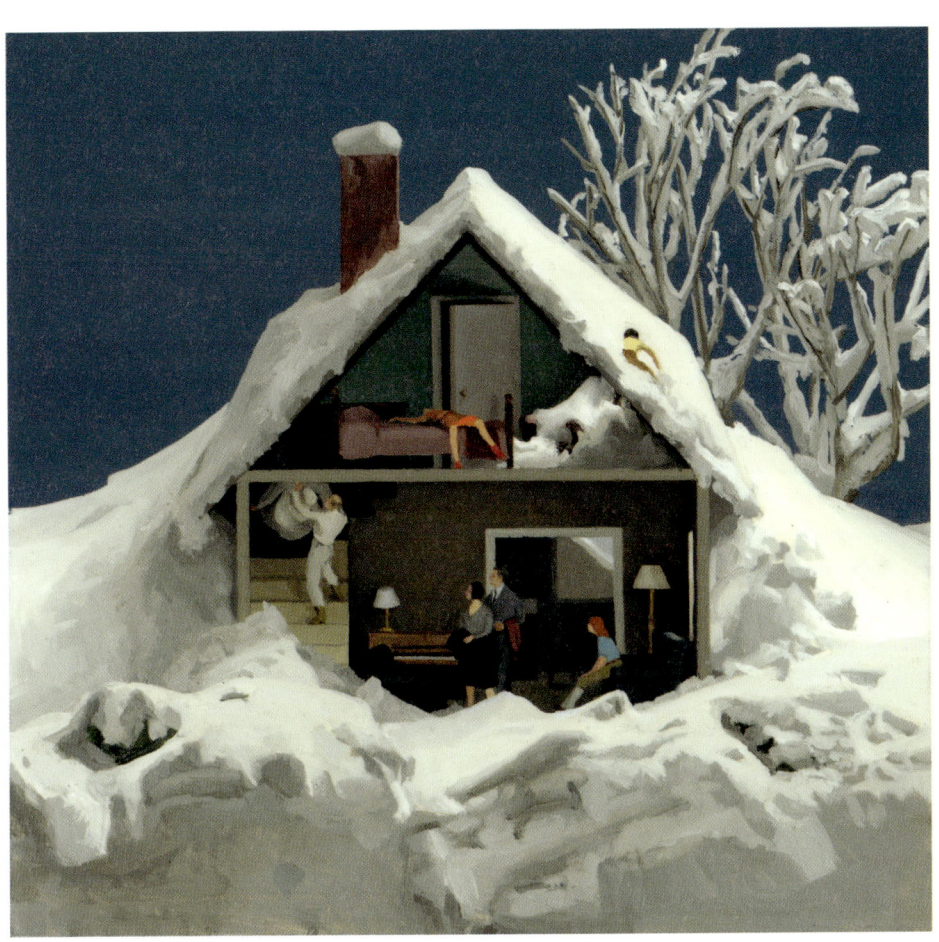

나비의
외출

외가에서 장난감처럼 가지고 놀았던 바이올린 때문이었을까. 여섯
살쯤 되자 아이는 바이올린에 관심을 보였고, 나는 같은 악기는 아
니었지만 동영상으로 첼리스트 요요마의 연주를 보여주었다. 제목
은 '엘모의 현악기 배우기'였는데, 어린이 TV 프로그램인 '세서미 스
트리트'에 출연한 요요마가 엘모에게 바이올린 연주법을 가르쳐주고
함께 듀엣으로 연주도 하고, 다른 퍼펫 친구들과 함께 딩딩댕댕 아름
다운 곡을 만들어내는 내용이었다.

　　아이는 자기가 좋아하는 엘모가 바이올린을 연주하며 익살스
러운 행동을 하는 것만 봐도 재미있어 죽겠다는 듯 키득키득 웃었다.
조금 더 욕심을 내 전부터 생각했던 미국 작곡가 데이비드 오코너의

'나비의 외출'도 들려주었지만, 녀석은 이내 관심 없다는 듯 일어나 총싸움을 하자며 자기 방으로 장난감 총을 가지러 가버렸다. 엘모와 연주를 하며 요요마는 아이들의 세계에 대해 이렇게 이야기한다.

"만약 당신이 그렇게 할 수 있다면, 아이들의 세계에 들어갈 수 있습니다. 그것은 진정 아이들만의 것이죠. 그리고 영원합니다."

이제 아홉 살이 된 내 아들 태홍이는 한때 또래 남자아이들이 거치는 '공룡 시기'를 보내느라 공룡이라면 자다가도 벌떡 일어났다. 매일 밤 공룡이 그려진 잠옷을 입고 공룡 백과를 보다가 잠드는가 하면, 이다음에 커서는 공룡이 되고 싶다고 말하는 바람에 '사람은 짐승이 될 수 없다'는 할아버지의 마음을 상하게 하기도 했다. 언젠가는 "엄마, 공룡 기도가 어떻게 하는 건 줄 알아?" 하더니, 나머지 손은 주먹 안으로 숨기고 손가락 두 개만 포개고 기도하는 시늉을 하며 설명까지 덧붙였다. 공룡의 왕 티라노사우루스는 손가락이 두 개니까 기도는 이렇게 해야 하는 것이라고. 나는 크게 웃었다. 엉뚱하면서도 진지한 그 모습에 아주 크게 웃었다.

공룡을 좋아하기 전에 태홍이는 중장비 자동차를 좋아했다. 틈만 나면 아파트 샛길에 앉아 자동차 바퀴 굴러가는 것을 꼼짝 않고 바라보곤 했다. 여북하면 그때 쓴 내 일기에는 근처 공사장에 밤에 몰래 가서 차 한 대 훔쳐다가 아이와 실컷 놀아주고 싶다는 그릇된 바람까지 적혀 있다. 매번 태홍이는 진지하고 성실하게 사랑에 빠진다. 설령 그 대상이 쓰레기차라 해도 그 확고한 사랑은 좀처럼 변하지 않는다.

요요마가 말하는 아이들의 세계란 이런 것이 아닌가 싶다. 모든 것이 마냥 흥미롭고 그저 궁금한 세계 말이다. 세속적 성공 같은 것은 찾아볼 수 없는, 아이들과 같은 순수한 열정을 가진 사람만이 진정 즐길 수 있는 그런 곳. 아이들은 길가에 고인 웅덩이에 발을 담그고 텀벙거리는 것만으로도 신이 나는 존재들이다. 하지만 슬프게도 지금의 아이들에게는 자기만의 세계를 충분히 가꾸고 누릴 수 있는 자유와 시간이 허락되지 않는 것 같다. 엄마들은 너무 일찍 아이를 세상에 맞서도록 준비시키느라 진정 가꾸어야 할 것들이 싹틀 수 있는 흙냄새 풋풋한 마음의 텃밭은 슬며시 뒤로 물려둔다.

내 아이가 뒤처질까 봐 미리 대비하도록 훈련시키는 것도 부모의 마음이겠지만, 나중에 아이들이 커서 진짜 돌아갈 마음의 고향은 어디일지 생각하면 그런 방식에 대해 진지하게 반성할 필요가 있다. 아이들의 세계가 영원할 수 있는 것은 어른이 되어서도 언제든 그 시간으로 돌아가 그때의 순수한 열정과 기쁨을 돌이켜볼 수 있기 때문이 아닐까. 어린 시절을 추억하는 동안 우리는 진정 집으로 돌아온, 길을 잃었던 어른이 된다.

프랑스의 작가 귀스타브 플로베르는 말했다. 천재란 아프리카에 살면서 눈을 꿈꾸는 사람이라고. 어려운 수학 문제를 척척 풀어내거나 외국어를 몇 가지씩 구사하는 사람만이 천재는 아닐 것이다. 아무것도 모르는 아이들의 눈과 마음으로 꿈꿀 수 있는 세상을 통해 우리는 더 낫고 더 밝은 것들로 삭막한 이 세상을 채울 수 있다. 나중에 태흥이가 엄마 아빠보다 더 키가 자랐을 때 사랑에 빠질 대상은 공룡이나 자동차는 아닐 것이다. 그 나이에 걸맞게 게임이나 컴퓨터 혹은 이해하기 어려운 음악에 몰두할지도 모른다. 어떤 대상이건 아이가 지금 공룡을 사랑하는 것처럼, 한때 쓰레기차에 열중했던 것처럼, 한 번 사랑에 빠지면 뜨겁게 몰입할 수 있으면 좋겠다. 그리고 아이 스스로 내면에서 자신을 발견하고, 세상과 가까워지는 법을 터득하기를 나는 밤마다 기도한다.

　　요즘 새롭게 레고에 빠진 태흥이가 잠든 머리맡에는 늘 너덜너덜한 레고 카탈로그가 놓여 있다. 원하는 것을 다 사주지 않자 틈만 나면 카탈로그를 들여다보며 혼자만의 시간을 보내는 태흥이의 재산 목록 1호인 것이다. 태흥이는 끊임없이 '자기 자신을 향한 뜨거운 마음'을 달구어가고 있다. 그 대상이 무엇이건 아이의 호기심으로 문을 연 세상이라면 크게 상관할 일은 아니다. 아직 애벌레인 태흥이가 스스로 만든 무늬가 새겨진 날개를 펼치고 진정 '나비의 외출'을 할 수 있을 때까지 나는 더 기다리고 또 기다려줄 것이다.

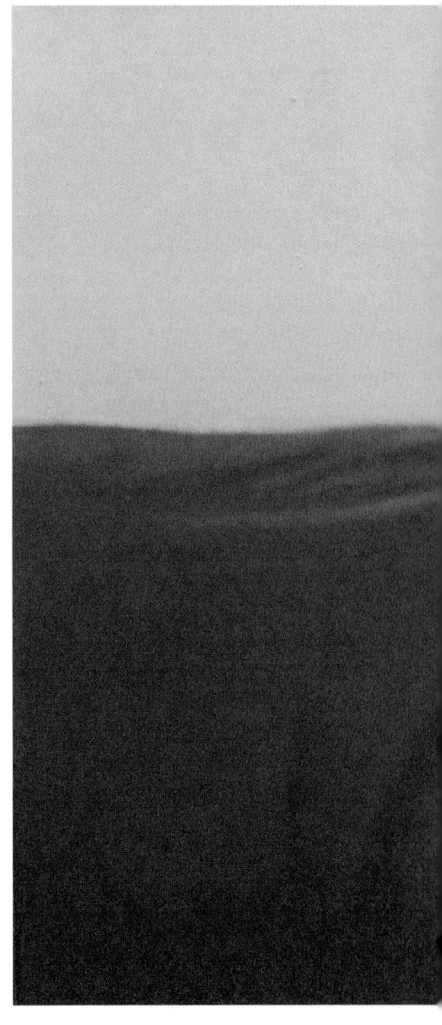

화가의 아들 샌디가 초등학교에 입학한 첫날 집에 돌
아와 교복도 벗지 않은 채 TV를 보고 있다. 샌디에게
오늘 하루는 어땠을까? 샌디는 학교에서 있었던 일들
은 잊고 싶은 듯 눈앞의 화면에 몰입하고 있다. 진공
에 가까운 고요가 보는 이마저 끌어들인다. 특정 매
체에 빠져 몰두하는 요즘 아이들의 모습을 그리고 싶
었다는 작가의 말처럼 화면 속에 정지해 있는 샌디의
모습은 내 아이와 꼭 닮아 있다.

나비가 처음부터 날개 달린 나비로 태어나지 않고 애
벌레의 과정을 거치는 데에는 까닭이 있을 것이다.
알록달록한 잠옷을 입고 고치 속 애벌레처럼 웅크린
채 잠이 드는 아홉 살 태홍이와 샌디는 오늘 밤 꿈속
에서 어떤 영웅을 만날까?

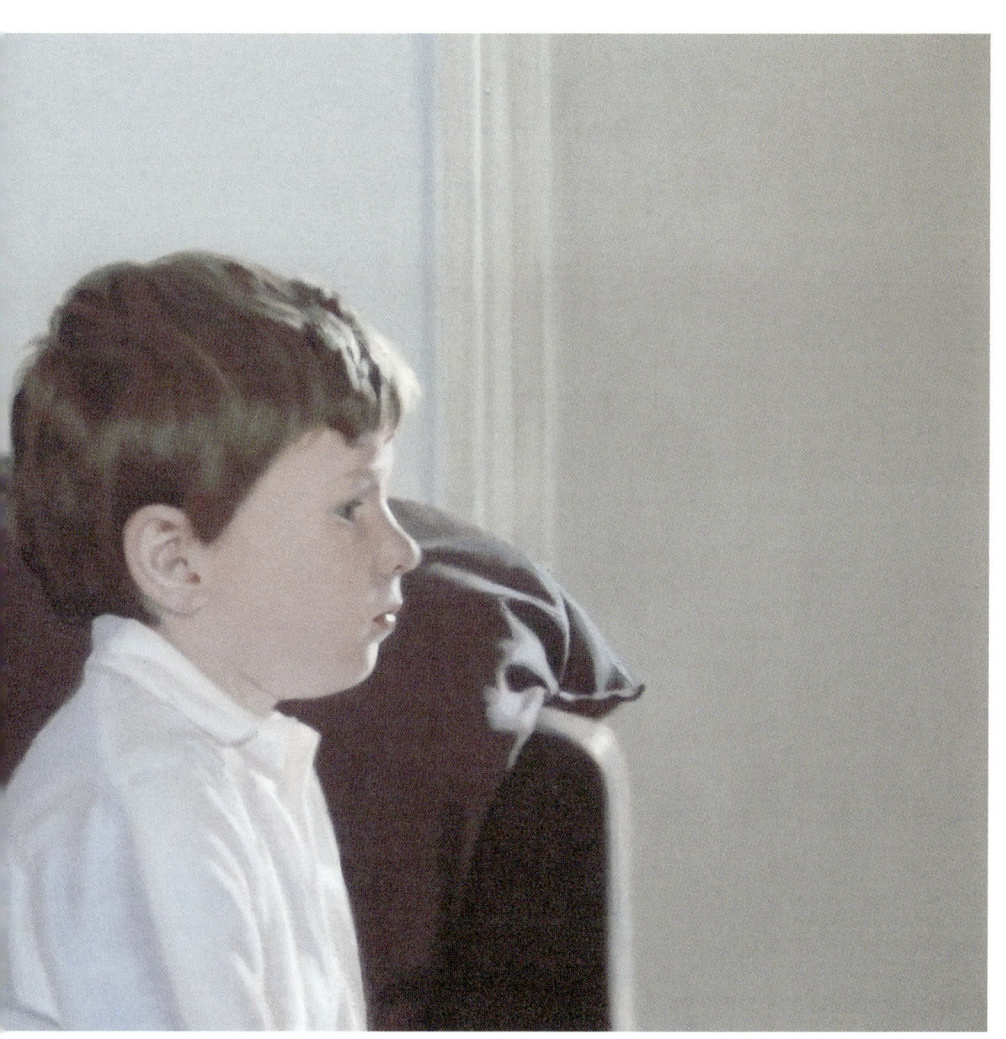

아이야,
　　엄마를
　　넘어서렴

내가 다녔던 학교 센트럴 세인트 마틴의 파운데이션 과정에는 수업 시간에 하루 종일 낙서만 하는 날도 있었다. 그날 수업을 시작하면서 선생님은 엄숙한 표정으로 점심 식사를 하기 전까지 A4 용지 두세 장 분량의 낙서를 해놓으라고 하고는 밖으로 사라졌다. 교실 안은 술렁이기 시작했고 키득키득 웃는 소리까지 들렸다. 몇몇은 웬일로 오늘은 이렇게 쉬운 과제를 주는 거냐며 여유라고는 찾을 수 없던 수업의 고충을 삐딱하게 털어놓았다.

어쨌든 낙서는 누구나 할 수 있는 것, 모처럼 부담 없는 시간이었다. 낙서로 작은 종이 몇장 채우는 것쯤 미술학교를 다니지 않아도 누구나 할 수 있는 일이다. 순식간에 아이들은 이리저리 아무것이나 그리기 시작했다. 반은 빈둥거리면서 종이를 채워놓고 중간 스낵시간에 간식까지 먹고 들어왔다. 그리고 정오가 되기 조금 전 굳은 표정으로 선생님이 나타났다. 선생님은 벽면에 걸린 우리의 너저분한 낙서들을 보더니 전부 뜯어내 바닥에 내려놓았다.

  "전부 다시! 이건 낙서가 아니에요. 내가 원한 것은 순수한 낙서일 뿐, 그림이 아니라고요."

  말을 마치자마자 선생님은 스튜디오 문을 닫고 쌩하니 나가버리셨다. 당황한 우리는 모두 말없이 점심을 먹었다. 그날 오후 스튜디오는 전에 없이 조용했다. 순수한 낙서를 하려니 생각처럼 쉽지 않았던 것이다. 눈을 감고 그려보기도 하고, 왼손으로 그려보기도 하고, 동그라미, 세모처럼 단순한 것들을 화면에 올렸다 지웠다 해보았지만 도무지 그럴싸해 보이지 않았다. 학생들이 학교 근처 쓰레기를 주우러 다닌다고 신고까지 들어왔을 정도로 어지간한 아이디어로는 견딜 수 없는 수업의 연속이었지만, 밖에 나가 주워올 것도 없던 그날 우리는 모두 소리 없이 고군분투했다.
  드디어 오후 세 시 선생님이 스튜디오에 돌아왔다. 평소 같으면 누가 칭찬을 받을까, 누가 과제를 제일 잘했을까 궁금해 했을 아이들이 모두 멍한 얼굴로 과제를 책상 위에 내놓았다. 우리의 표정 따위는 상관도 하지 않은 채 선생님은 빠른 걸음으로 교실 안을 한 바퀴 돌더니 어떤 남학생의 종이 뭉치를 휙 낚아챘다.

"자, 보세요. 이것이 바로 낙서입니다. 아주 훌륭해요."

모두의 시선이 모인 선생님의 손끝에는 '연필이 종이에 닿았다, 전에 없는 무형의 형태가 그려졌다'는 사실을 한눈에 알 수 있는 진정한 무의식의 기록이 들려 있었다. 잠시 후 선생님은 낙서로 가득한 종이들을 아무렇게나 잘라 대충 다시 모으더니 이렇게 거꾸로 들면 주얼리 디자인이 되고 입체로 모으면 건물이 된다는 결론을 내리고 수업을 끝냈다. 우리는 그날 낙서도 제대로 못하는 어리석은 아이들 취급을 당했지만 집으로 돌아오며 내 머릿속은 새로운 깨달음으로 분주히 움직이고 있었다. 창조란 아무것도 아닌 것에서 시작되는 법이다.

요즘 한창 숫자 공부를 하고 있는 아이에게 최대의 의문점은 '0'이다. 엄마가 수학에 지식이 없어 속 시원히 설명을 못해주는 것이 미안할 뿐이다. 거기에 최근 알게 된 무한대 개념을 포함해 의식과 개념의 세계가 생기기 시작한 아이의 사고 앞에서 나는 철학의 시초라든가 수학자 같은 낯선 단어들을 떠올리며 좌절한다. 수학에 대해 아는 것이라고는 구구단뿐인 엄마에게 아이는 동그란 눈에 힘을 주고 묻는다.

"엄마, 아무것도 없는 것은 어떤 거야? 한 개는 하나잖아, 근데 왜 영 개는 아무것도 없는 거야? 아무것도 없다면서 영은 있잖아."

실재하지 않는 것에 이름과 개념이 있다는 사실을 아이는 받아들이기 힘든 눈치다. 세상에는 비어 있는 상태도 있고 모든 것은 거기에서 출발한다는 것을 어린아이가 알아듣게 어찌 설명해줄 수 있을까. 대답이 궁해 당황한 엄마에게 또 질문이 날아든다.

"엄마, 무한대는 끝이 없는 거야? 그 다음에는 뭐가 있어?"
"우리, 이따 아빠 오면 물어보자. 엄마는 잘 모르겠네."

할 수 없이 나는 비겁해진다. 문과 출신인 남편 역시 수의 개념을 정확히 알 리 없으리란 확신이 있으면서도 나는 일단 그 순간을 회피한다. 아이의 순수한 물음을 통해 세상은 아무것도 없는 곳에서 시작됐고 또 그 끝에도 아무것도 없다는 생각을 해보았다. 어쩌면 무한이란 '0'을 향해 가까이 가는 것이 아닐까 하는 생각도 해보았다. 마치 운동 상태의 최고조에 이른 물체는 정지해 있는 듯 보이는 것처럼 말이다. 그리고 새삼스레 내게 아이는 언제나 '0'이자 '무한'인, 끊임없는 창작의 원천임을 깨달았다.

당장 대답해줄 수 없는 질문들을 퍼부으며 가끔 엉뚱해지는 아이가 어렴풋이 알게 된 세상이 정답이 아님을 깨닫기를 바라며, 경계를 넘어서는 것을 두려워하지 않는 사람으로 자라기를 바랄 뿐이다. 새로운 시작은 언제나 눈에 보이는 영역의 너머에 있으니 말이다.

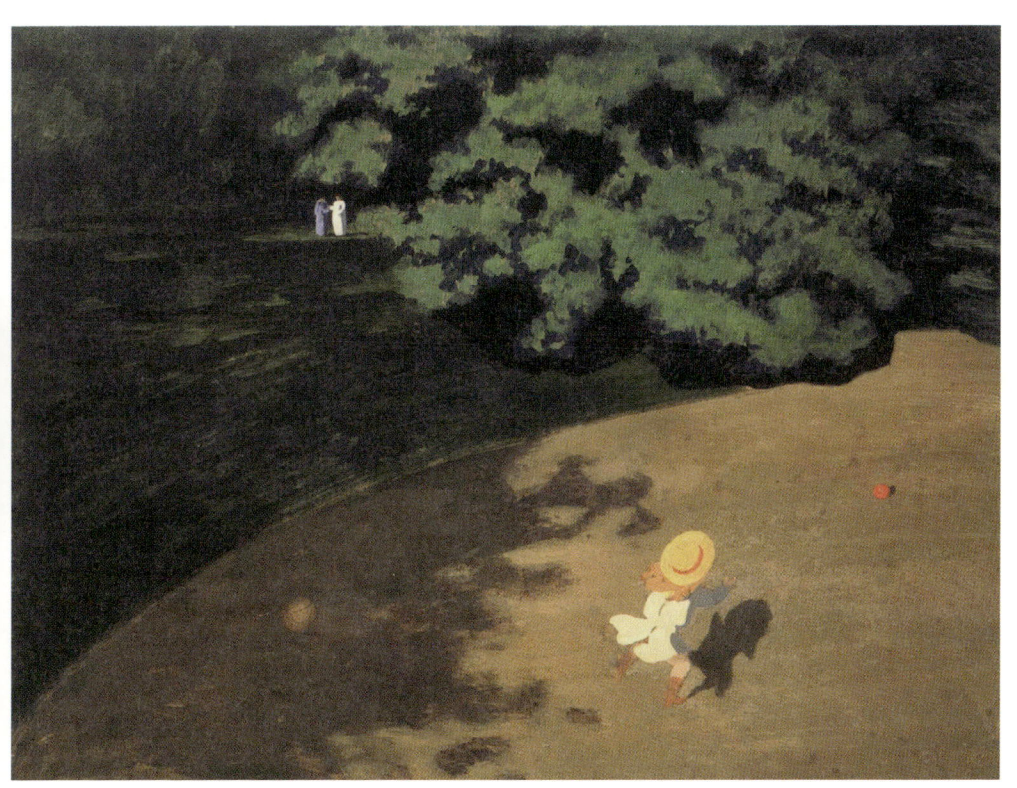

펠릭스 발로통,
「공」,
1899년,
나무에 붙인 카드에 유채,
48×61cm,
오르세 미술관

스위스 출신 화가 펠릭스 발로통의 대표작인 이 그림은 단순한 구도 속에 명징한 메시지를 담고 있다. 멀리 보이는 푸른색과 흰색의 드레스를 입은 두 여인은 어른의 세계를, 하얀 옷에 빨간 장화와 노란 모자를 쓴 소녀는 아이의 세계를 의미한다. 녹음의 짙은 그림자와 빛이 드는 평지가 두 세계의 경계를 구별하며 명암의 대조를 이룬다.

어른들은 아랑곳하지 않고 자기만의 세계를 찾아 나서려는 듯, 공을 향해 뛰어가는 아이가 자연스레 시선을 이끈다. 내 아이 역시 저 소녀처럼 자신에게 드리워진 최초의 장애물인 엄마라는 이름을 극복하고 멀리 더 멀리 자기만의 세계를 찾아 나서기를 바란다.

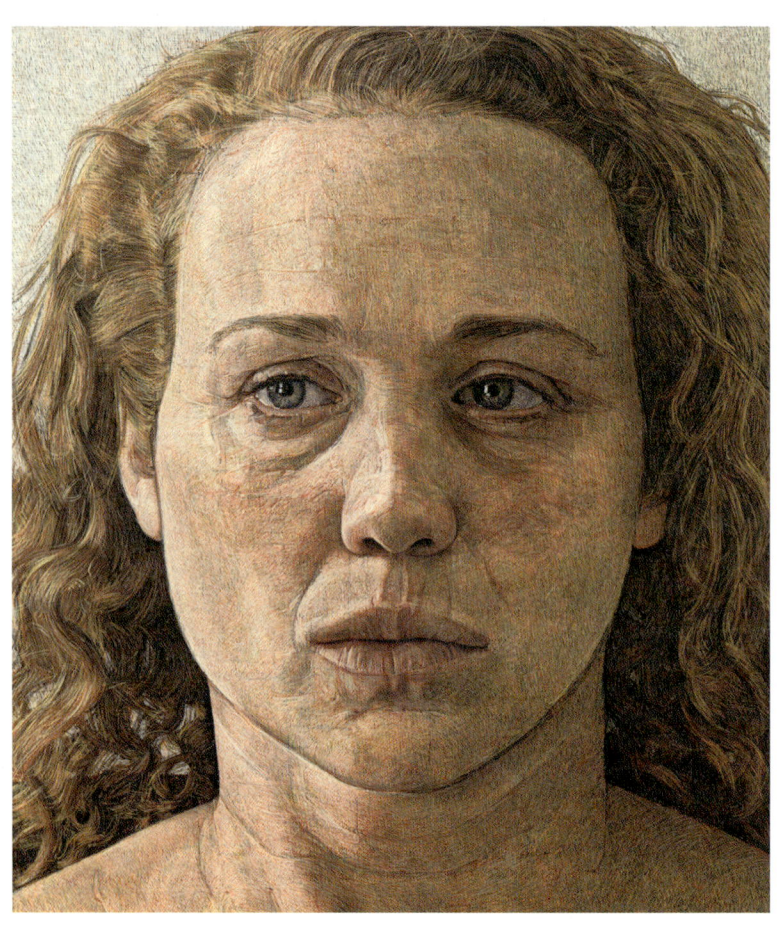

4부

나의 빈방

여자의 장소

앤서니 윌리암스,
「앨리」,
2004년,
패널에 에그 템페라,
42×35.5cm,
작가 소장

처음 앨리를 보았을 때 알 수 있었다. 원래 그녀는 잘 웃는 따스한 사람이라는 것을. 지금 눈앞의 앨리는 포기하는 것 말고는 아무것도 할 수 없을 만큼 지친 모습이다. 인물의 특성이 강하게 드러나도록 클로즈업한 작가의 표현력 덕분에 소통의 거리가 멀지 않다. 마음이 텅 빈 사람들의 얼굴에는 언제나 사랑받고 싶은 욕망이 타고 남은 재처럼 묻어 있다. 앨리의 얼굴도 그렇다. 같은 마음이었기 때문일까? 그녀를 보면서 딱딱하게 굳은 내 안의 어떤 마음과 만나는 것은 쉬운 일이었다. 진짜 앨리를 만난다면 우리는 곧 서로의 내면을 나누는 좋은 친구가 될 수 있을 것 같다.

그녀는 몹시 지쳐 있지만 쉬고 있는 것은 아니다. 시선은 어딘가 향하고 있으나 방향성 없이 그저 앉아 있을 뿐이다. 그녀는 아무것도 하지 않은 채 진공에 가까운 상태에서 가끔씩 자신과 조우할 뿐이다. 그녀의 집으로 가본다. 그녀가 열심히 가꾸고 정돈해온 그 집에는 사랑스러운 아이들과 남편이 있다. 찬장에는 가끔 그녀가 차를 마시는 소담한 꽃무늬 찻잔들이 있고, 언젠가 읽으려고 사놓은 책들이 몇 권 책장에 꽂혀 있다. 하지만 이곳은 비어 있다. 여기에 그녀는 없다. 그녀에게 이 집은 빈집이기 때문이다.

그녀는 누군가 머리채를 잡아 흔들어대는 것처럼 정신없이 하루하루를 살아왔고, 그 하루가 모여 일 년이 되고, 일 년을 참아 그 일 년의 반복이 이제 삶이 된 사람이다. 봄이 되어 꽃이 피어도 화단에 앉아 자기만의 봄을 맞이할 수 없고, 가을밤 마음이 시리다고 혼자 거리에 나가 커피든 술이든 마시며 허기를 메울 여유도 없다.

정말 오늘은 안 될 것 같은 날, 혼자 있을 수만 있다면 동굴에라도 들어가고 싶은 날, 그녀는 허름한 벽 앞에 가만히 앉아 보았다. 그동안 이렇게 오롯이 혼자 쉬고 싶었던 순간이 얼마나 많았는지 모른다. 하지만 휴식을 무작정 미루다 보니 그녀는 쉬는 것만으로는 치유될 수 없는 '욕구 불능'의 상태에 이르고 말았다.

그녀는 자신이 무엇을 원하는지도 모르고, 무엇을 원해야 지금보다 나아질 수 있는지도 모르며, 어떻게 웃는 것이 진짜 환희인지, 행복은 무엇인지 모두 까마득하게 잊어버렸다. 빈틈없이 남편을 뒷바라지하고 아이들을 훌륭하게 키웠지만 그녀는 텅 비어 있다. 그러는 사이 자기 자신은 잃어버렸기 때문이다. 그녀는 자기 집에서 마치 유령처럼 언제나 서성이기만 할 뿐, 속해 있으나 따로 분리되어 부유하는 삶을 살고 있다. 그곳에 그녀는 없다. 그래서 그녀의 집은 비어 있는 것이다.

그녀는 누군가의 따뜻한 손길과 사랑을 원하고 있을까? 그 안에서 자신이 사랑받고 있다고 믿고, 타인에게 인정받는 존재로서 자신의 가치를 확인할 수 있을까? 혹은 모든 것을 뒤로하고 온전히 자신만의 삶을 찾아 나서야 하는 것일까? 어쩌면 그 사이에서 방황만 하다가 스스로를 미워하게 될지도 모르겠다. 설령 그녀의 이야기가 시시한 비극으로 끝나더라도 그녀를 탓해서는 안 된다.

이 모든 것은 그녀의 탓이 아니다.

이젠 다 자랐다고 마침표를 찍은 어른이 되어 결혼을 하고 아이를 낳아도 사람에겐 또 다른 성장의 시간이 기다린다. 불행하게도 내면의 아직 덜 자란 부분이 다시 찾아온 성장의 시간을 두려워한다면 한 사람 안에서 두 자아가 충돌하고 만다. 특히 엄마가 된다는 것은 가장 깊은 내면과의 대화에서 시작된다. 그 대화는 때로 이런 넋두리로 이어지기도 한다.

"며칠 전 아침에 남편에게 요리해줄 계란을 바닥에 떨어뜨렸습니다. 계란은 흰자와 노른자가 뒤섞여 빨간색 매트 위에 흩어졌습니다. 계란 껍데기도 부서진 채 뒤섞였습니다. 키친타월을 뜯어 깨져

흩어진 계란을 닦는데 여기저기 끼어 떠 있는 그 껍질이 참 안타깝다는 생각이 들었습니다. 껍데기도 원래는 계란의 한부분인데, 그걸 깨놓고 보면 껍데기는 더 이상 계란이 아닌 것으로 여겨지니까요.

남편을 만나 결혼을 할 때 내가 있었고, 아이를 낳을 때 내가 있었고, 이 집을 매일 다듬고 가꾸는 내가 있는데, 남편과 아이와 이 집과, 그리고 나는 별개의 것으로 여겨집니다. 우리가 깨져서 그런 것이 아닙니다. 나도 원래는 전체의 일부였는데, 우리는 깨진 계란도 아닌데, 대체 나는 어디에 있단 말입니까? 이상한 일입니다. 왜 나는 더 이상 계란이 아닌 것으로 여겨지는 것일까요."

깨진 계란을 다시 붙일 수는 없다. 그것은 슬픈 일이다. 하지만 그 껍질을 깨지 않으면 껍질 안의 것들은 밖으로 나올 수가 없다. 껍질과 그 내용물의 관계를 생각하면 어쩔 수 없이 껍질은 깨지는 희생을 감수해야 한다. 수많은 어머니들이 걸었던 가족을 위한 희생의 길을 나 또한 가야 한다는 것을 지금은 잘 알고 있다. 하지만 겨우 한 걸음 내디딘 이 길은 아직도 걸어갈 엄두가 나질 않는다. 언제까지나 윤기 나고 탐스러운 한 알의 계란으로만 있고 싶은 것이다.

그러나 나는 오늘도 가족들의 안락함을 위해 몸과 마음을 아끼지 않는다. 지금은 깨져야 하는 때이고 나보다는 가족들을 보살피고 키워내야 하는 때다. 언젠가는 나에게도 다시 나만의 날들이 돌아올 것이다. 혹여 그날이 오지 않더라도 나는 깨진 껍질로서 여전히 한 알의 계란인 것들에서 시선을 거두고 지금까지와는 다른 나 자신을 찾아가리라. 몹시 성실하고 진지한 걸음으로, 그러나 담담한 마음으로 가리라.

존 싱어 사전트,
「에드워드 달리 보이트의 딸들」,
1882년, 캔버스에 유채,
222.5×222.5cm, 보스턴 미술관

어린 여자 아이 네 명이 키가 큰 도자기를 친구 삼아 각자 자리를 잡고 서 있거나 앉아 있다. 막 놀이를 마친 듯 혹은 화가를 위해 포즈를 취한 듯, 아이들은 제각기 정체성을 드러내며 긴장을 유지한다. 어린아이에서 청소년기로 옮겨가는 단계를 보여주는 듯한 이들 네 자매는 제대로 성장하지 못한 것으로 알려져 있다. 뒤쪽 어둠에 가려진 두 아이는 정신질환에 시달렸고, 이들 중 누구도 결혼하지 않았다.

성장이란 시간이 지나면 저절로 외형과 성질이 변하는 자연스러운 과정이다. 그러나 어느 시기 이후 성장은 선택의 문제가 된다. 직업, 결혼, 출산 등 선택 가능한 경험을 통해 원하지 않아도 자아의 어떤 부분이 희생되고 성숙한다. 제대로 자라지 못했다는 이 소녀들에게서 엄마가 되는 성장기를 지나왔지만 여전히 내면에 불안정함을 숨기고 있는 내가 보인다. 개인이라는 껍데기는 깨져버렸지만 엄마로서 여전히 불안정한 누군가 이 그림을 보면 실마리를 찾을 수 있을지도 모르겠다.

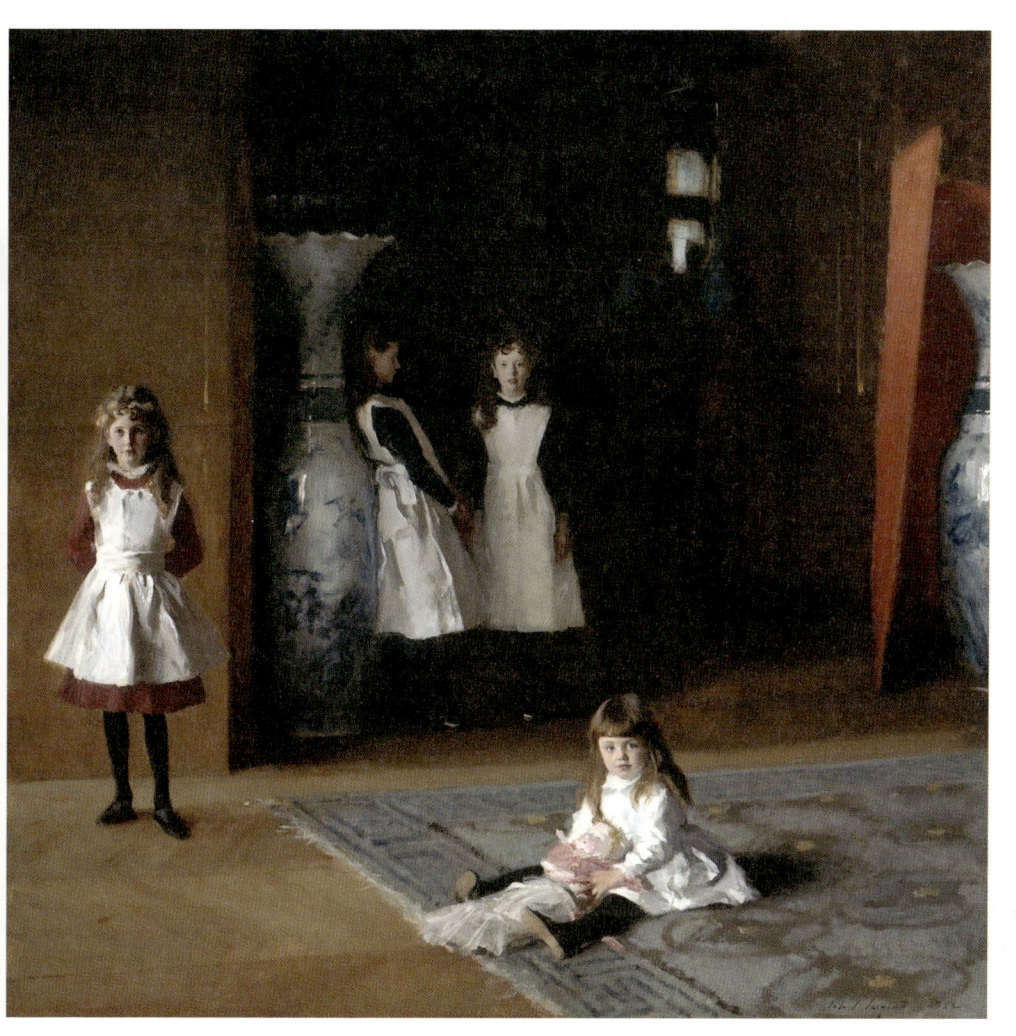

엄마한테는 도서관에 간다 하고 집을 나온 지 벌써 몇 시간이 흘렀는데, 나는 보라매공원 벚나무 아래 서서 아린 가슴을 쥐어짜고 있었다. 누가 보면 저 학생 성적이 좋지 않아 방황하는가 싶게 깨끗하게 빨아 신은 하얀 운동화에 노란 카디건의 단추를 끝까지 채운 모범생 차림으로 나는 하늘 한 번 공원 한 번 번갈아 보았다가 또 질끈 눈을 감았다가 했다.

'성문 앞 샘물 곁에 서 있는 보리수~' 하고 슈베르트의 가곡이 흐르면 지금은 중년의 아저씨가 된 배우 손창민이 창백한 얼굴로 화면에 등장하던 〈겨울 나그네〉라는 드라마가 있었다. 성적이 조금만 나빠도 엎드려 울던 내가 중간고사가 한창인데도 고작 드라마 때문에 도서관에 발도 들이지 못한 채 한심하게 공원에는 있지도 않은 보리수를 찾아 헤매고 있었다. 그 학기 중간고사 성적은 물론 좋지 않았다. 드라마 속 주인공 민우와 다혜 때문에 병이 나서 죽기 일보 직전이었던 내게 시험 따위는 대수롭지 않았던 것이다.

시간이 한참 지나 이제 시험을 좀 못 봤다고 엎드려 울지는 않게 된 스무 살의 나는 만개한 봄기운을 이기지 못하고 그만 잠시 정차한 이층버스에서 내려 세인트 제임스 공원 벤치에 앉아 있었다. 배낭 안에는 아침 일찍 서둘러 싸온 맛없는 샌드위치와 미술용 지우개, 4B연필, 붓 몇 자루, 그리고 언제든 스케치를 할 수 있는 작은 스케치북 한 권이 들어 있었다. 비행기를 타고 시속 몇 백 킬로미터로 몇 시간은 날아가야 닿을 수 있는 곳에서 한창 잠에 빠져 있을 부모님이 안다면 기절초풍할 노릇이었다. 나는 그날 가뿐히 학교를 빠지고 혼자 공원에 앉아 늘 좋아하던 런던의 청둥오리 떼를 오전 내내 바라보았다. 우리 반 아이들은 모두 죽을힘을 다해 그날의 과제를 하고 있을 시간에 발걸음도 가볍게 본드 스트리트를 돌아다닐 때 내 기분은 방금 히드로 공항에서 런던 시내로 온 관광객의 그것과 다를 것 없었다.

다음 날 어슬렁어슬렁 학교에 도착해 퀴퀴한 물감 냄새 나는 스튜디오의 문을 열자 늘 일찍 오던 아이들은 보이지 않고 우리 반의 유일한 남학생이 혼자 앉아 열심히 뭔가 하고 있었다.

"준차이, 안녕."

"응, 안녕. 숙제 해왔니?"

"아니, 하나도 못했어. 대체 어떻게 해야 할지 감이 안 잡혀."

"나도. 내가 대만에서 건축학교 다닐 때는 말이야……."

중국어의 사성 악센트가 실린 영어로 이야기를 할 때면 가끔 저러다 저 아이 숨이 넘어가는 것은 아닐까 싶던 준차이는 보고만 있어도 흐뭇하게 잘생긴 멋쟁이였지만, 아니나 다를까 또 자기 자랑을 시작했다. 길게 대화를 할수록 나만 피곤해진다. 그림 잘 그리는 아이들의 지정석인 이젤을 뒤로하고 나는 왼쪽 구석에 있는 내 덩키에 가방과 소지품을 꺼내놓고 멍하니 앉았다. 이내 벽면에 성실한 글씨체로 'drawing board'라고 적힌 것이 눈에 들어왔다. 곧 내가 가장 못하는 드로잉 수업을 시작할 시간이었다.

며칠 후 누드 모델의 크로키를 하는 라이프 드로잉의 첫 수업이 있던 날이었다. 스튜디오에 작은 난로가 설치되고, 곧 얼굴은 하얗고 주근깨와 머리카락은 붉은 영국 여자가 들어와 아무렇지도 않은 듯 하얀 몸을 드러내고 작업용 포즈를 취했다. 첫날이라 모두 약간 긴장한 채 수업이 이어지고 있는데, 갑자기 스튜디오 문이 왈칵 열리면서 오늘의 지각생이 나타났다. 정글의 습도만큼이나 빽빽한 밀도의 정적 속으로 지각생 준차이는 용감하게 뛰어들었다. 그 순간 알몸으로 앉아 있던 모델보다 더욱 당황한 것은 스케치를 하고 있던 열두 명의 여학생들과 준차이였다. 우리는 누구랄 것도 없이 찬물을 끼얹은 듯 얼어붙은 준차이의 토끼처럼 놀란 표정에 까르르 웃고 말았다. 스튜디오에 추가된 또 하나의 빨간색, 준차이의 이글이글 타서 없어질 것 같던 두 볼과 귀는 두고두고 놀림거리가 되었다.

한가한 오후의 간이역처럼 나른한 선잠에서 깨어났더니 나는 아이의 낙서로 가득한 침실에 혼자 누워 있었다. 다시 눈을 감으면 선로 위를 하얗게 날아다니는 구름 속을 지나 세인트 제임스 공원으로, 금요일 오후 아이들과 몰려갔던 코벤트 가든의 구석에 있는 펍으로 돌아갈 수 있을 것 같은데 부엌에는 잠들기 전 절여놓은 깍두기용 무 한 통이 아까부터 나를 기다리고 있다. 어서 가서 양념을 하지 않으면 못 먹게 될 것이다. 그런데도 지금 나는 그때의 나에게서 얼마나 멀어져 있을까 하는 생각에 빠져버렸다.

가끔 이런 공상을 할 때가 있다. '사랑에 빠질 가능성이 있는 누군가와 다시 마주 앉을 수 있는 기회가 생긴다면 무슨 이야기를 나눌까?' 그러나 그런 장면을 그려보기도 전에 스스로에게 묻고 만다. '너는 누구였니?' '지금의 너는 누구니?' 질문이 과거로부터 시작되는 것을 보면 지금의 나는 여전히 과거의 나에 대한 확신에 매달려 살아가고 있는 모양이다. 늘 수수한 차림으로 서게 되는 남들 앞에서 목소리부터 작아지는 지금의 나를 어떻게 설명해야 할까. 내가 꾸었던 꿈들과 좇고 싶어 했던 모든 것들은 사라진 것일까. 나는, 나에게서 멀어진 것일까? 아니면 더 가까이 다가가 있는 것일까?

분명한 것은 혹시 길을 가다가 준차이와 그 시절 우리 반 아이들을 다시 만난다면 나는 인사를 건네기는커녕 도망갈 것 같다는 점이다. 순간 내 의식을 쓰라리게 스쳐갈 지나간 시간과 벌어진 거리를 나는 도저히 감당할 자신이 없기 때문이다. 하지만 시간이 지나 모든 것이 변해도 때로 기억의 테두리 밖으로 벗어나지 못하고 머무르는 것들도 있게 마련이다. 봄날처럼 아름다웠던 내 어떤 날들의 기억들처럼 말이다.

"그 아름답던 젊음은 저 무덤 속에 묻혀 있는 것이 아니다. 마음의 헛간 속에 채집되어 있다. 그 사람은 어디에 있는가. 그 사람은 어디에 있는가. 옛날을 말하던 기쁜 우리 젊은 날은 어디로 갔을까."

_ 최인호, 『겨울 나그네』 중에서

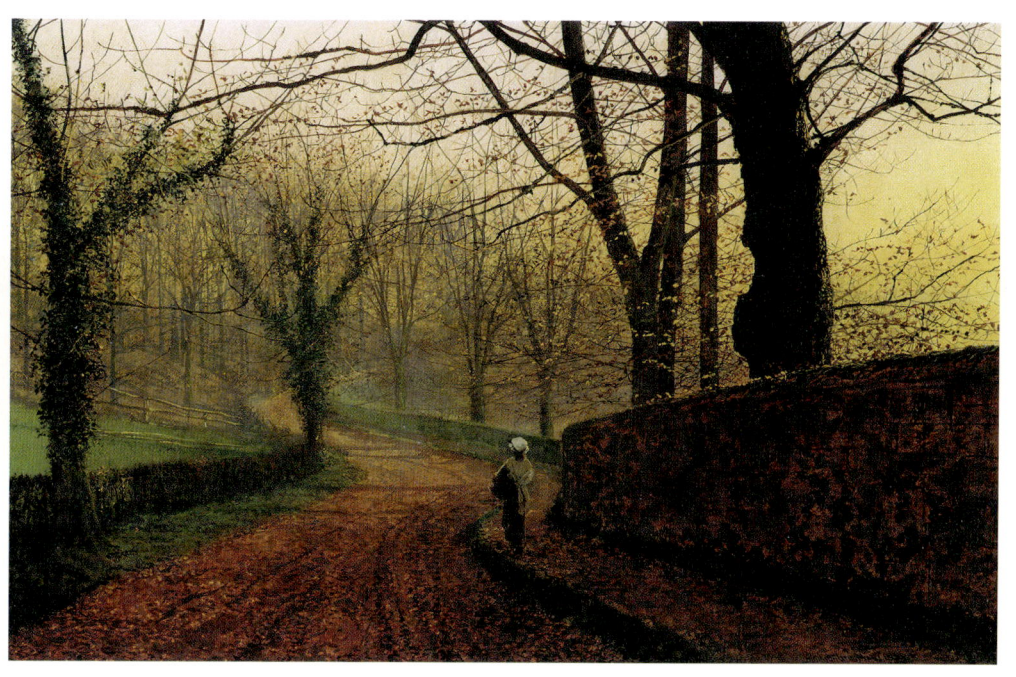

존 앳킨슨 그림쇼,
「폰테프락트 근처 스테이플턴 공원」,
1877년, 캔버스에 유채,
28×43.5cm, 개인 소장

현대의 극사실화 못지않은 세밀한 묘사가 계절의 정취를 완벽하게 구현하고 있
다. 이 그림 속 풍경은 들어가 잠시 거닐고 싶을 정도로 매력적이다. 생생한 표
현력이 시간을 초월해 관객을 사로잡는다. 인생의 시기를 굳이 계절에 비유한
다면 중년은 이 그림 속 풍경처럼 가을에 가까울 것이다. 소란을 다스리지 못한
내면은 계절의 어디쯤을 지나는지 확신하기 힘들지만, 뒤를 돌아볼 때 한탄하
게 된다면 저물어가는 시기에 있는 것이 맞다. 꽃은 지난 시절에 이미 피었다 졌
고, 그때 꿈꾸던 모습에서 지금의 현실은 너무나 멀다. 시간은 지나갔는데 나는
아직도 거기에 있는 것 같은 착각이 드는 오래된 앨범 속 추억의 사진 같은 그림
속으로, 이제는 그리워할 수밖에 없는 먼 시절을 향한 사무치는 마음을 떠나보
낼 수밖에.

"집에서 아기하고만 있다 보니 내가 바보가 되는 것 같아요.
밖에 나가서 말을 하려면 단어들이 잘 떠오르질 않아요. 이러
다가 영영 사회로 돌아가지 못하는 거 아니겠죠?"

이제 막 돌을 넘긴 아이를 열심히 키우고 있는 후배가 울먹이
며 전화로 힘든 심정을 토로해왔다. 먼저 겪은 사람으로서 그때는 다
그렇다고 지나면 괜찮아진다고 위로도 해주고 기운도 북돋아주었지
만, 먼저 맞은 매가 얼마나 아팠는지 생생하게 기억하는 내 마음 한구
석은 사실 좀 무거웠다.
　아이가 크면 플레이 데이트 때문에라도 또래 아이 엄마들과 만

나게 되는데, 같은 고민과 문제를 안고 살아가는 그녀들과의 수다는 공감과 동시에 정신적 안정을 안겨준다. 하지만 아무하고도 대화를 나누지 못하고 아기와 대부분의 시간을 보내야 하는 그 시기, 누구하고라도, 심지어 말을 할 줄 아는 생명체라면 동화 속에 나오는 토끼나 곰일지언정 붙잡고 대화를 하고 싶은 그 시기, 언어와 소통은 밤낮으로 따라다니는 악마의 그림자처럼 사람을 우울하게 하고 갈증나게 한다. 하루에도 몇 번씩 전화기에 매달려 수화기 너머 상대와의 대화를 구하려는 자신에게 지칠 때쯤 내가 진짜 원하는 것은 무엇일까 하는 궁극적인 의문이 찾아온다. 내가 진짜 원하는 것, 과연 무엇일까?

영국의 소설가이자 철학자인 아이리스 머독의 생애를 다룬 영화 〈아이리스〉의 주인공 아이리스는 옥스퍼드 대학에서 철학을 전공한 자유분방한 여성이었다. 독특한 그녀의 사고방식만큼이나 누구도 흉내 낼 수 없는 언어의 조합을 보여준 그녀의 소설은 영국 사람들이 사랑한 베스트셀러이기도 했다. 그러나 중년이 된 어느 날, 그녀는 알츠하이머병에 걸린다. 처음에는 기억장애처럼 단순한 증상으로 시작해 점점 일상생활이 불가능해지고 결국에는 정신세계 자체가 소실되는 병이다. 영화 속에서 자신이 기억을 잃고 있다는 것을 알아차리는 순간 아이리스를 관통하는 공포는 화면 밖으로 고스란히 전달된다. 늘 다니던 길로 산책을 나갔다가 길을 잃어 동네 집배원의 도움으로 집으로 돌아오면서 메모를 하려는데 머릿속의 생각을 문자화할 단어가 떠오르지 않자 아이리스는 결국 절망하고 만다. 자신은 여전히 사고하고 있는데 그것을 언어로 형상화할 수 없다는 것을 깨달은 아이리스는 더 이상 바라볼 곳 없는 멍한 얼굴로 화면을 응시하며 우리에게 묻는다. '당신도 자신과의 소통을 원하고 있나요?'

　　영화에는 아이리스가 남편이 쥐어준 수첩을 뜯어 바닷가 모래사장에 한 장씩 펼쳐 일렬로 쭉 늘어놓고 그 위에 돌을 얹고는 남편을 기다리는 장면이 나온다. 마치 서너 살짜리 아이들이나 할 단순한 행위를 통해 언어와 지적 세계를 더 이상 인식하지 못하게 된 자신과 교감하며 과거와 추억과 언어가 바닷바람처럼 날아가지 못하도록 잡아놓은 것이다. 생전에 아이리스가 유난히 좋아했다는 바닷가, 사우스워드에서 촬영했다는 이 장면을 나는 한참 바라보았다. 꽤 오래 모래사장에 서 있는 아이리스의 뒷모습에서 시선을 거둘 수가 없었다. 진짜 내려놓을 수 없는 것은 언어가 아니라 나 자신이라는 것을 돌멩이로 눌러놓은 아이리스의 종이들을 보고 알았다.

　　눈을 미처 다 감기도 전에 눈을 뜨면 아이 분유를 탈 시간이었고, 분유를 먹이기 무섭게 아이는 울고, 돌아서 집정리를 하고 나면 또 아이가 울고, 그렇게 하루가 갔다. 그 시절을 통해 나 자신을 벗어던지고 우리 엄마가 늘 짐짓 서글픈 얼굴로 말했던 것처럼 무릎으로 기어 다니며 얻게 되는 것이 엄마라는 이름이라는 것을 알았다. 하지만 벗어 던진다고 소리 없이 사라질 것이 나 자신이라면 존재의 가치란 공중에 떠다니는 비닐봉지만도 못한 것이리라.

나를 잊는 것은 불가능하다. 나는 늘 나를 기다리고, 모퉁이 끝에라도 마냥 서 있으며, 나는 어떤 형태라도 나와의 교감을 원하고 있다. 그것이 원활하지 못할 때 나는 불만족스럽고 불안하다. 그 후 배처럼 혹은 그 시기의 많은 엄마들처럼 절망으로 주저앉을 것 같은 날, 나는 아이리스가 그렇게 했듯 마음속으로 조용히 하얀 종이를 한 장 한 장 펼쳤다가 한 장 한 장 다시 모으며 마룻바닥을 닦고 쌀을 씻어 밥을 지었다. 그때 아무도 없는 적막한 바닷가에서 나 자신과 둘이 만날 수 있기를 얼마나 바랐던가.

작가 줌파 라히리가 소설 한 구절에서 이야기한 것처럼 사람은 혼자만의 시간을 통해 제정신을 차릴 수 있다. 지하철을 타고 가는 동안 잠깐이라도, 슈퍼마켓에 파를 사러 가는 잠깐이라도 홀로 나와 마주하는 시간이 필요하다. 그것은 징검다리 속 작은 징검돌 하나하나처럼 벌어지는 간격을 이어줄, 존재를 이어가는 데 없어서는 안 될 소중한 찰나다.

"깊은 물속에서 조용히 헤엄치는 물고기처럼, 안전하게 떠받쳐주는 내 인생이란 압력을 나는 온몸으로 감촉했다. 보잘것없고 명예도 없고 목적도 없어 보이지만 분명 나 자신의 것인 인생." _아이리스 머독, 『그물을 헤치고』 중에서

나와의 대화 없이 세상과의 대화는 이루어질 수 없다. 그러므

로 오늘도 아이리스가 말한 '내 인생이란 것의 압력'을 느낀다면 천
만 번이라도 마음속으로 종이를 펼쳤다 거두며 나와의 대화를 이어
가야 한다. 진정 놓을 수 없는 것이 나 자신이라면 더더욱.

페르디난트 호들러,
「영원과의 소통」,
1892년, 캔버스에 유채,
159×97cm,
바젤 시립미술관

채 벌리지 못한 다리와 발에 난 상처들, 비틀린 온몸
과 간절함이 엿보이는 손짓. 그녀는 지금 무엇인가를
갈구하고 있다. 철저히 자신을 극복하기 위해 물에 비
친 본인의 얼굴에 침을 뱉으며 욕을 했던 싯다르타의
열반을 향한 몸부림처럼, 그녀는 아직 언어화하지 못
한 내면 밑바닥의 소리를 통찰하는 데 열중해 있다.
자신과의 대화는 자칫 어렵고 진지한 것으로만 들릴
수 있다. 혹은 나 자신에게 솔직해지는 것이 두려울
수도 있다. 하지만 스스로를 알아주려는 적극적인 태
도만이 어느 날 걷잡을 수 없이 빗나간 내 안에서 쏘
아진 화살을 막을 수 있다.

156

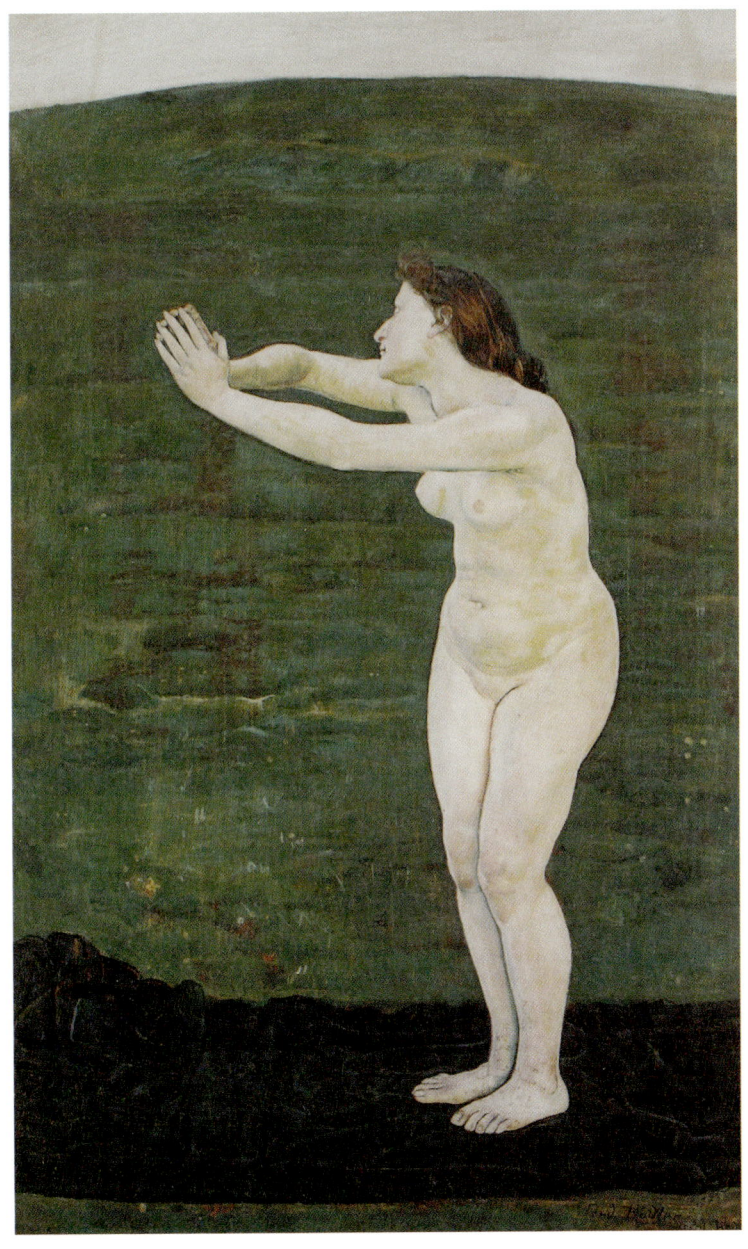

내
오랜
여자친구

그날 우리는 허겁지겁 기차에 올랐다. 음료수를 사다가 다급해진 것이 문제였던가. 지나치게 복잡했던 테르미니 역이 문제였는지도 모르겠다. 어쨌든 15분 후면 목적지에 도착한다는 친구의 말과 달리 로마 교외로 가는 급행기차는 한 시간이 넘어도 정차하지 않았다. 첫번째 역에 발을 디뎠을 때 주위는 온통 초록색이었고, 저 멀리 올리브 나무들이 줄지어 서 있었다.

　어쨌든 우리는 기가 막혀 계속 웃기만 했다. 다른 사람들 일에 관심 많은 이탈리아 사람들의 특징이 배로 심해지는 작은 시골 마을의 역전 가게 앞에는, 우리가 '미니 할아버지'라고 부르던 체구는 작고 눈빛은 매서운 이들이 어린 동양 여자들의 일거수일투족을 감시하고 있었다. 서툰 이탈리아어로 가게에서 콜라를 사서 마시는 우리에게 정조준된 그들의 눈길은 친구와 나의 작은 몸짓에도 예민한 촉수처럼 같은 방향으로 움직였다.

어느덧 해는 지고 하늘에 별이 등장할 즈음 테르미니로 돌아가는 기차가 구세주처럼 선로에 나타났다. 미니 할아버지 일행의 시선을 피해 역 안으로 피신했던 우리는 시내에서만 통용되는 차표를 들고 될 대로 되라는 심정으로 시외를 오가는 기차에 올랐다. 한참 후 무사히 왁자지껄한 시내로 돌아와 친구가 잠시 머물고 있는 집 앞 피자 가게에서 감자피자 한 조각으로 저녁을 때웠을 때는 벌써 열 시가 다 되어가고 있었다. 몇 주째 이사할 집을 구하지 못해 기진맥진했지만 좁은 침대에 나란히 누워 우리는 그날의 무용담으로 한참 들떠 있었다. 대책 없이 길을 잃고, 밤늦게 길에 서서 저녁을 먹어도 웃음만 나오던 그 시절, 우리는 인생에서 가장 아름다운 나이 스물한 살을 막 지나고 있었다.

"집에서 살림이나 하는 네가 뭘 알아."
"너야말로 남의 마음을 한 번이라도 제대로 알아준 적 있어? 너만 고민이 있고 나는 있으면 안 되는 거야?"
"나 이제 너 보는 거 불편해."
"나야말로 너 만나는 거 유쾌하지 못한 지 오래야."

사랑과 안정이 인생에서 유일한 가치의 극단인 양 서로 대치하며 각자 소신껏 배우자를 골라 결혼한 우리는 결국 참아온 속내를 터뜨리고 말았다. 겉으로는 두 사람 다 행복한 가정을 꾸리고 있는 척 곪아가는 속내를 숨기고 만나다가 기어이 불편을 견디지 못했던 어느 날의 일이었다. 서로 성별이 달랐다면 결혼했을지도 모른다며 애정을 과시했던 우리 사이에, 살아가는 방식과 생각하는 방법이 달라지면서 메울 수 없는 틈과 균열이 생겼던 것이다. 그날 우리는 가까스로 진정하고 헤어졌다. 다시는 안 만날 사람들처럼 굳은 얼굴로 단호하게 돌아섰다. 그렇게 한 해가 갔다.

같은 도시에 살면서 우리는 안부조차 묻지 않고, 서로가 꼭 필요했던 순간도 억지로 삼켜가며, 친구를 배신하고 이해할 수 없는 삶을 살아가는 서로에게 냉정한 무관심을 잃지 않았다. 그러던 어느 일요일 오후 우리는 복잡한 시내 백화점 카페에서 다시 만났다. 누가 먼저 연락을 했는지 기억은 희미하지만 오랜만에 주고받은 안부에 대한 서로의 답은 '그냥 그렇게' 지내고 있다는 것이었다. 다시 만난 우리는 서먹한 채로 화해나 반성을 하는 대신 서로의 아픈 부분에 고개를 끄덕였을 뿐이다. 결혼은 사랑만으로 일구는 것도, 안정적인 생활만으로 이어가는 것도 아니라는 사실에 커피가 식어 쓴 맛이 나도록 오랫동안 말없이 공감했다.

이제는 함께 나이 들어가는 것이 그저 다행인 친구는, "che soffia sulle citta, come amico"(도시에서도 숨을 쉬는 것 같이, 마치 친구처럼)라는 노래 가사를 떠올리게 하는 존재다. 정신없이 살아가는 가운데 친구를 만나면 언제나 기운이 나고 으쓱해진다. 세상에는 잘 없는 내 편이자 어린 시절을 공유하는 동무이기도 하고 나와 비슷한 고민을 지고 가는 동반자이기 때문이다.

언젠가 친구와 내가 함께 다시 가보기로 약속한 도시 로마에는 지아니콜로라는 언덕이 있다. 사랑을 고백하면 꼭 이루어진다는 연인들의 성지이자 천 년 넘게 도시가 간직해온 시간의 운치를 한눈에 볼 수 있는 이곳에 서서 우리도 한때 사랑을 고백할 누군가 나타나리라는 기대와 희망을 이야기했었다. 시시하기 짝이 없던 사랑들과 두려운 것이 없어 지켜낼 수 있던 꿈들은 머나 먼 시간 속으로 막을 내린 지 오래다. 마치 로마인들의 눈물을 싣고 역사의 잔허 사이로 사라지는 테베레 강처럼 추억들은 소리도 없이 흔적도 없이 사라져버렸다.

언젠가 다시 한 번 친구와 함께 길을 잃을 수 있다면 나는 기꺼이 표지판을 보지 않고 기차에 뛰어들 것이다. 우리는 곧 스무 살짜리 여자아이들처럼 깔깔깔 웃어대는 이상한 아줌마들이 되어 나란히 기차에 앉아, 지고 있는 몸의 짐과 안고 있는 마음의 짐을 모두 내려놓고 잠시 쉴 수 있으리라.

작은 다툼과 화해를 반복한 듯 서로를 바라보는 표정에 여유가 있는 두 사람은 친한 친구 사이이다. 이런 둘을 어여쁘게 본 부모가 아마도 작가에게 두 소녀의 초상화를 제작하도록 주문한 것이 아닐까 상상해본다. 전형적인 영국식 승마복 차림의 두 소녀는 배경의 중국풍 그림처럼 산뜻하다. 두 개의 패널을 따로 또 같이 걸어둘 수 있도록 제작된 이 그림은 각자 가장 좋아하는 새를 골라 앉힌 나무의 가지 하나로 연결되어 있다. '친구란 두 사람 안에 있는 하나의 마음'이라는 아리스토텔레스의 말처럼 미랜다와 미미가 서로에게 공감하며 나이 들어갈 수 있으면 좋겠다.

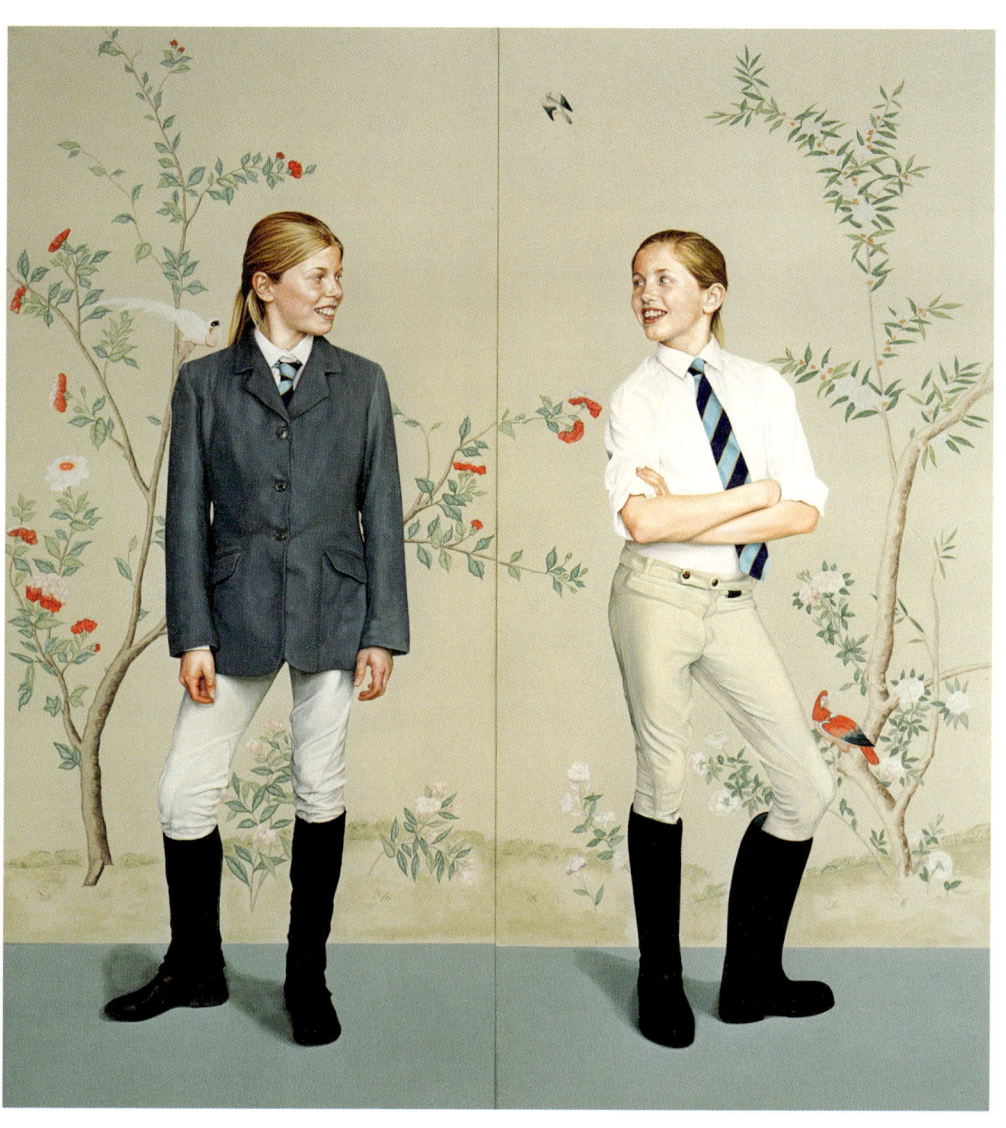

엄마라는 이름으로
만난 친구

"우리 마지막으로 점심이라도 먹을까요. 그런데 작별 인사는
다음에 해요."

"제가 이사하는 날 잠깐 들를게요. 우리 그때 인사해요."

"제가 밖에 나와 있어요. 우리 얼굴 보고 인사는 못하겠네요."

"그럼, 또 만나요."

낡은 아파트 단지인 우리 동네는 봄이면 벚꽃이며 목련이며
앞다퉈 피어나 몸살을 앓듯 계절을 난다. 사람 키보다 훌쩍 커서 싱
거운 아저씨처럼 마음씨 좋아 보이는 나무들이 점잖은 척 꽃도 피우
고 잎도 떨구곤 한다. 아이와 내가 처음으로 봄을 이야기하고 개나리

와 목련을 구별한 것도 동과 동 사이에 있는 회연한 화단들이었지만, 이곳에 살아온 지 10여 년 동안 내게 계절을 나누는 벗은 없었다. 한창 햇살이 좋은 어떤 날 얼굴만 아는 누군가와 "봄이 왔네요" "봄인가 봐요" 하고 어색한 인사를 주고받는 것으로 충분했다.

"저는 봄밤을 무척 좋아해요. 일본 소설가 에쿠니 가오리가 양갱 같다고 한 것처럼 달콤하잖아요." "오늘은 연두색 우산을 쓰고 싶거든요. 봄비가 오는 날은 화사한 우산을 써야 기분이 나빠지지 않는답니다." 정작 하고 싶은 이런 말들은 꾹꾹 담아둔 지 오래였다. 이런 말을 하면 상대방이 분명 당황하리라는 것을 나는 잘 알고 있었다. 그런데 작년 봄 그녀가 나타났다. 마치 길 건너에서 나를 향해 다정하게 손을 흔들 듯, 혼자서도 괜찮다고 생각했던 나의 생활 속으로 사뿐히 그녀가 들어왔다. 이제 그녀가 떠나고 없는 이 동네는 다시 예전처럼 멈춰버렸다. 풍경에 활기를 넣는 것은 언제나 사람 몫이다.

우진이 엄마는 태홍이와 같은 유치원에 다니는 한 살 위 형아의 엄마였다. 셔틀버스가 돌아서면 인사만 남기고 황급히 집으로 들어가던, 어딘가 모르게 친절한 태가 고운 사람이었다. 어젯밤과 오늘 아침의 경계를 모를 복장으로 아이를 배웅하는 나와는 달리 구겨지지 않은 옷차림으로 긴 목걸이 같은 것을 하고 나오던 그녀가 나는 문득 궁금해졌다. "이사 오셔서 힘들지 않으세요?" 지금은 잘 기억나지 않지만 의례적인 인사로 처음 다가가 말을 걸었다. 그러자 그녀는 반가운 기색으로 4년 만에 런던에서 서울로 돌아온 자신의 이야기를 조심스레 꺼냈다. 순간 우리의 등 뒤를 쌩하고 지나간 한 기 섞인 매서운 바람 덕분에 나는 우진이네 집으로 초대를 받을 수 있었다.

지붕이 달린 나무 액자에 우진이 엄마의 목걸이들이 플라타너스 나무처럼 걸려 있던 현관을 지나 아담한 식탁에 앉자 익숙한 손놀림으로 끓인 따끈한 커피가 나왔다. 갑자기 나는 고향 사람을 만난 것처럼 말이 많아지고 마냥 친근해지고 있었다. 우진이 엄마의 손에 들려 있던 영국식 삼각형 전기 콘센트를 보자 런던을 떠나기 전 내가 마지막으로 살았던 화이트 시티의 가난한 아파트 부엌이 떠올라 그녀가 남처럼 느껴지지 않았다.

"오늘 바쁘세요?" "우리 딱 커피 한 잔만 마실까요?" 언제나 서로 눈치를 보며 물었지만 누구랄 것도 없이 대답은 한결같았다. 아이들을 태운 셔틀버스 행렬의 꽁무니가 아파트 단지를 벗어나면 우리도 신이 난 아이들처럼 길 건너 카페로 달려가 우진이 엄마는 차가운 커피, 나는 뜨거운 커피를 마시곤 했다. 분주한 카페의 2층에 앉아 또래 엄마들이라면 누구나 할 법한 이야기를 하는 것이 다였지만, 함께 동네 슈퍼마켓에 들러 과일이나 키친타월 같은 것을 사들고 돌아오는 이른 시간의 데이트는 일상에 걸쳐진 지루함이라는 옷을 벗기고 '생활의 발견'이라는 생신한 선물을 주었다. 하루 종일 작은 어항 속을 뻐끔뻐끔 사이좋게 오가는 오렌지색 금붕어 두 마리처럼 우리는 서로에게 기꺼운 생활의 벗이 되었다.

어느 날, 전에 없이 이상한 행동을 하는 아이를 다그치자 유치원에 자기를 괴롭히는 친구가 있다며 울먹였다. 그것도 벌써 1년이 다 되어가고 있는 모양이었다. '어쩜 엄마가 돼서 이런 것도 모르고 아이를 방치했을까.' 가슴이 철렁 내려앉고 미안한 마음을 어찌할 수 없었다. 밤새 고심해 안색이 좋지 않은 나를 보더니 우진이 엄마는 걱정스러운 얼굴로 사정을 물어왔다. 다음 날, 우진이 엄마는 우리를 근처 수영장과 태권도장에 데리고 갔다. 아이한테는 말로 가르쳐주는 것보다 직접 행동으로 보여주는 것이 중요할 때가 있다며 그녀는 당사자인 나보다 더 진지한 태도로 우진이가 어렸을 때 입던 도복까지 챙겨주었다.

그 일이 있고 아침이면 우진이 엄마는 부러 카페에 가자고 먼저 손을 내밀기도 하고 런던에서 돌아오자마자 바로 남편이 인도네시아로 장기 출장을 떠나 혼자 서울에서 아이를 적응시킨 이야기도 해주었다. 카페의 커다란 창과 나를 번갈아 보며 그런 이야기를 할 때면 우진이 엄마의 희고 고운 볼에 색이 올랐다 내려갔다 했다. 연신 붉어지는 얼굴을 두 손으로 감싸며 어렵게 진심을 꺼냈다 덮는 모습이 여고생처럼 소란스럽다가도 이내 우수에 찬 모습으로 돌아서곤 했다.

아무리 친한 친구와도 일상의 켜와 켜를 모두 나눌 수는 없는 법이다. 나는 매일 일어나는 일을 함께 나누는 사람을 가까이 두고 사는 즐거움을 알게 되었다. 동갑내기 직장 동료처럼 우정보다 의리에 가까웠던 우리 사이를 통해 엄마가 되고 나서 친구를 사귀는 법을 처음 배웠다. 엄마에게도 친구가 필요하고 마음을 털어줄 수 있는 동무가 필요하다. 헤어지고 난 지금까지도 서로의 이름은 모르고 우진이 엄마와 태홍이 엄마였던 우리에게 친구란 멀리에 있지 않고 서로의 마음이 있는 곳에 있었다.

나는 결국 그녀에게 안녕이란 인사를 건네지 못했다. 무려 한 달도 훨씬 전에 우진이 아빠가 있는 인도네시아로 3년 동안 가서 살게 되었다고 들었음에도 마음의 준비를 할 수 없었다. 심지어 내 아들이 그렇게 하듯 먼 하늘만 바라보고 서 있는 작별 같은 것마저 자신이 없었다. 점심을 먹기로 하고선 약속을 미루고, 보러 가기로 하고선 도망가고, 마지막 선물을 받기로 하고선 나가지 않았다. 경비실에 가서 우진이 엄마가 맡기고 간 쪽지와 카페에서 커피를 열 잔은 사서 마실 수 있는 카드를 받아들고 집에 와서는 아이에게 오늘은 엄마가 좀 슬프다고 말했을 뿐이다. 사실 나는 그 오후, 동네 백화점 셔틀버스에 앉아 철들어 처음으로 이별에 가슴 아파 울고 말았다. 핸드백 안을 뒤져 겨우 찾은 근처 제과점에서 얻은 구겨진 휴지로 버스 한 귀퉁이 창가에 앉아 연신 눈물과 콧물을 닦았다. 그것이 내 진심이었다.

나는 우진이 엄마를 마주하고 이별 같은 것을 할 수 없었다. 계절을 가리지 않고 얼음을 잔뜩 넣은 커피를 마시며 자기는 점점 여유 없는 여자가 되어가는 것 같다고 푸념하던 그녀의 이야기를 듣고 있노라면 그것이 잊고 있던 나의 메아리 같아 마음이 부풀었다가 수그러들던 순간들과도 작별할 수 없었다. 전학 간 짝꿍이 생각나서 학교 가기 싫어지는 초등학생처럼 갑자기 밥도 먹기 싫고 웃고 싶지도 않았다.

봄이면 교향악이 울리는 소리가 들린다고 누군가는 들떴는데, 내게 봄은 이제 거리에 떨어진 내 마음을 확인하는 계절이 되었다. 피자마자 떨어진 길가의 목련 꽃잎 한 장을 보며 나직이 삶의 애환을 나누던 우진이 엄마의 고운 모습을 본다. 그녀를 보고 있으면 거울에 비친 내 모습인 듯 어딘가 콕콕 아파오던 나도 본다. 결국 나는 삶이라는 커다란 파도 앞에 언제나 약자일 수밖에 없는 작은 조약돌 같은 우리가 이리저리 휩쓸리는 모습을 마저 보지 못하고 그만 눈을 감는다.

올봄에도 화단에 봄은 만개했다. 아름다운 꽃도 아름다운 사람도 생활 속으로 피고 지고 들어섰다가 떠난다. 개나리와 벚꽃과 목련의 생명력으로 찬란한 계절에도 사람이 없다면 풍경은 텅 비어 보인다.

다니엘 리지웨이 나이트,
「첫 슬픔」,
1892년, 캔버스에 유채,
152.4×119.4cm,
브링검 영 대학교 미술관

'첫 슬픔', 두 사람에게 어떤 사연이 있는 걸까 궁금하게 만
드는 제목이다. 얼굴을 돌리고 앉은 소녀에게 슬픔의 연유
가 있는 듯하고, 옆에 앉은 친구는 다정하게 손을 잡아주
며 위로를 건네고 있다. 여자들이 야외에서 활동하는 모습
을 주로 그리며 많은 인기를 누렸던 미국 화가 다니엘 리지
웨이 나이트의 그림들은 100년이라는 시차가 무색할 정도
로 보편적인 감정을 담고 있다. 슬픔으로 슬픔을 위로해주
는 이 그림의 온도는 무척이나 따스하다. 예나 지금이나 여
자들에게 마음의 짐을 덜어내는 가장 좋은 방법은 공감대가
형성된 상대에게 속 얘기를 털어놓는 것이다. 나이 들어 좋
은 점이 있다면 다양한 방법으로 친구를 만들 수 있는 것 아
닐까. 친구란 마음이 통하는 곳 어디에나 있으니 말이다.

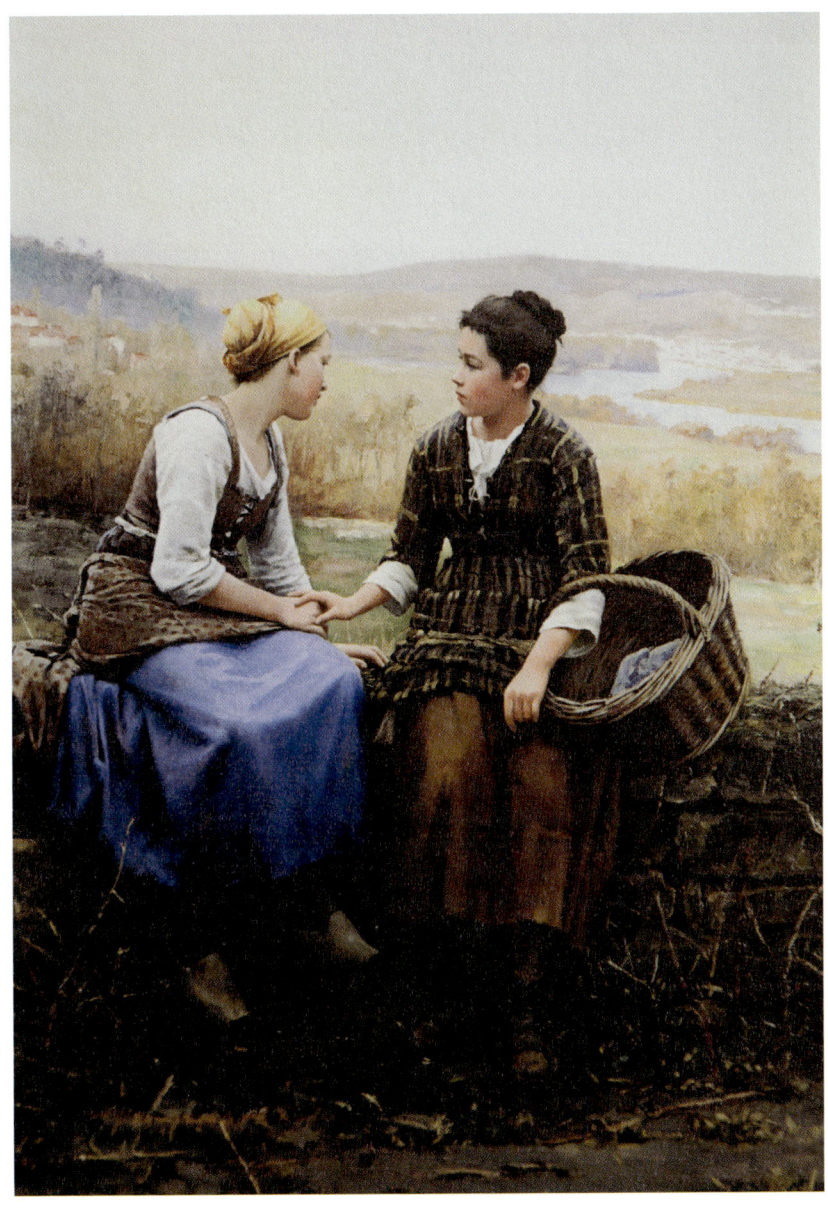

나의
자리

남들처럼 평범한 결혼이었다. 이십대 후반에 친구의 소개로 성실해 보이는 남자를 만나 결혼을 하고 아이를 낳았다. 하지만 어느 날 '나는 어디에 있지?' 하는 질문을 하루에도 몇 번씩 던지고 있는 자신과 부딪히게 되었다. 이른 아침 가족들을 위해 밥을 지을 때, 아이가 곤하게 낮잠을 자는 오후 혼자서 바닥을 쓸고 닦을 때, 존재의 위치를 묻는 쉽사리 답을 구할 수도 없는 질문이 생활의 틈으로 파고들었다.

"당신은 엄마이고 가정주부인데, 왜 다른 정체성이 필요한가?" 하고 반문할 수도 있겠다. 하지만 누구의 엄마와 누구의 아내인 것이 전부가 되어버린 평범한 결혼생활은 내게 정체성의 혼란이라는 어둡고 무거운 과제를 던져주었다. 엄마, 주부, 그리고 나의 교차점을 찾다 보면 점점 각각의 크기를 비교하게 되고, 비례를 맞추려 들면 문제는 다시 원점으로 돌아갔다. 랜덤으로 조각을 맞춰 익숙한 그림을 완성하려는 사람처럼, 나는 아침마다 퍼즐 상자를 열고 바로 좌절하기를 반복했다. 누가 내게 답을 알려주었다면 얼마나 좋았을까.

이십대의 나는 '엄마로부터 벗어난 나'를 찾느라 방황했다. 엄마가 되고 나서는 또 다시 '엄마로부터 벗어난 나'를 찾는 것이 숙제가 되었다. 고민이 시작되고 한동안 나는 재활용 쓰레기를 버리면서 신문지 사이에 섞여 있는 예전 내 명함들을 발견하면 그것을 주워 화장대 서랍 속에 다시 넣곤 했다. 사원으로 퇴사한 내 명함에는 근사한 직함이 없어 그럴싸한 위엄이 있는 것도 아닌데, 나는 명함을 버리는 것이 영영 나를 잃는 엄청난 사건이라도 되는 양 작은 종이 한장을 보면서 마음 한구석이 안타깝고 쓰라렸다.

물론 그것은 종잇조각에 지나지 않는다. 하지만 그것을 들고 사람들을 만날 수 있던 시절, 누구도 내게 당신은 누구냐는 질문은 하지 않았다. 그 종이에 적혀 있던 회사와 일이 곧 나였고 나의 정체성이었다. 사람들 앞에 내밀 것이 아무것도 없는 지금 내게 정체성이란 스스로 건져내지 않으면 아무도 찾아낼 수 없는 컴컴한 우물 밑바닥에 가라앉은 어떤 것이 되고 말았다. 사회를 떠난 개인에게는 스스로를 납득시키는 것부터가 어려운 문제가 된다.

내가 나 자신과 벌이는 싸움은 다툴수록 나가떨어질 사람이 미리 정해진, 제로섬보다 못한 투쟁이 되었다. 터무니없고 어리석은 고집인 것을 알고 있었지만 멈출 수가 없었다. 생각할수록 기운이 쭉 빠지기만 하는 방황은 인정하고 싶지 않은 일상의 한 부분이 되었고, 그 혼란의 한가운데가 현재의 내가 서 있는 곳이었다. 잃어버린 나에 대한 갈망 때문이었을까. 아니면 예전과는 다른 나를 찾아가는 길을 몰라서였을까. 답을 구하고자 묻고 또 묻다 보면 고개를 드는 것은 저 안 깊숙이 숨어 있는 나 자신이었다. 그래서 결국엔 아무리 귀를 막아도 파고드는 외침을 향해 나를 열어야 했다. 내가 원하는 것은 엄마와 주부의 역할을 하고 있는 나 자신이 아니라 그냥 나 자신이었다는 처음부터 정해져 있던 답이 그제야 보였다.

영국의 오디션 프로그램 '브리튼스 갓 탤런트'를 통해 일약 스타가 된 폴 포츠와 수잔 보일. 이제는 달라진 그들의 모습이 새로울 것도 없고, 완벽한 시스템이 갖추어진 스튜디오에서 녹음된 그들의 노래를 듣는 것도 흔한 일이 되었다. 하지만 그들의 노래가 우리 가슴에 폭풍처럼 불어와 정면으로 닿았던 순간은 어눌한 모습으로 첫 무대에 섰던 바로 그때다. 그 전까지 두 사람은 휴대전화 외판원으로 살면서, 병든 어머니를 모시며 동네 아이들의 놀림거리로 살면서도 자기 자신과 꿈을 잃지 않았다. 사람들은 조롱했을 것이다. 아무도 그들을 인정해주지 않았을 것이다. 두 사람은 기적처럼 주어진 인생의 첫 무대에서 존재를 걸고 노래한다. 그 순간의 감동은 안타깝게도 두 번 다시 재현할 수 없는 것이고, 늘 지금 막 뛰고 있는 심장처럼 파닥파닥 새롭고 신선하다.

폴 포츠나 수잔 보일이 생활의 무력함에 떠밀려 자신을 잃어버렸다면 어땠을까. 아마 그들의 목소리가 제아무리 아름다웠어도 사람들의 마음을 움켜잡을 정도의 힘은 발휘하지 못했을 것이다. 때로 한 인간이 걸어온 삶은 그 자체로 많은 사람들에게 영감을 주고 용기를 준다. 그러나 그들의 삶이 시종일관 밝은 햇살 아래서 빛나기만 했다면 그 빛은 깊지 않을 것이다. 기나긴 어둠의 터널을 지나 처음으로 햇살을 만난 어떤 이의 환희라면 눈이 부셔 바라보기에도 벅찰 것이다.

살면서 우리는 자신을 버리기도 하고 할 수 없이 내려놓기도 한다. 엄마로 살고 있는 지금 나는 자신을 철저히 잊으려고 애쓴다. 나를 필요로 하는 작고 여린 마음을 위해 기꺼이 그렇게 하고 있다. 나는 믿는다. 나에게도 찬란한 날이 오리라는 것을. 그날이 오면 나도 거추장스럽게 걸치고 있던 모든 것을 털어내고 두려움 없는 눈빛으로 모두에게 전하고 싶다.

"나 여기 있었어요. 지금까지 여기에 쭉 있었어요."

이 그림의 부제는 '클레어와 함께하는 클레어'이다. 부제가 설명하듯 그림의 모델이자 작가의 파트너인 클레어가 19세기 영국 시인 존 클레어의 시집을 들고 시인이 예찬한 자연의 세계와 교감중이다. 『날기 위한 준비 중』 프로젝트의 일부인 이 그림에서 우리의 눈길을 끄는 것은 클레어의 몸을 뒤덮은 새들이다. 작가는 그녀의 내면에서 해방되고픈 욕망을 읽어낸 듯하다. 지금은 집에 갇혀 지내지만 언젠가 다시 날개를 펴고 날고 싶은 바람으로 밤잠을 뒤척일 어떤 주부의 머리맡에 슬며시 놓아주고 싶은 그림이다.

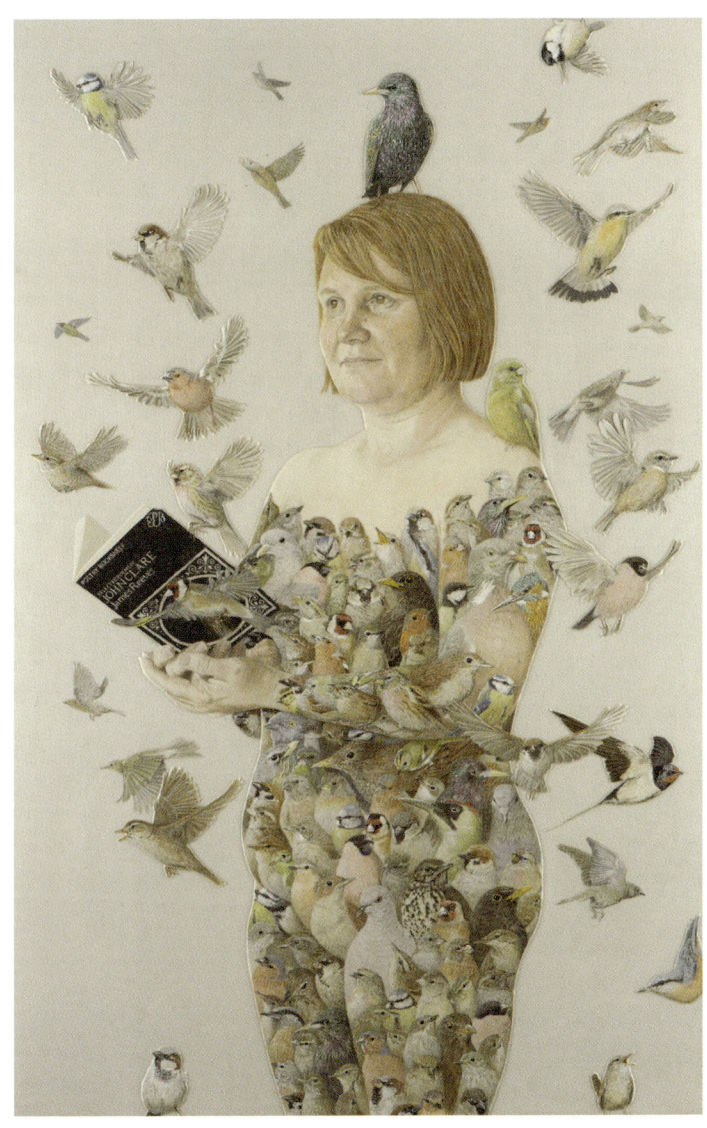

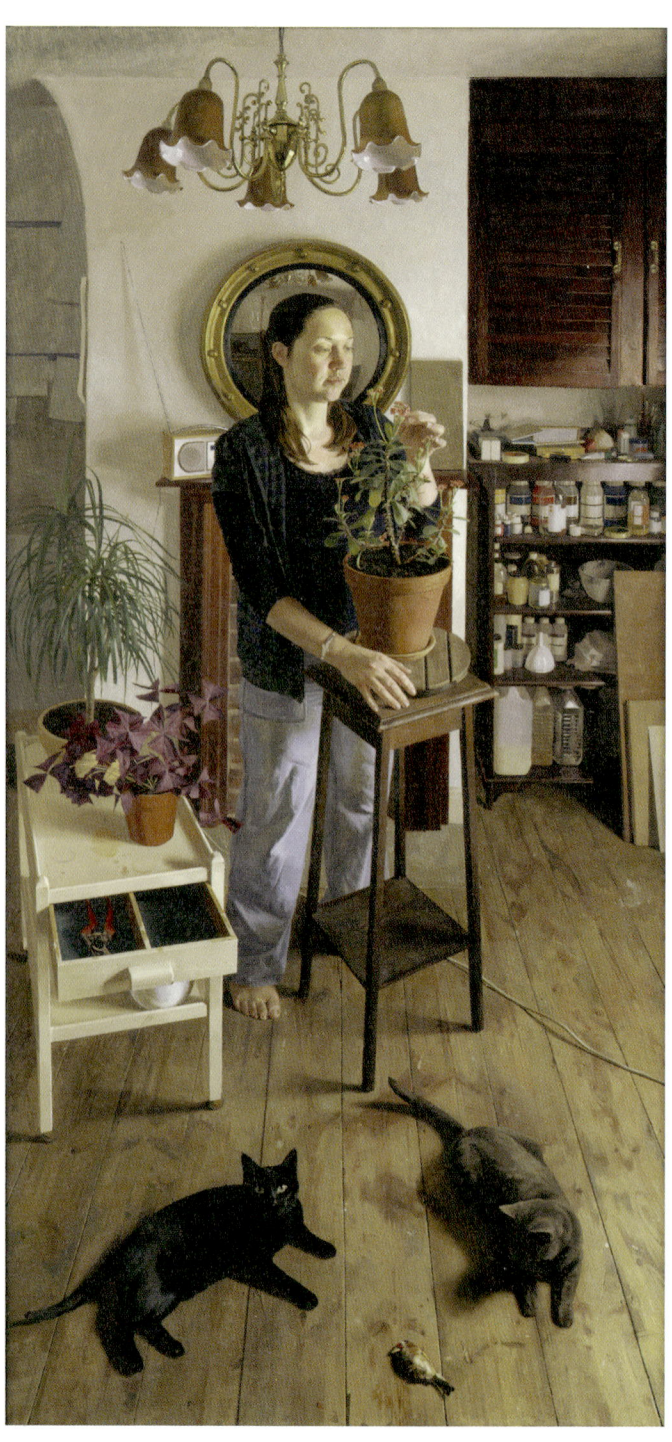

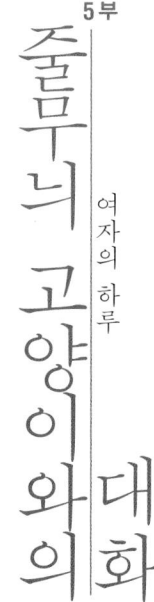

벤자민 설리번,
「라이프」,
2008년, 캔버스에 유채,
106×51cm,
영국 개인 소장

잘 알려진 익숙한 명화 「아르놀피니의 결혼」(1434)의 구도를 차용한 그림이다. 원작의 분위기를 모방하기 위해 샹들리에와 거울을 그려 넣었다. 강아지 한 마리만 그려진 원작과 달리 전면에 고양이 두 마리와 죽은 새 한 마리가 널브러져 있다.

진부함 때문에 탈출을 꿈꿀 수밖에 없는 일상은 비틀어 들여다보아도 여전히 같은 그림이라 실망스럽다. 한번쯤 마음대로 재구성할 수 있다면 설리번처럼 새로운 시도를 기꺼이 해보고 싶다. 작가의 아틀리에와 모델이라는 평범한 주제를 명화의 틀로 신선하게 들여다볼 수 있게 한 위트는 흥미로운 '생활의 발견'을 이끌어낸다.

나른한 오후, 잠들어 있는 개의 모습은 흐뭇하고 평화롭다. 그런데 주말 오후 소파에 긴 쿠션처럼 늘어져 잠든 남편의 모습은 어딘가 불편하다. 아빠와 함께 나란히 잠든 아이를 깨우지 않으려고 조심스레 현관을 빠져나와 아파트 동 사이사이를 누빈다. 원하는 것을 들어주지 않는 부모와 한창 갈등을 겪는 십대들처럼 불만으로 가득한 얼굴이 구름도 잠잠하여 여유에 잠긴 동네 구석구석 비뚤어진 시선을 보낸다.

저 멀리 화단의 나무 아래에 줄무늬 고양이 한 마리가 기다렸다는 듯 나를 노려보고 있다. 동그란 눈이 초록색인지, 노란색인지 알 수 없지만 호박처럼 탐스럽다. 간격이 일정한 검은 줄무늬가 사랑스럽다. 일요일 오후 2시 모두가 낮잠에 빠진 시간, 녀석은 지루한 기색도 없이 매서운 눈초리를 나에게 쏘아 보낸다.

"야옹" 하고 녀석에게 익숙할 법한 인사를 건네자 "야옹" 하는 소리가 돌아온다. 사람의 말을 알아듣지 못할 거라고 은근히 자기를 무시했다는 생각에 도리어 화가 치미는 모양이었다. 예쁜 돌같은 눈 안에서 반짝하는 빛을 보고 "안녕" 하고 다시 인사를 한다. 이번엔 대답이 없다. 체구가 작은 것으로 보아, 아직은 엄마 역할 같은 것은 해본 적 없는 어린 녀석인 것 같다. 다시 "안녕" 하고 돌아서는데 녀석은 이번에도 "야옹" 한다. 어쩐지 잘 가라는 소리가 아니라 '그러고 돌아다니지 마'라는 채근처럼 들린다. 몇 발자국 못 가 다시 돌아보니 녀석은 이미 가고 없다. 멀리서 그럴 줄 알았다는 듯 한심한 눈으로 나를 보고 있을 것 같아 서둘러 집으로 발길을 돌린다.

　세상이 거꾸로 보이면 좀 나아질까 싶어 고개를 비스듬히 하고 하늘과 땅을 본다. 그러나 지루한 일상의 메아리는 역시 진부한 울림을 벗어나지 못한다. 신호를 어기고 길을 건너려는 자신을 경찰의 호루라기 소리라도 멈추게 해주었으면 하고 바랐던 시인처럼, 빨간불에서 파란불로 신호가 바뀌는 것도 모르고 멍하니 네거리 건널목에 선 듯, 내 마음은 방향을 잡지 못한다. 이번 신호에 길을 건너면 나를 찾아갈 수 있을까. 여전히 망설이기만 할 뿐 나는 아직 제자리다.

　짧은 방황을 뒤로하고 현관문을 여는데 아파트 복도 옆으로 난 도로에서 견인차 소리가 요란하다. 남편과 아이가 자다가 놀라 이쪽을 쳐다본다. 그들을 깨운 것은 내가 아닌데 미안한 마음이 드는 것은 왜일까. 그들은 알 수도 없고 들키지도 않을 내 마음속이나 머릿속이 미안해서였을까. 어느덧 또 주방에 선다. 늦은 오후 점심 식사를 차릴 시간이다.

그 비행기에
    저도
    태워주세요

바람이 불기엔 이른 계절, 푸른 하늘이 저 높이 자리를 내준 넓은 공간 가득 바람이 분다. 이 바람은 이국의 정취를 실어오는 모양으로, 복잡한 서울의 아파트 식탁에 앉아 나는 아까부터 자꾸만 '이것이 런던의 아침을 닮았던가?' 혹은 '4월의 파리였던가?' 하고 있다. 설거지가 한가득 쌓여 있는데 마음이 수선하다. 바람은 사람의 마음을 흔들기 위해 부는 모양이다. 자꾸만 마음이 흔들린다.

좋은 엄마가 되려면 계절 같은 것은 몰라야 하는지도 모른다. 엄마가 계절을 타서 반찬의 간을 잘못 맞추거나 기분을 추스르지 못해 성의 없이 동화책을 읽어줄 수는 없는 일이니까. 그런데 엄마도 사람이다 보니 계절을 타고 날씨를 탄다. 꽃들이 화단에 늘어서는 봄이나 밤이 깊어지는 가을, 엄마의 마음도 외출을 하고 싶어 방황한다. 지금은 9.11 테러로 무너지고 없는 쌍둥이 빌딩 사이에서 고공 줄타기를 하던 필립 프티처럼 마음이 하염없이 높은 곳에서 이리 비틀 저리 비틀 시작과 끝을 정하지도 않은 채 길을 건너려 한다.

이럴 때 신통한 묘안이 있느냐 하면 전혀 그렇지 않다. 이어폰을 귀에 꽂고 한강 다리 아래를 죽기 살기로 걸어보아도 안 되고, 필요하지도 않은 빨간 냄비나 할로윈을 겨냥한 머그 따위를 사도 기분은 달라지지 않는다. 어느덧 창밖으로 날아가는 비행기 끝자락만 보아도 눈물이 줄줄 흐르는 지경까지 되면 어지간한 것은 아무 소용도 없다. 다른 마음앓이에도 약이 없는 것처럼 그저 지나기를 기다리는 수밖에. 다만 엄마이고 보니 그 모든 것이 문제가 되는 것이다.

결혼 전 나는 봄을 탔다. 다행히 그때는 좀 처량한 얼굴을 하고 있어도 엄마의 잔소리만 비껴가면 얼마든지 상념에 젖어 있어도 좋았다. 그런데 결혼하고 내가 엄마가 되고부터는 내 감정을 드러내는 것이 변덕이 될 수도 있다는 사실을 알게 되었다. 만약 내가 조금이라도 울적한 얼굴을 하고 앉아 있으면 우리 집 꼬맹이는 궁금증을 참지 못하고 대번에 물어올 것이다. "엄마, 어디 아파?" "엄마, 왜 그래? 나랑 놀기 싫어?" 그것은 공정하지 못한 일이다. 어린 것의 마음을 불편하게 해서는 안 되는 일이니까. 그런데 나는 가을이 들어서거나 비가 부슬부슬 오는 날이면 불쑥불쑥 모드 전환기가 고장 난 사람처럼 갈피를 못 잡기 일쑤여서 엄마 역할을 유지하기가 힘들다.

마음은 자기 의지와는 상관없는 어떤 곳에 있는 것이 확실하다.

추석도 지나고 아침저녁으로 코끝에 닿는 바람이 제법 차가워진 어느 밤, 태어나서 처음으로 그네 타기에 성공한 아이와 낮에 있었던 이야기를 하며 잠자리에 들었다. 흥으로 들뜬 아이와 달리 나는 어수선한 속내를 숨기고 자장가를 불렀다. "가을엔 편지를 하겠어요, 누구라도 그대가 되어 받아주세요……." 편지를 쓰면 누구라도 받아 달라는 가사에 한창 계절을 타고 있는 엄마는 점점 목이 메기 시작하는데, 아이는 내일도 놀이터에 가면 오늘처럼 그네를 타겠다고 다짐한다.

노래는 그만두고 녀석의 조그만 등을 토닥이며 가본 지 몇 년이나 지난 환기미술관의 감나무 생각을 한다. 결혼하기 전 부암동 환기미술관은 내가 가끔 찾아가 파란색 벽면으로 칠해진 캔버스들을 하염없이 바라보며 마음을 비우는 고해소 같은 곳이었다. 당시 그곳은 지금처럼 사람들의 발길이 빈번하지 않아 가을이면 집으로 돌아오는 길 주차장에 서 있는 감나무와 이야기를 이어가도 부끄럽지 않은, 한나절의 은서가 가능한 곳이었다. 오늘 밤도 미술관 마당의 감나무는 깜깜한 밤하늘 아래 호젓하게 서 있을 텐데, 내 마음은 농익어 터지기 일보 직전인 감이 되어 누구와도 공감하지 못한 채 조만간 바닥에 툭, 하고 떨어질 형편이다.

이제는 엄마도 되고 주부도 되었으니 이런 귀찮은 일은 안 겪어도 된다면 얼마나 좋을까마는 계절은 그냥 돌아서는 법을 모른다.

갑자기 나 자신이 사뭇 거추장스러운 존재가 되어버린다. 잊고 지내려면 드문드문 고개를 들고, 무시하려 들면 더 크게 일어나 늦은 밤까지 사람을 이렇게 괴롭히고야 만다.

어느 이른 아침, 출장 가는 남편을 따라 공항으로 가는 버스를 타게 되었다. 독일어를 하는 키가 큰 남자들과 여기저기 이름을 쓴 꼬리표가 달려 있는 여행 가방들을 보니 마치 나도 여행자가 된 기분이었다. 40분을 달려 도착한 공항은 떠나고 돌아오는 사람들로 수선스러웠다. '저 사람은 어디에 가는 것일까?' '저 가방 안에는 뭐가 들어 있지?' 쓸데없는 호기심이 분주한 사람들을 따라 열심히 움직이는 내 눈이 방향을 잃지 않게 한다. 시간에 쫓긴 남편은 도착하자마자 제대로 인사도 못한 채 비행기를 타러 가버리고, 아이와 나는 아이스크림을 하나씩 사 먹은 후 비행기 구경을 하러 갔다.

3층에 있는 넓은 카페 구석에 앉아 우리는 비행기 한 대를 넋을 놓고 보았다. 무리에서 떨어져 나온 돌고래처럼 덩치가 큰 녀석은 혼자서 쓸쓸하게 배를 열어 보이고 있었다. 눈이 많이 왔던 날 아이와 수족관에서 보았던 그 녀석이 다시 눈앞에 나타난 것처럼 유연한 생김새가 하나도 낯설지가 않았다. 무전기를 든 남자들이 작은 차를 타고 와서 몇 개의 칸으로 나누어진 배 부분의 선반을 열었다가 닫고는 분주하게 사라졌다. 떠나려고 짐을 싣고 있는 것인지 이제 막 돌아와 뒷정리를 하는 것인지 알 수 없었다.

덕분에 나는 상상할 수 있었다. 저 비행기는 이제 막 활주로를

185

벗어나 파리나 뉴욕 혹은 런던으로 갈 것이라고. 순간 내내 분간할 수 없던 마음 한구석에서 눈물이 주룩 흐른다. "잠깐만요, 그 비행기에 나도 태워주세요." 나는 나지막이 외치고 만다. "나도 오늘 여기를 떠나고 싶어요." 어느덧 눈물은 뺨을 타고 흐른다. 그러나 홀가분하게 떠날 수 없다는 것을 내가 잡고 있는 작은 손이 말해주고 있었다.

　　잠시 후 정신을 차려 아이와 비행기에 작별 인사를 하고 자리에서 일어났다. 집으로 돌아오는 버스 안에서 이른 여행이 고단했는지 아이는 곤히 잠들었다. 머지않아 창밖으로 차츰 눈에 익은 시가지 풍경이 들어왔다. 우리는 잠시 뒤로했던 먹고 자고 다투고 화해하는 일상으로 벌써 돌아와 있었다. 그런데 잊은 것이 있었다. 아무래도 무엇인가 공항에 두고 온 것 같다. 그것은 지금쯤 어디론가 멀리 가는 비행기를 타고 있는 것 같다.

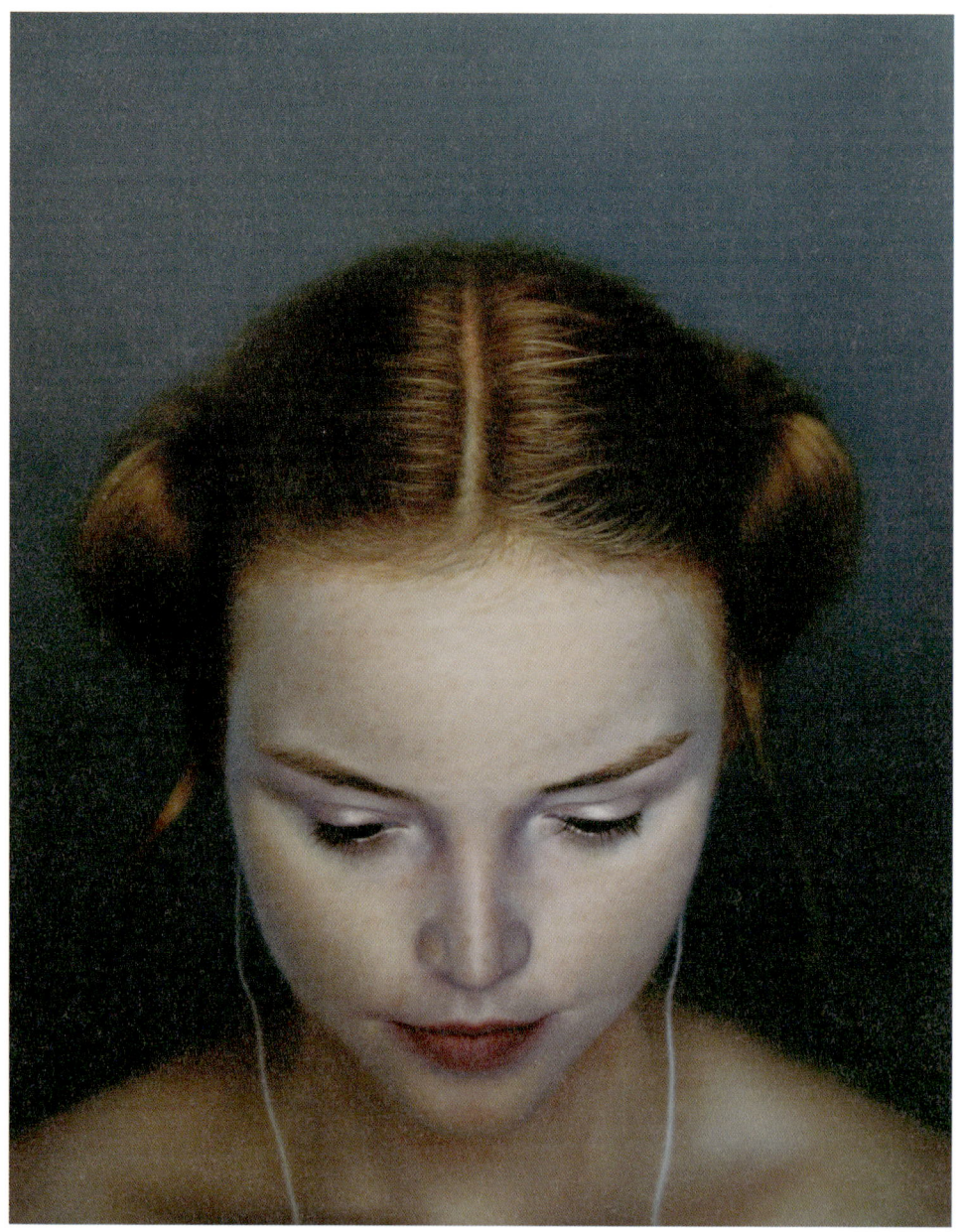

미칼 오지브코,
「iDeath」,
2010년,
캔버스에 유채와 아크릴
220×170cm

네 아이의 엄마로 잘 알려진 한 연예인이 어느 날 육아의 어려움에 관한 질문을 받자 "날아가는 비행기만 보아도 눈물이 주르륵 흘렀다"라고 답하는 것을 본 적이 있다. 할 수 없고 가질 수 없게 되면 우리는 자기 욕망에 더 민감해진다. 사진인지 그림인지 의심스러워 다시 한 번 들여다보게 되는 이 작품은 요즘 거리에서 흔히 볼 수 있는 어린 소녀들의 모습을 고스란히 재현하고 있다. 의도적으로 아이패드의 프레임을 가져와 이 시대 젊은 사람들이 세상과 단절되어 있는 모습을 그리고 싶었다고 작가는 말한다. 엄마에게 개인적인 욕망이나 감정은 짐이고 사치라 느끼게 된다. 원하는 대로 자신의 감정에 몰두해 있는 그림 속 소녀를 동경하는 나는 이제야 비행기 끝자락에 대고 내가 흘렸던 그 눈물의 의미를 이해한다.

브람스를
좋아하세요...

장마도 아닌데 세찬 비가 쏟아 붓던 어느 여름날, 친구와 함께 점심 초대를 받은 집으로 향하는 길이었다. 디저트로 먹을 도넛을 한 상자 사 오겠다며 친구는 빗속으로 뛰어나가고, 나는 차 안에 앉아 지금은 초등학생이 된 친구의 아들이 카시트에 앉아 잠든 모습을 지켜보고 있었다. 가게에 손님이 많았는지 꽤 시간이 지났는데도 친구는 돌아오지 않았다.

　　슬며시 불안해지면서도 무료해 문득 오디오의 전원을 켰다. 차 안의 정적은 순식간에 노련한 전문가의 손길이라도 거친 듯 그럴싸한 음악 소리로 물러났다. 굳이 귀를 쫑긋하지 않아도 점점 빠져드는 피아노 연주에 넋을 잃고 빗소리마저 아득해지는데, 물방울이 뚝 뚝 떨어지는 비닐봉지에 도넛이 열두 개나 들어 있는 커다란 상자를 들고 친구가 나타났다. 그것은 브람스라고 했다. '헝가리 춤곡 11번' 이라는 설명이 이어졌지만 내 귀에 들린 것은 그의 이름뿐이었다. 어느 비 오는 날 브람스는 우산도 없이 운명처럼 나를 찾아왔다.

세상에는 많은 관계가 존재한다. 부모와 자식이 엮어온 것 같이 오래되고 깊은 관계도 있고, 가끔 연락하고 지내는 친구와의 근근이 이어가는 관계도 있고, 매일 아침 커피를 사는 카페의 청년이나 세탁소 아저씨와의 사이처럼 자주 보면서도 절대 깊어질 수 없는 관계도 있다. 모든 관계는 변화하고 진보하고 발전한다. 동시에 갈등하고 퇴색한다. 그것이 살아 있는 관계의 본질이다.

부부 사이라면 어떨까. 갈등을 빼고 부부관계를 말하기란 어렵다. 전쟁과도 같은 다툼과 대립의 끝에 관계 정리의 기술을 배우는 것이 결혼생활을 기반으로 한 부부라는 사람들이다. 언젠가부터 남편과 나의 사이도 다툼은 잦아들고 제법 익숙해져 편안한 기운이 정착되었다. 우리는 그것이 다행이라고 생각한다. 하지만 거기에는 누구도 말하지 않는 진부와 무관심이 고여 있다. 어떤 날은 서로 미안해하기도 한다는 것을 알지만 두 사람의 관계에 새로운 기운을 북돋기엔 우리는 지친 듯하다.

남편과 심하게 다투거나 사는 것이 하릴없어 뭘 해도 기분이 나아지지 않는 날 나는 공연한 생각을 한다. 나에게도 웃는 모습이 선한 브람스 같은 청년이 나타나 나의 재능을 칭찬해주고 나의 처지를 가탄해준다면 얼마나 좋을까 하고. 누군가 나를 알아준다면 마음이 부드러워져 내 삶도 'fly me to the moon' 같은 노래가 어울리게 변할 것 같은데 말이다. 그런 날은 세상의 많은 것들이 나의 브람스가 된다. 혼자 집에서 외로운 고양이들이나 하듯 허공을 긁는 시늉을 하는 날이면 시시한 것 하나로도 마음이 무너진다.

하지만 진짜 브람스가 내 앞에 나타나 클라라 슈만을 돌보았던 것과 같은 사랑과 애정을 준다해도 나는 거절할 것이다. 브람스를 자신의 책과 함께 알린 프랑수아즈 사강의 소설 『브람스를 좋아하세요...』의 주인공 폴처럼 시몽과의 짧은 관계를 정리하고 6년간 사랑해온 로제에게 돌아갈 것이다. 그것은 브람스와 젊고 순수한 시몽 모두 슈만과 로제가 있었기에 가능한 관계이기 때문이다. 어떤 관계는 기존의 관계를 유지하고 지지하기 위해 필요하다. 이 파생의 관계를 통해 기존의 관계가 공고해지기도 하고 반대로 종결되기도 하지만, 사람과 사람 사이의 관계란 그 안에서 해소하고 매듭을 짓는 것이 옳다고 나는 늘 생각한다. 둘 사이의 갈등을 다른 관계를 통해 풀어버리면 누군가는 희생될 수밖에 없다. 아름다운 청년의 동화 같은 진심이 물에 넣으면 거품으로 변해 녹아 없어지는 것은 무척이나 슬픈 일이다.

향과 깊이가 모두 좋은 진한 커피처럼 언제 들어도 브람스의 곡은 세련된 매력이 있다. 음반을 틀어놓으면 순식간에 브람스가 우리 집 소파와 창가에 내려앉고 새삼스레 손과 볼을 붉게 한다. 슈만의 미망인으로서 그의 음악을 알리고 아이들을 돌보는 것에 의미를 두고 살아갔던 클라라를 져버리지 않았던 작곡가의 열정이 녹아든 곡이라기엔 슬프지도 처연하지도 않고, 마른 나무처럼 향이 있어 따라가는 청자의 마음을 산란하게 하는 법이 없다. 가끔 그의 곡을 들으며 마지막까지 브람스를 단념시키지 않은 클라라가 미워질 때가 있다. 정신적인 사랑이라며 그를 언제나 선 밖으로 밀어낸 그녀가 야속하기까지 하다. 아마 두 사람의 속내도 모르면서 질투를 하는 것인지도 모르겠다.

밤에 가끔 아이에게 브람스의 자장가를 틀어주면 아이는 시끄럽다고 동화책을 읽자고 하면서도 이내 어린 양처럼 내 품에서 잠이 든다. 실제로 이 세상에 브람스나 시몽 같은 청년들이 있을 것 같지는 않다. 그래서 나는 오늘도 슈만이자 로제인 남편과의 갈등을 풀어보려고 늦은 밤까지 홀로 애를 쓴다. 이런 밤 브람스의 자장가는 달콤한 맛이 나는 위스키 한잔처럼 언제나 마음을 다독여준다.

'그러니 브람스를 좋아해보세요. 그와 사랑에 빠지지는 마시고요.'

마이클 개스켈,
「톰」,
2009년, 보드에 에그 템페라,
27×21cm, 뉴욕 개인 소장

청년의 선한 눈빛이 화면 안쪽으로 마음을 끌어들인다. 클라라 슈만을 처음 만났던 청년 브람스의 눈빛도 이렇게 선하고 순수하지 않았을까? 작가가 보티첼리의 「젊은 남자의 초상」에서 영감을 얻어 당시 17세였던 아들 톰을 모델로 하여 그렸다는 이 그림에는 소년에서 청년으로 넘어가는 과도기적 순간이 담겨 있다. 아무것도 생각하고 있지 않는 것 같고, 아무것도 권하지 않는 듯한 톰의 얼굴은 이 세상 그 어디에도 영원히 꾸준한 관계를 유지할 해답은 없다고 이야기하는 것 같다. 아직 치명적인 상처의 흔적을 찾을 수 없는 순수한 얼굴에서 부부관계에서 꼭 지켜야 할 소중한 것들이 보인다.

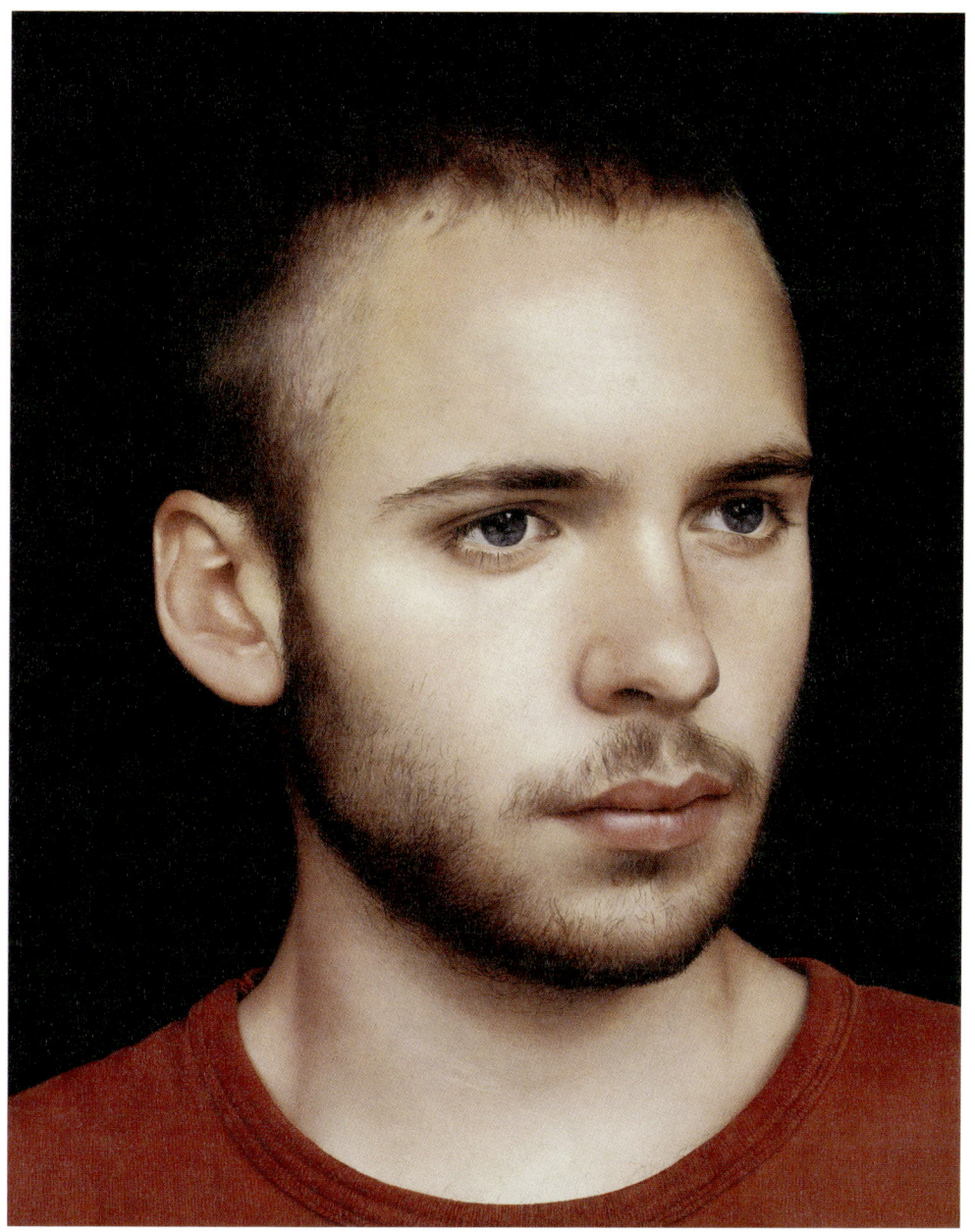

당신의
주말은
몇 개인가요?

눈을 떠보니 아직 여덟 시다. 어서 일어나 준비를 서두른다면 누구도 지각은 하지 않을 것 같다. 잠이 덜 깬 채 뛰듯이 부엌으로 가 커피 물부터 끓인다. 또 아이 도시락 싸는 것을 잊지 않았는지 건조대도 확인한다. 뚜껑에 그려진 곰돌이 두 마리가 다정히 손을 잡고 있는 도시락 통은 바짝 마른 채 부엌 창으로 드는 햇살에 반짝이고 있다. 다행이다. 이번에는 아직도 자고 있는 남편이 머리를 스친다. 아차, 싫어 아까 본 시계를 또 올려다보는데 이번에는 다른 생각이 머리를 스친다. 다시 한 번 다행이다. 오늘은 토요일이다. 뭔가 재미난 일이 있을 것 같은 크고 작은 기대들이 솜사탕처럼 부풀어오르는 화창한 주말 아침이다.

약간 늦은 식사 준비를 하는데 이틀 동안 쉬는 날이라니 콧노래가 흥얼흥얼 나온다. 우리는 오늘 뭘 할까 재잘재잘 고민하며 천천히 아침을 먹었다. 이번 주 들어 처음으로 셋이 함께 앉은 식탁 위로 밥 먹는 소리와 사기그릇에 숟가락 부딪히는 소리가 섞여 서로의 식욕을 돋우었다. 평일 아침 혼자 우두커니 대충 먹고 마는 아침과는 다른 에너지가 느껴져 문득 엄마이고 주부인 것에 흐뭇해졌다. 특별히 내놓은 신선한 샐러드를 먹고 있는 남편도 오늘은 왠지 기분이 좋아 보였다.

설거지를 마치고 드디어 그 순간이 왔다. 이번 주말을 위한 특별한 그 무엇을 결정하기만 하면 되는 흥미진진한 찰나가 온 것이다. 그런데 아까부터 남편이 조용하다. 이상했다. 손에 묻은 물기를 닦고 거실로 가보니 그 사이 그는 신문을 보다 잠이 들어 있었다. 나는 습관처럼 낙심하고 체념한다. 아이는 눈을 말똥말똥 뜨고 묻는다. "엄마, 우리 오늘 뭐 할 거야?" 결국 이 중요하고도 소중한 결정은 순전히 나의 몫이 된다. 어차피 뭉글뭉글 기대를 피워올렸던 것도 나였으니 당연한 일인지도 모른다. 오전은 둘이서 보내고 오후에 아빠와 다 같이 외출할 것이라는 계획을 차근차근 설명하며 오늘을 기대하는 것은 잠시 물려둔다.

아이와 나는 근처 도서관에 잠깐 들렀다가 시장을 보러 가기로 했다. 그 정도 시간이면 일주일의 피로를 조금은 풀 수 있으리라 남편을 배려하며 평소보다 느린 걸음으로 집을 나섰다. 도서관으로

197

가는 익숙한 길, 나뭇가지마다 잔잔한 햇살이 묻어나 바람이 불면 잔물결처럼 빛이 부서졌다.

아이가 많이 어렸을 때는 한 달에 한번도 외출을 할 수 없었다. 그때 나의 일요일은 월요일과 같았고 수요일 목요일과 같았다. 벚꽃이 만발한 어느 토요일 김밥을 사러 다녀오는 길, 다 피지도 않은 나무를 흔들어 꽃잎을 털어내는 장난꾸러기들 틈에서 나는 마음이 아파 비닐봉지만 꽉 구겨 잡았었다. 그날도 출근해야 했던 남편은 우리와 함께 케이블카를 타러 갈 수도, 햇살 아래 미소를 주고받을 수도 없도록 지치고 바쁜 사람이었다. 그 오후에는 하수구에 오래 머물며 씻겨 내려가지 않는 비누거품처럼 남편에 대한 미움도 원망도 쉽게 씻어낼 수가 없었다. 그때에 비하면 원할 때 아침에라도 나가서 카페라테를 한 잔 마실 수도 있는 지금은 감정의 앙금쯤이야 혼자서도 털어낼 수 있다.

나는 기분을 바꾸어보려고 심호흡을 하고 도서관에 들러 아이의 책을 몇 권 골라주고는 장난감이 들어 있는 음료수를 사달라고 조르는 아이와 실랑이를 하며 장을 보러 발길을 돌렸다. 백화점 지하에 있는 슈퍼마켓에는 사람들이 식료품을 구입하며 느긋하게 주말을 즐기고 있었다. 아빠들의 모습도 간간이 눈에 들어왔다. 그들은 치즈나 버섯 같은 것들을 구경할 가치가 있는 물건인 양 호기심 어린 눈빛으로 바라보았다. 수북이 쌓아놓은 화이트 초콜릿 더미마저 타지마할을 장식한 돌조각 보듯 신기해하는 모습들을 보니, 아이와 나도 팬스레 신이라도 나는 척해야 할 것 같았다.

우리는 먹을 것들을 주워 담기 시작했다. 주말 기분을 내게 해주려고 아이에게 과자도 고르게 하고, 남편이 좋아하는 소시지와 싱싱한 생선도 한 마리 샀다. 마지막으로 들른 음료와 주류 코너에는 당연히 아빠들이 더 많았다. 진지하지만 유쾌한 얼굴들이 포장에 붙어 있는 레이블을 꼼꼼히 읽어가며 술병을 골라 담았다. 나도 집에서 잠자고 있는 얼굴을 위해 맥주를 몇 캔 골라 담았다. 문득 남편과 함께 장을 보는 여자들의 뒷모습이 거들먹거리는 듯해 슬쩍 기운이 빠졌다.

집에 돌아오니 남편은 아까 보던 신문지를 깔고 혼자 라면을 먹고 있었다. 열두 시가 되니 갑자기 배가 고팠다며 사과를 하는데 눈은 TV 화면의 야구 경기에 고정되어 있다. 빠졌던 기운이 한꺼번에 솟아오른다. 나는 그만 화를 내고 싶어진다. 하지만 속으로만 이렇게 말할 뿐이다. '왜 토요일마다 야구 중계를 하는 거야. 내가 이 세상에서 제일 싫어하는 게 저 아나운서 목소리라고!' 남편은 슬슬 내 눈치를 보며 아이에게 말을 건다. "아빠하고 오후에 나가서 같이 야구도 하고 자전거도 타자." 남편은 아이와 꼭꼭 약속을 하고는 장바구니를 부엌으로 옮겨주며 나를 보고 웃는다. 나는 때를 놓치지 않고 남편에게 묻는다.

"날씨도 좋은데 우리 드라이브 갈까?"

"그래, 가자. 어디로 갈 건지 생각해봐."
"아빠가 드라이브 가자고 하네. 와, 좋겠지?"

먼저 가자고 한 사람은 난데, 마치 아빠가 가자고 한 것처럼 아이까지 부추긴다.

"그럼, 야구는? 나 아빠랑 야구하기로 했단 말이야."
"그래, 야구 잠깐 하고 드라이브 가자."

점심을 먹은 아이는 아빠와 놀이터에 가고 나는 이어폰으로 음악을 들으며 설거지를 했다. 밖은 여전히 화창하다. 안타깝게 주말 기분이 나지 않는 사람은 나뿐인 것 같다.
결국 토요일 슈퍼에서 산 맥주는 월요일 밤 나 혼자 마셨다. 토요일 오후 야구를 마친 아이와 남편은 낮잠을 잤고 기다리다가 지친 나는 드라이브 같은 것은 잊은 채 저녁밥을 했다. 일요일엔 성당에 갔다가 시댁 어른들과 식사를 하고 집으로 돌아와 아이 실내화를 빨고 남편 옷을 정리하느라 하루가 다 갔다. 아마도 남자들에게 주말이란 기대로 부풀어지는 요일이 아닌 모양이다. 그들에게 주말은 하루 종일 집에 있으면서 야구경기나 F1에서 요란하게 달리는 자동차를 들여다보며 꼼짝도 안 하고 싶은 날인 것 같다. 그럴듯하게 외출하고 싶은 여자들의 바람쯤 트랙 위를 질주하는 경주용 자동차의 굉음 한 번이면 흔적도 없이 사라진다.

　　아슬아슬한 주말이 지나 월요일이 되어 서로 전혀 다른 한 주를 보내며 살아가도 각자와 우리의 생활은 무리 없이 이어진다. 다음 주말에는 혼자 조용히 햇살을 받으며 엄마의 주말도 아내의 주말도 아닌 나만의 주말을 보내야겠다. 남편이 "우리, 오늘은 뭐 할까?" 하고 물어도 절대로 알려주지 않을 것이다.

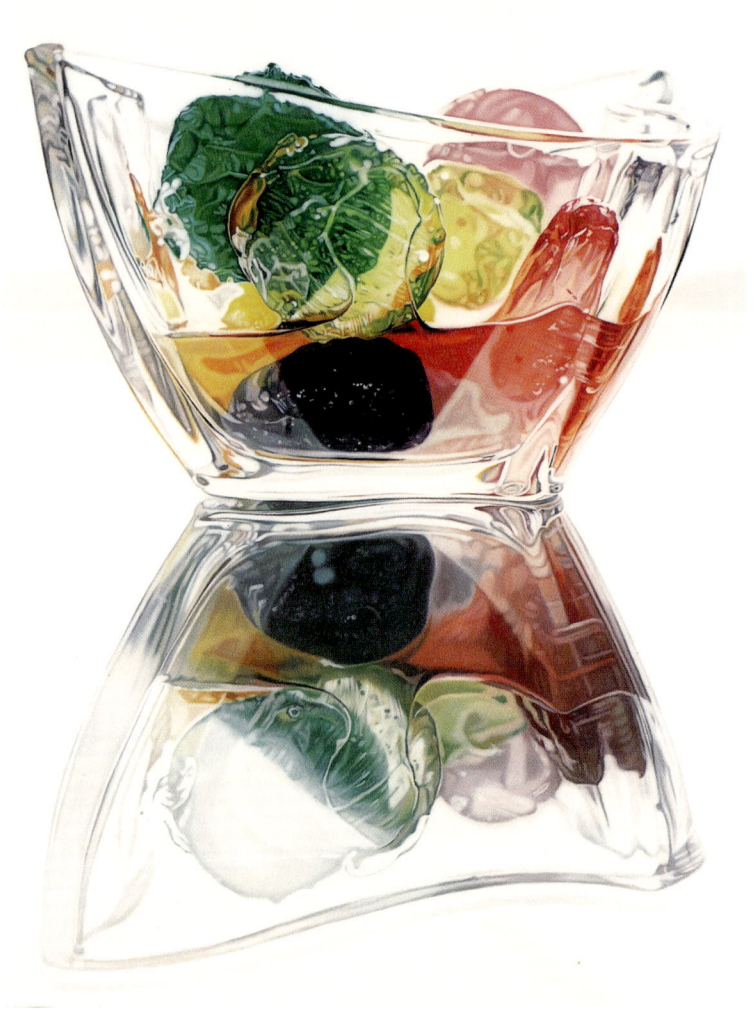

사물을 향한 집념 어린 관찰력과 유리알같이 투명하고 정교한 필치로 명성을 얻은 작가 안성하는 이 작품에서도 정면과 측면, 위와 아래를 빠짐없이 들여다본 흔적을 드러내고 있다. 살얼음 낀 물 위를 투과한 듯 상하 동상이질의 두 이미지가 사탕이라는 흔한 오브제를 살아 있는 유기체로 재탄생시킨다. 이를 통해 작가는 자신의 창조물과 관객 사이의 정서적 교류를 가능하게 만든다. 눈앞의 대상물에서 내면의 심상을 보는 것은 우리가 흔히 하는 감정처리 방식의 하나이다. 혹시 의도했던 감정이 투명한 슬픔이었는지, 녹아내리는 사탕에서 이해받지 못한 마음이 투정 섞인 눈물이 되는 과정을 지켜볼 수 있다.

장식장을
들어놓았다

일본에는 '단카이 세대'라 불리는 사람들이 있다. 일본의 베이비붐을 타고 태어난 우리 부모님과 같은 연배의 세대로, 전후 일본을 오늘날의 경제 강국으로 일으킨 장본인들이다. '경제 기계'라고까지 불리며 밤낮없이 일에 매달리다 과로사로 쓰러져간 안타까운 삶들을 생각하면 자연스레 여유보다는 피폐 같은 단어가 떠오르는 세대이기도 하다. 꽤 오래 전, 그러니까 결혼은 했지만 아직 연애하는 사람들처럼 살았던 신혼 시절, 퇴근이 늦어진 남편을 기다리며 다큐멘터리를 본 적이 있었다. 그것이 바로 단카이 세대에 관한 것이었다.

　눈앞의 화면은 시종일관 한 노부부의 모습을 따라갔다. 지금도 기억에 생생한 장면은 생애 처음이랄 수 있는 둘만의 여행에서 노

부부가 식사를 하는 모습이었다. 기차의 식당 칸에 즐비한 테이블과 의자들을 뒤로하고 두 사람은 간이 선반에 매달린 의자에 나란히 앉아 식사를 하고 있었다. 인터뷰어가 "마주 앉아 식사를 하시지요?" 하고 권하자 잠시 머뭇하던 할머니는 대답했다. "평생 한 번도 남편과 마주 앉아 식사를 해본 적이 없어요." 그 세대를 생각하면 그럴 수도 있겠다 싶으면서도 설마 하는 생각이 들었다. 그리고 잠시 후 다음에는 남편과 함께 길도 걸어보고, 마주 앉아 식사하는 것도 시도해보겠다며 웃는 얼굴로 말하는 할머니의 가녀린 뒷모습이 오싹하게 들어왔다.

나는 그 모습에서 그만 울부짖고 싶었는데 울지 못한 사람의 해묵은 '체념'을 발견하고 말았다. 그것은 사체가 된 지 오랜 짐승 같았다. 주체는 소멸하려는데 생명의 흔적을 읽어내는 우리의 기억처럼, 할머니가 겪어온 감정의 폭풍과 자기부정은 익숙한 기억 속에서 이미 오래 전 사후경직을 마친 상태였다. 할머니의 체념은 배우자의 너무 오랜 배제와 숱한 외면의 돌이킬 수 없는 결과물로 보였다.

이어서 카메라는 할머니의 집을 구석석 보여주었고, 할머니는 장식장을 열어 꽤 많은 인형들을 소개했다. 할머니는 말했다. 단 한 번도 남편과 진정으로 가슴을 열고 대화를 나눠본 적이 없었고, 자식들과도 소통할 수 없었다고. 그래서 인형을 모으기 시작했는데, 인형들은 당시 우울증 때문에 치료를 받고 있던 할머니가 자신의 내면과 소통하게 해준 유일한 친구였다고 했다. 사람보다 더 생생하게 살아 있는 표정이 오싹했던 인형들을 기억에 남긴 채 프로그램이 끝나자 나는 TV 전원을 끄고 한동안 멍하니 앉아 있었다. 그리고 결심했다. 나는 절대로 장식장 같은 가구는 사지 않겠다고.

그런데 얼마 전 나도 장식장을 하나 샀다. 남편과 나는 마주 앉아 식사를 하고, 같이 여행도 가고, 하고 싶은 말이 있다면 목청껏 내지르는 사이임에도 어느덧 내게도 장식장이 필요해진 것이다. 불필요한 감정으로 넘쳐나는 내 일상을 더 이상 자신에게 숨길 수 없었다. 사실 아이를 낳고 집에 있기 시작하자 처음엔 심심하다가 점점 기분이 처지는가 싶더니 나중엔 외롭고 고독해져 결국 그 쓸쓸함을 견딜 수 없었다. 그래서 밖에 나갈 때마다 그날 기분에 따라 바꾸어 마실 수 있도록 머그잔을 하나씩 사들고 집에 들어왔고 그것들이 모이기 시작하면서 한 군데 모아두어야 할 만큼 양이 늘어나버린 것이다.

가끔 사람들이 와서 장식장 안을 보며 예쁜 잔들이 많다고 하면 나도 아무렇지 않은 듯 맞장구를 친다. 하지만 장 안에 정리되어 있는 그것들은 예쁜 찻잔들이 아니라 지난 시간 내 마음을 물리적으로 구현시켜놓은 매개체들이다. 나는 외로울 때도 고독할 때도 부글부글 물을 끓여 커피를 내렸다. 쉽사리 누구를 만날 수도, 속을 터놓고 대화를 나눌 수도 없던 그때, 잔에 담긴 나의 소중한 감정들을 그저 검고 투명하게 걸러 삼키고 마셔버렸다. 식탁 위에 혹은 싱크대 위에 하루 종일 머그잔이 놓여 있는 날은 그날 종일 내 감정을 어쩌지 못했다는 의미이기도 했다. 서글픈 사실이지만 다큐멘터리에 나왔던 할머니처럼 나 역시 어쩔 수 없이 물건하고나 감정을 소통하는 사람이 된 것이다.

　　세상에는 제도적으로 도와주어야 할 크나큰 외로움과 싸우는 사람들이 있다. 하지만 누가 나 같은 가정주부의 우울이나 고독을 사회적 장치까지 만들어 도와주려 할까. 설령 그것이 가끔 위험한 생각에까지 이르게 해도 말이다. 그래서 나는 오늘도 그릇 가게를 기웃거린다. 누구든 외로운 사람은 우리 집에 와서 나와 함께 커피를 마실 수 있다. 초대한 손님이 온다면 나는 장식장의 문을 활짝 열어 기꺼이 원하는 컵을 내놓을 것이다. 따뜻한 커피를 가득 부어서.

우리가 집에서 사용하는 음식물 보관용기는 네모나거나 동
그란 플라스틱 그릇들이다. 기능을 위해 단순하게 디자인된
물건들은 무심히 대하게 된다. 하지만 작가가 개인적으로
애착을 느꼈던 메이슨 병은 보관용 그릇 이상이었다. 『빨강
머리 앤』에 나오는 마릴라 아주머니의 찬장에서 보았음 직
한 이 병의 유리 표면에 어느 여름 초저녁 햇살이 깃들었다.
작가는 예리하게 그 아름다움을 포착해 판화로 제작했다.
물건과 소통하는 것은 감정의 직접적 해소를 피하는 유치한
방식일 수도 있다. 하지만 커피와 커피 잔은 딱히 대화할 대
상이 없을 때 기꺼운 벗이 된다. 감정을 공감한다는 내색도,
공감할 수 없다는 내색도 하지 않는 사물은 거기에 존재한
다는 사실만으로도 위로가 되기도 한다.

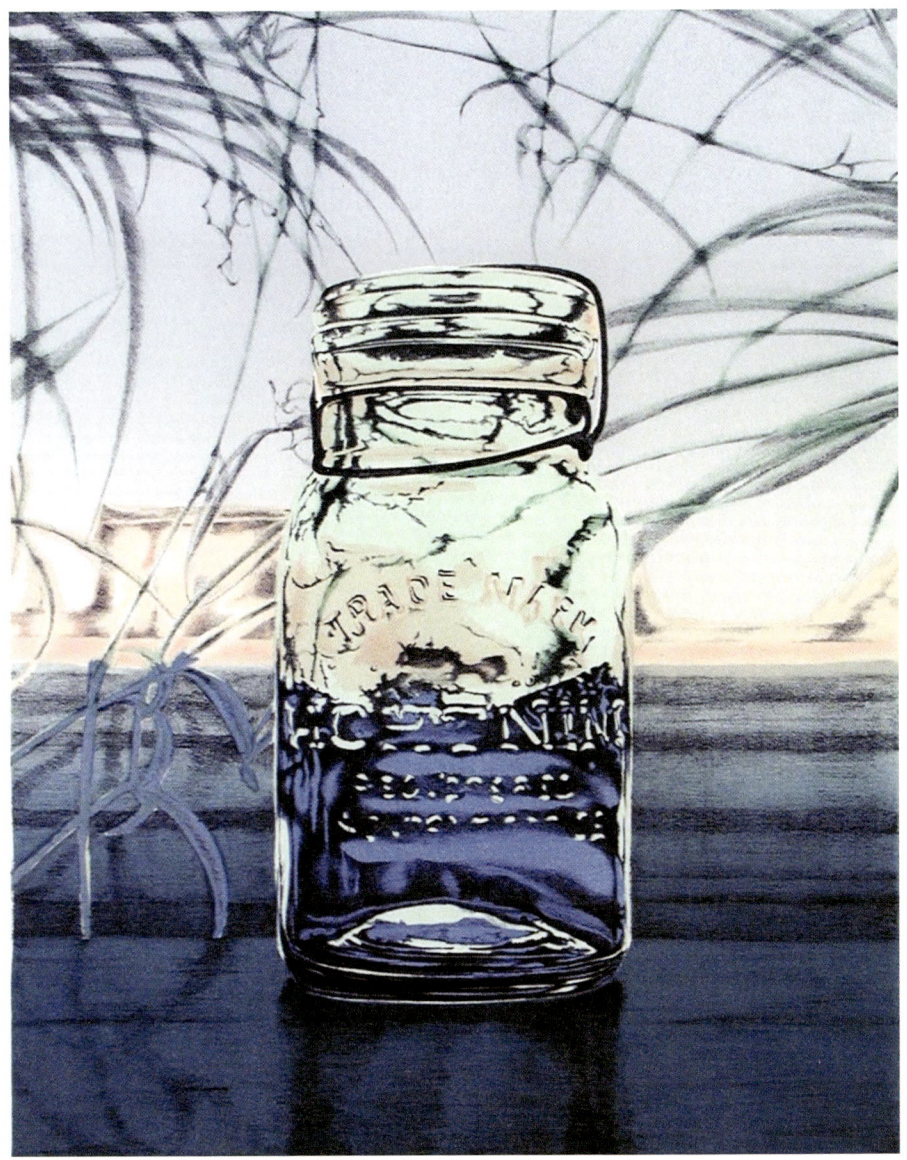

그 사람은
잘 지내고
있 을 까 ?

저 문을 열고 들어가면 추억을 함께할 누군가 초저녁처럼 옅지만 화사하게 검은 커피 한잔을 두고 나를 기다리고 있을 것만 같다. 그리웠다는 말은 끝내 못할 것이다. 미안했다는 말도 꺼내지 못하고 대신 그 모습을 가득 눈 안에 담아볼 것이다. 안부를 묻고 환한 웃음을 나누고 커피를 마실 것이다. 꼭 다시 한 번 보고 싶었던 그 사람의 얼굴을 보고 그 목소리를 듣고 커피 잔을 잡은 손끝에 묻은 체취를 맡으면 지나간 나의 그리움은 아무렇지도 않게 느껴질 것이다. 그 사람은 잘 지내고 있을까.

먼 사랑의 기억이 빛을 찾아 선명해지는 어느 밤, 나는 별들과 마주한다. 송송한 빛이 내 마음속 그리움까지 살갑게 비춘다. 별빛은 어리게 밝다. 갓 시작된 계절처럼 밤도 옅어 별빛은 아직 깊이를 모른다. 별들은 저렇게 멀리에 있는데 마음속에서 반짝반짝하는 어떤 것들이 서로를 알아본다. 눈앞에 차오르는 것은 분명 별빛인데 마음속에는 어느덧 그리움이 가득하다. 아무래도 계절이 바뀐 모양이다. 가을이 왔다.

결혼한 사람들이라면 그리워하는 마음을 갖는 것이 쉽게 입 밖으로 이야기할 수 있는 감정은 아닐 것이다. 그것은 배우자가 아닌 다른 사람이 보고 싶고 만나고 싶어 마음이 불의를 저지르는 것이므로, 숨길 수 있다면 그렇게 하는 것이 다들 아무렇지도 않다는 표정이다. 그러나 이마까지 시원해지는 바람이 부는 계절이 올 즈음 나는 거리에서 혹은 차 안에서 나처럼 마음이 멀리 나가 있는 얼굴들과 마주친다. 아마 그들도 이미 떨어져 나온 시간 속 어딘가에서 누군가를 다시 만나 안타까움을 삼키고 있을 것이다. 이루어지지 못한 사랑이었다면 그것은 평생어치 그리움의 값이 될 수도 있을 것이고, 서로 상처를 내며 헤어진 연인이었다면 사무치게 보고파질 수도 있다. 추억 속에서 아름답지 않은 기억이란 없는 까닭이다.

결혼 전 남편에게 물어보았다. 나 말고 정말 사랑했던 사람이 있었느냐고. 남편은 고백하는 마음으로 지나간 사랑 이야기를 순진하게 털어놓았다. 묻는 말에 대답한 사람에게 섭섭한 기운을 비쳤지만 사실 속으로는 다행이라고 생각했다. 지금도 그것은 퍽이나 다행인 일이다. 분출하고 해소하는 것과는 거리가 먼 것이 그리움이라는 감정이지만, 그리움에도 용도가 있다. 그것이 없다면 마음이 어디에도 찾아들 수 없이 시달리고 힘들 때 우리는 기댈 곳조차 없을 것이다.

내게는 끝내 미안했다는 말을 전하지 못한 친구가 있다. 미안한 마음에 더 잊을 수 없는지도 모른다. 길을 가다가 수북이 쌓인 장미 더미를 보거나, 아파트 우체통에서 누군가에게 배달된 손 글씨가 어눌한 국제우편물을 보는 날, 그 친구 생각을 하곤 했다. 런던에 있던 나에게 꼬박꼬박 편지를 보내주고, 군대에서도 생일에 장미꽃을 챙겨주었던 그 친구. 기숙사를 갑자기 나와 집을 옮긴 후 바뀐 주소를 모른 채 배달된 우편물을 받아 들었을 때의 반가움, 고마움, 그리고 기쁨을 하나하나 떠올리다 보면 어느덧 나는 10년도 더 전으로 돌아가 흐뭇한 미소를 지으며 설레곤 했다.

그 대상이 옛 연인이면 어떻고, 이국의 어떤 땅에서 보았던 아름다운 불빛이면 어떻고, 또 누군가가 러브레터라며 두 손에 전해준 스키야키의 레시피가 적힌 종이 한 장이면 어떠랴. 그리워하는 힘으로 막막하게 고독한 내가, 한 걸음도 더 나아갈 수 없이 지친 내가, 갇힌 마음에 작은 입김 같은 온기를 서리게 할 수 있다면 그것으로 충분하지 않을까. 엄마는 가끔 그랬다. 사람은 붙들고 살 것이 있어야 길을 잃지 않는다고. 살면서 드문드문 길을 잃을 때면 설령 그것이 의리를 비껴갈지라도, 그리움에 기대 추억하는 것은 전진할 힘을 줄 것이다.

창밖으로 귀뚜라미 우는 소리가 고즈넉한 밤이면 낮에 커피를 너무 마셔 잠이 오지 않는다며 혼자 거실 창을 열고 밤하늘을 마주하고 앉는다. 이렇게 늦은 밤까지 우리를 잠 못 들게 하고, 와락 쏟아내지 못해 남들 몰래 서성이다 울게 하는 지나온 옛사랑들은 모두 아름답고 모두 안타깝다. 우리는 매번 누구에게 들킬까 봐 소곤소곤 목소리를 낮추며 함께 마셨던 커피와 어리석었던 사랑을 추억하는 것으로 계절을 난다.

갇힌 곳에서 생활하며 자유롭게 공부하던 나에게 편지를 보냈던 그 친구는 어떤 마음이었을까. 보고 싶고 만나고 싶어도 여행을 할 수 없는 신분이었던 그 친구는 얼마나 답답했을까. 그리고 나는 왜 친구의 그런 마음을 끝까지 알아주지 못했을까. 그때를 생각하면 철없던 자신이 부끄러워진다. 늘 내 앞에서 실수만 하는 것 같았지만 사실은 그 친구가 모자란 구석이 있어서가 아니라, 자기 마음을 몰라주는 사람 앞에서는 누구나 그럴 수밖에 없다는 것을 뒤늦게 알게 된 나의 어리석음도 후회스러울 뿐이다.

결국 우리는 모두 누가 물어도 아플 것 같지 않던 지나온 내 모습이 모두 거짓이었다는 것을 깨달으며 나이 들어간다. 오늘 밤도 별빛은 그리움으로 아파하는 누군가의 눈가에 총총히 잦아들 것이다.

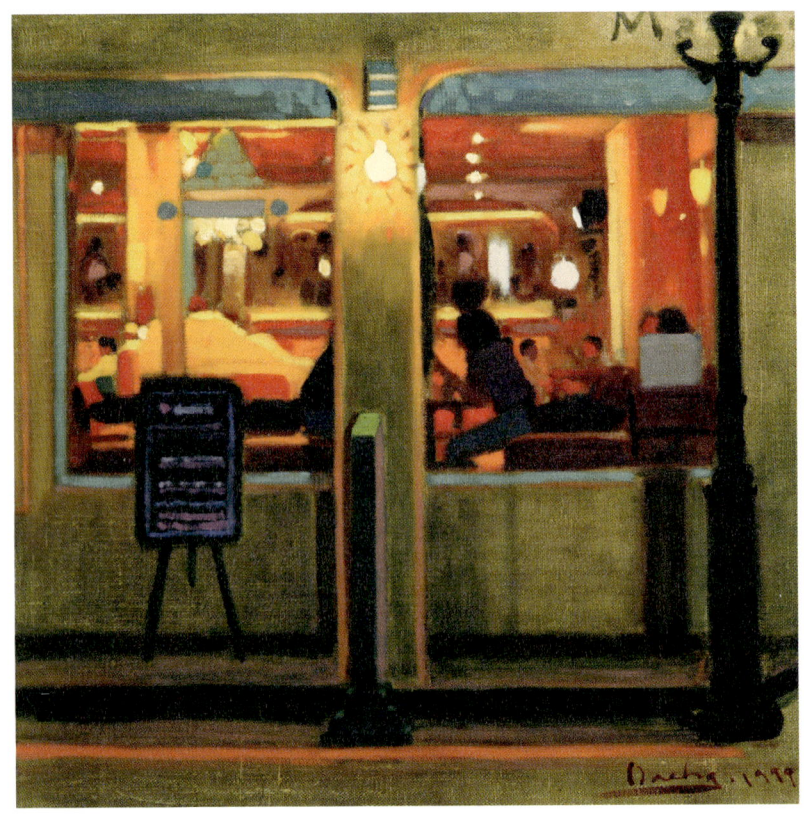

밤을 배경으로 한 여성의 누드와 눈 또는 비가 오는 서울의 풍경을 세련되게 담아내는 작가 권대하의 그림들은 단연코 노란색으로 빛난다. 이 그림 역시 카페 밖에 우뚝 선 가로등과 작은 벽등, 그리고 카페 안쪽의 따스한 노란 불빛이 이곳을 추억 속 누군가 나를 기다리고 있을 것 같은 특별한 장소로 만들어준다. 권대하가 묘사한 90년대 서울의 거리 풍경에서 나도 모르게 오래 전 이별한 누군가의 얼굴을 떠올리게 된다.

여자의
방

런던의 아침은 빅벤의 기다란 시계 바늘이 아니라 세모난 샌드위치로 시작된다. 어디에서든 'Freshly cut'을 강조한 '방금 만든 샌드위치'라는 광고를 찾을 수 있다. 전날의 피로가 채 가시지 않은 신체 리듬과 정반대로 빠른 비트의 스윙을 틀어놓은 카페에서 사람들이 커피와 샌드위치를 들고 저마다 자기 자리를 찾아 이런저런 건물 안으로 흩어지고 나면 가격과 맵시 모두 기품 있는 검은색의 빈 택시들이 승강장에 줄을 지어 늘어서고 어디든 비슷한 대도시의 평일 아침 풍경도 끝을 맺는다.

일요일이면 사람들은 마치 반대방향으로 움직이는 태엽이라도 감긴 듯 대부분 집에 머문다. 특유의 복장을 갖춘 유대인들이 지나갈 뿐, 거리는 조용하다. 덕분에 시내로 나가는 수고를 감수한다면 한적한 템스 강변을 거닐며 생각을 비우는 휴식을 취할 수 있다. 강을 따라 골목으로 난 길을 걸으며 혹은 틈틈이 길을 잃으며 한참을 걷다 보면 지나간 날들이나 떠나온 곳 혹은 다가올 일들에 대한 상념들로부터 말끔히 벗어날 수 있다.

햇살이 좋아 종일 따스한 기운이 나를 따라다니는 것처럼 화창한 날이라면 연신 터져 나오는 기쁨을 마음껏 누릴 수 있다. 무엇보다 길을 걷다 보면 혼자서만 일상에서 스르륵 빠져나온 듯한 특별한 기분에 빠지는데, 그 기분이야말로 꽤 괜찮은 호사다. 세상의 중심에는 서지 못하고 언제나 방청객으로 살아가는 나처럼 평범한 사람에게도 세상이라는 큰 무대의 조명이 한번쯤 스치고 지나는 듯 땅을 디디고 선 두 발에도 흐뭇한 힘이 솟는다.

100여 년 전 강을 따라 난 길을 걸으며 나와 같이 혼자만의 시간을 보냈던 그녀, 버지니아 울프는 어느 봄날 홀로 골똘히 템스 강변에 앉아 있다가 강물에서 노니는 작은 물고기 떼의 움직임에 생각의 흐름을 방해받아 언짢아한다. 인간 의식의 흐름을 탐미하고 분석하는 것이 작가로서 일관된 주제였던 그녀에게는, 평범한 사람들이라면 지나는 풍경으로 관조했을 사사로운 것조차 윤곽의 뚜렷함을 숨길 수 없었던 모양이다. 그녀가 했던 "여자도 글을 쓰기 위해서는 자신만을 위한 독립된 공간과 독자적인 수입이 필요하다"라는 말은 강변에 대형 관람차 '런던 아이'가 들어선 오늘날에도 과거의 유물로만 보이지는 않는다.

    비단 글을 쓰기 위해서나, 사유의 깊이를 더하기 위해서가 아니라도 나만의 공간과 나만의 시간은 누구에게나 필요한 것이다. 고유한 영혼의 개체로 세상에 태어난 우리에게 고요 속에서 만나는 내 안의 나는 누구나 운명으로 지고 살아가야 하는 고독과 같이 거쳐야 하는 삶의 여러 모습 중 하나일 테니 말이다. 미국의 시인 데렉 월코트는 "나 자신을 손님으로 맞아 그에게 들어와 앉으라고 말하라"고 우리에게 전한다. 그녀에게 들어와 쉬라고 나도 말하고 싶다. 나만을 위한 의자에 푹 파묻혀 휴식을 취하고 있는 내 모습을 상상만 해도 가슴이 가득 차는 느낌이다.

    "저는 무조건 밝은 곳이어야 해요. 벽면은 화사한 하늘색으로 칠하고, 구석에는 작은 책장과 커피 머신이 있으면 좋겠고 다른 가구들은 필요 없어요. 방 가운데에 해먹처럼 잠시 누워서 책을 읽을 수 있는 간이침대 같은 것이 있으면 좋겠어요."

    혼자만의 공간이 생긴다면 어떤 모습이면 좋겠냐고 묻자 평소 활달한 성향답게 밝은 컬러의 간소한 방을 원했던 누군가처럼, 휴식을 취하기 위해서라면 잔잔한 음악까지 흐르는 이 작은 방을 마다할 사람은 많지 않을 것이다. 가끔은 옷을 전부 벗어던지고 청소기를 돌린다는 누군가의 고백처럼 '너는 이래야 한다. 너는 이렇다' 같은 말을 하는 사람들에게서 벗어나 원하는 대로 마음껏 시간을 보낼 수 있는 곳이라면 무라카미 하루키가 말했듯 "인생은 브래지어 위를 흐를지도 모를 일"이다.

커다란 의자 하나면 만족할 것 같다거나 큰 책상과 환한 창이면 좋다고 말하는 것을 보면 사람들이 원하는 공간은 어떤 사물들로 채워지거나 비워지게 마련인 것 같다. 그리고 우리는 그곳에서 현실에서는 해소될 수 없었던 숨겨진 욕망과 감추어진 내면을 만나리라 기대한다. 그 시간들을 통해 버지니아 울프 같은 사람은 역사에 남을 책을 쓰고, 또 누군가는 영혼에 잔잔한 생기를 불어넣을 수 있을 것이다. 얼마전 진정 자기 공간을 원하고 있을 것으로 보이는 엄마에게 물었다.

"엄마, 엄마도 이제 혼자만의 공간이 필요하지 않아요?"

슬며시 엄마의 속을 들여다보려고 질문을 하면서도 사실 나는 로마제국 황제들처럼 절대 권력을 휘두르는 엄마의 부엌이 완벽한 그녀만의 공간일 것이라고 어림짐작하고 있었다. 그런데 뜻밖에도 엄마는 한 번도 한 적 없던 이야기를 꺼냈다.

"내 마음에는 가방이 하나 들어 있다. 나는 하루에도 몇 번씩 그 가방 안에서 이 마음 저 마음 이 생각 저 생각 꺼냈다가 도로 집어

넣었다가 한다."

아무도 없는 조용한 성당이나, 그도 아니라면 매일 오가는 길 같은 실재하는 공간이 아닌 마음속에 자리하고 있는 가방이라니, 역시 모진 세월을 감내한 프로 주부다운 자기 피난처가 아닌가.

남편은 컴퓨터를 보는 자기 방이 있고, 아이들도 각자 자기 방이 있는데, 이렇다 할 직업이 없는 나만 방이 없다. 가끔 컴퓨터로 작업을 할 때도 식탁에 앉아 해결한다. 한때는 나도 그럴싸한 나만의 공간을 꿈꾸었다. 처음에는 나를 찾아 모두로부터 피해 들어가고 싶었던 동굴이었지만, 언젠가부터는 사막 한가운데에 있는 작은 오두막을 마음속에 지어보기도 했다. 그곳에 누워 눈에 다 담을 수도 없이 많은 별들을 바라보거나 사막에 내리는 빗소리를 듣는 공상에 빠져 있노라면 가까스로 어긋난 의식의 흐름을 정상 궤도에 다시 돌려놓을 수 있었다. 어떤 날은 깜깜한 밤 런던 햄스테드 히스의 벤치에 혼자 앉아 슈베르트의 '달에게'를 듣기도 했으니 혼자만의 공간을 갈구한 나의 역사도 어느덧 지루한 것이 되었다.

앞으로도 유명해질 까닭도, 근사한 직함을 얻을 기회도 없을 내게 나만의 공간을 버젓이 누릴 희망은 없어 보인다. 그래서 나는 엄마가 해준 마음속 가방 이야기를 듣고 결심을 하나 했다. 우선은 내가 좋아하는 어떤 장면을 머릿속에 그려놓고 그곳을 드나들어보자고. 동굴이나 사막, 문 닫은 공원을 전전하지 말고 언제든 '아, 정말 안 되겠어' 하는 순간 자신을 잊을 수 있는 곳으로 바로 갈 수 있도록 정해두자고. 어차피 진정한 나와의 교감을 통한 평화란 마음속에서 이루어지고 구해지는 것이니까.

결국 나는 '프란체스카의 생일은 깊은 가을이었다'로 시작하는 소설 『메디슨 카운티의 다리』에 나오는 시골 마을의 모습을 나도 모르게 그 자리에 끌어다놓았다. 까닭은 모르겠다. 아마도 왜 프란체스카는 차에서 내려 로버트를 따라가지 않았는지 아직도 완전히 이해하지 못했기 때문인지도 모르겠다. 가끔 '고뇌에 찬 달팽이'처럼 움츠러드는 날, 내 마음속에서는 로버트 킨케이드가 나타났을 때 프란체스카가 앉아 있던 허름한 그네가 빈 채로 바람에 앞뒤로 흔들린다. 잠시 눈을 감고 귀를 기울이면 마음속 어딘가에서 여전히 자기 자신과 삶을 향한 열정을 찾아 서성이는 어떤 여자의 메아리가 조심스레 울려온다.

어떤 사람들은 평생 조용한 파장 속에서 살아가고, 어떤 사람들은 감당할 수 없는 파장의 소용돌이에 희생된다. 우리가 예술가라고 부르는 사람들은 대부분 후자에 속할 것이다. 영화 〈디 아워스〉(2002)에는 좀처럼 잊기 힘든 두 여자가 등장한다. 주머니에 돌을 잔뜩 넣고 서서히 물속으로 걸어 들어간 버지니아와 남편의 생일 케이크를 굽다가 집을 나서 혼자 호텔 방에서 자살을 생각하던 로라. 공기만큼이나 값진 것이 일상이지만 그것은 때로 염증이라는 가면을 뒤집어쓰고 삶의 끝을 권하기도 하는, 인간이 창조한 두 얼굴의 괴물이다. 지독한 고통은 지독한 사랑에서 온다. 일상이 온통 지독한 염증으로 가득차 있는 것 같다면, 잠시 눈을 감고 귀를 열어보자.

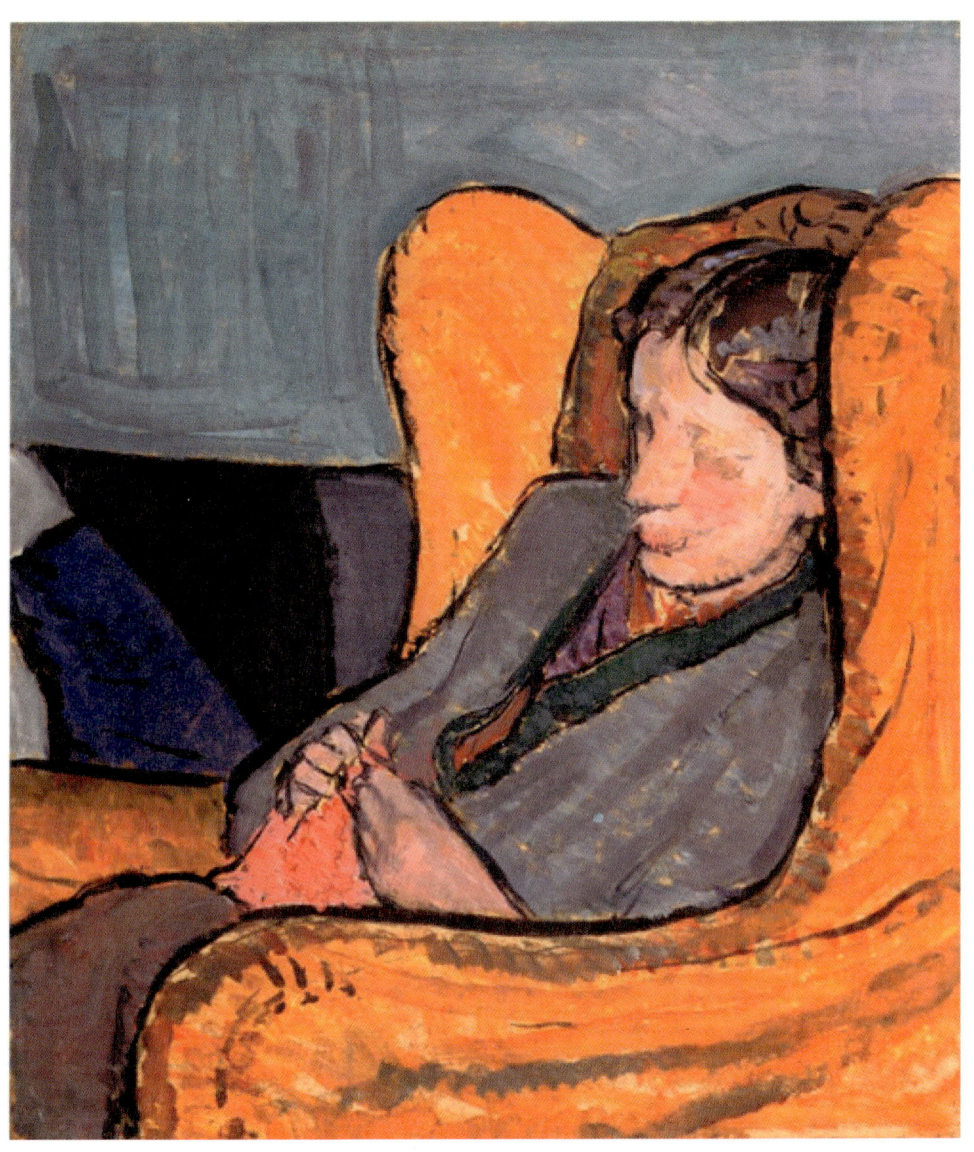

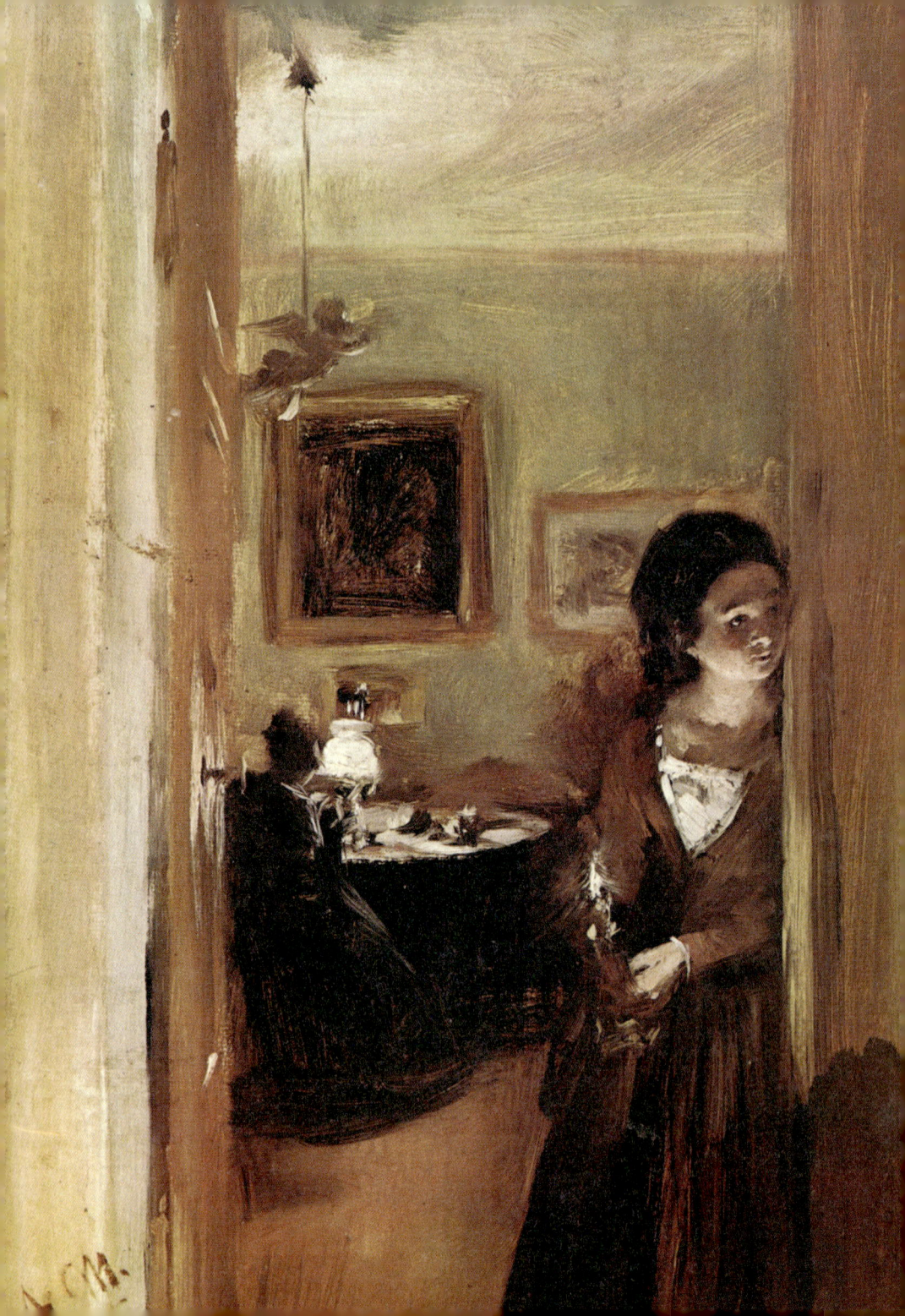

6부

엄마에게서 나에게로

엄마와 딸

아돌프 폰 멘젤,
「거실에 있는 화가의 여동생」,
1847년, 캔버스에 유채,
46.1×31.7cm,
뮌헨 노이에 피나코텍

화가의 여동생이 서성이듯 문설주에 기대 서 있다. 손에 등불을 들고 있는 것으로 보아 누군가를 기다리는 것인지, 거실 안쪽 등을 지고 앉아 있는 어머니와 달리 여자의 눈빛은 생생하다.

이 그림은 삶의 순환을 은유하고 있다. 천장에 매달린 아기 천사에서 문설주에 기댄 젊은 여자의 청년기를 거쳐 노년기를 지나 삶을 완성하는 자연의 섭리가 화면의 구도를 형성하며 메시지를 전달한다. 우리의 삶도 이렇게 돌고 도는 것이리라.

셰익스피어의 말처럼 우리는 때가 되어 삶이라는 무대로 걸어 들어왔고, 때가 되면 무대 밖으로 나갈 것이다. 무대 위에서 우리는 자신의 삶에서는 주인공이고, 타인의 삶에서는 조연이다. 우리는 인생의 무대에서 참으로 많은 역할을 하고 산다. 희극과 비극이 교차하는 흥미롭고도 진부한 이곳에서 우리는 서툴거나 능숙하거나 상관없이 누구나 한 사람의 배우로서 다양하고 많은 역할을 거친다. 우리는 늘 자신이 주인공이라고 생각하지만 설령 무대에 가만히 서 있거나 무대 뒤에서 문이 열리기만을 기다리는 것에 그칠지라도, 그것이 주어진 역할이라면 우리는 결코 긴장을 늦출 수 없다.

버스를 타고 익숙한 동네 어귀를 돌아 집으로 돌아오는 길, 문득 직진으로 난 도로의 표지판을 보았다. 굵은 화살표로 명시된 방향을 따라가면 제법 먼 곳까지 갈 수 있는 길이었다. 운전을 하지 않는 나는 한 번도 몇 갈래로 나눠진 집 주변 도로의 다른 방향을 눈여겨본 적이 없었다. 언제나 내가 타고 있는 버스가 가야 하는 방향으로 정확히 가고 있는지만 확인했을 뿐이다.

문득 여기가 아닌 다른 곳으로 향하는 길과 가능성은, 의지까지는 아니더라도 충동이라도 있다면 나에게 어떤 신호가 될 수도 있다는 사실에 머릿속이 맑아졌다. 문제는 충동이 굳어져 의지가 되려면 넘어서야 하는 장애들이 꽤 있다는 것이다.

　친정 엄마는 엄마와 아내로서의 자리를 지키면서 평생을 살았다. 어쩌다 엄마도 여자라는 사실을 얼핏 알게 됐을 때 그 모습이 몹시 낯설었을 정도로 엄마의 삶에 자기 자신이란 없었다. 엄마였다면 선잠에서 깨어 바라본 도로 표지판의 선명한 화살표 따위에 흔들리는 일은 없었으리라. 혹여 그랬어도 엄마는 절대로 그것을 의지화하여 가족에게서 벗어나지 않았으리라. 그러나 나는 엄마로서, 아내로서, 동시에 나로서 살아가고 싶다. 갈래로 나뉜 길 위에 서게 되어도 나아갈 방향에 대해 두려워하지 않고 살아가고 싶다. 어차피 인생의 무대에서 해야 하고, 할 수 있는 역할이 많다면 나는 그 모든 것을 기꺼이 받아들이고 싶다.

　연극의 막은 짜인 플롯을 개별 사건으로 구별하기 위해 존재하는 것이라고 한다. 엄마의 딸로서 충실했던 내 삶의 1막과, 남편의 아내와 아이의 엄마로서 숨 쉴 틈 없던 2막을 뒤로하고, 이제 나는 내 삶의 3막을 향해 나서려 한다. 누구의 무엇이 아닌 나 자신의 삶을 찾아 이번만큼은 막의 시작을 알리는 커튼을 스스로 열어보려 한다. 처음 하는 모든 것들이 그렇듯, 나는 두렵지만 설렌다.

엄마의
　　빨래
　　　습관

파란 하늘만 보아도 종일 들떠 있던 예전에는 지금이 오월이라는 것 하나만으로도 행복했었다. 하지만 얼마 전부터 내게 오월과 어버이 날은 떠올리고 싶지 않은 기억이 되었다. 그 어떤 잔혹한 장면도 그 속에선 희미해지고 마는 인간의 기억이 달력 앞에서 다시 사람을 괴롭히고야 만다.

　그날, 새벽에 울린 알람보다 먼저 일어난 나는 조용히 집을 빠져나와 무거운 마음으로 병원에 엄마를 보러 갔다. 지난 밤 "내는 괜찮다. 집에 가서 애 봐라" 하고 다그치며 나를 돌려보낸 엄마는 어두운 병실에 우두커니 앉아 있었다. 머리에는 수건을 쓰고 있었는데, 엄마가 무심코 고개를 돌리자 머리카락이 한 올도 남지 않은 엄마의 민머리가 드러났다. 순간 눈물이 머리끝에서 발끝으로 떨어질 것 같았다. 하지만 나는 울지 않았다. 내가 울면 안 된다는 사실을 주문처럼 외우며 대신 입술에 잔뜩 힘을 주었다.

엄마는 그렇게 수술실로 들어갔다. 건강검진을 하다가 다행히 발견된 뇌에 생긴 작은 종양을 제거하러 한시도 떨어뜨려놓지 못해 이 나이까지도 졸졸 따라다니고 끌고 다니는 자식들을 모두 남겨두고 혼자 수술실 안으로 사라져버렸다. "엄마, 밖에서 우리가 기다릴 거니까 괜찮을 거야. 응?" 겨우 목소리를 낸 엄마에게 인사를 건네고 수술실 벽면에 달린 시계를 보니 5월 8일 오전 아홉 시라고 빨간색 글자가 반짝거렸다.

우리 엄마에게는 네 개의 종교가 있다. 먼저 천주교가 있고, 두 번째는 자식들, 세 번째는 음식, 마지막 네 번째는 빨래다. 자식이 생기면 모든 부모가 신께 간구할 일이 생기는 것처럼 범부의 삶을 살았던 우리 엄마도 별반 다르지 않았다. 아니, 엄마의 자식 사랑에는 유별난 면이 있었다. 그도 그럴 것이 엄마는 어려서 부모님이 모두 돌아가시고 형제들 틈에서 자라 아빠에게 시집을 왔다. 우애 좋고 어진 언니들의 보살핌을 받았지만 부모의 빈자리를 뼈아프게 견뎌온 막내였던 엄마에게 자식은 언제나 바로 떼어낸 살점처럼 아깝고 가까운 존재였다.

꽤 오래 전, 동생이 유치원에 다니고 있을 무렵 엄마는 매달 여고 동창생 모임이 있어 집을 비우곤 했다. 그런 날 학교에 다녀오면 부뚜막에 엄마가 오전 내내 싸놓고 간 김밥이 있었다. 작은 쪽지에는 김밥을 챙겨 먹으라는 자상한 당부가 적혀 있었다. 딸이 2년씩이나 외국에 떨어져 있을 때도 편지는 고작 세 번밖에 보내지 않은 엄마가 그때는 매달 김밥 도시락 속에 쪽지를 남겼었다. 잠시나마 당신 없이 우리 셋이서 밥을 먹는 장면에서 엄마는 차마 자유로울 수 없었던 모양이다.

김밥을 먹고 엄마가 언제 올지 내기를 하고 있으면 벌써 엄마는 잰걸음으로 집으로 돌아왔다. 버스 정류장에서 집까지는 꽤 멀었는데 엄마는 힘든 기색도 없이 집으로 뛰어들어 이산가족 상봉하듯 우리를 안아주었다. 어떤 날은 급한 볼일이 있어 집을 비운다며 라면을 끓여 먹으라고 엄마가 쪽지를 남겼는데, 당시 사용하던 작은 석유 곤로 위에는 라면 3인분을 끓일 물이 담긴 양은냄비가 현충원에 있는 향로처럼 숙연하게 우리를 기다리고 있었다. 냄비 위에는 라면에 넣을 계란 두 알까지 얹혀 있었고, 나이 어린 우리였지만 "진짜 엄마는 해도 너무한다"며 키득거렸다. 후에도 엄마가 가끔 외출할 때 우리도 이제 다 컸다고 큰소리를 치면서도 몰래 옷장을 열어 엄마 냄새를 맡았던 우리 역시 그 엄마의 그 자식들이었다.

"내가 엄마 때문에 못 살아."

빨래통을 끼고 앉아 애벌빨래한 세탁물을 삶은 다음, 세탁기에 돌렸다가 마지막으로 손으로 헹구던 나는 엄마 때문에 든 이 힘든 습관이 가끔 억울해진다. 동네 아줌마들이 대체 무슨 비누 쓰냐고 아무리 물어도 그저 무궁화 비누 쓴다며 시치미를 떼던 엄마의 전매특허 빨래방식을 나는 그대로 답습하고 있다. 누가 뭐라고 하는 것도 아닌데 보고 배운 것을 넘어서지 못해. 세탁기만 보면 종일 빨래에 열심이던 엄마 생각부터 난다. 빨래가 끝나면 무균실에서 바로 나온 연구원처럼 엄마는 표백제 없이도 하얗고 선명한 그것들을 하나씩 옷걸이에 걸어 작품 전시하듯 건조시켰다.

결혼하기 전까지 한 번도 세탁기를 만져본 적이 없었을 정도로 빨래는 엄마에게 중요한 의식이라 가족 중 누구도 함부로 대신할 수 없다는 것이 우리 집의 불문율이었다. 아마 엄마는 그렇게 맺힌 것을 풀고 마음을 정리했던 것 같다. 아무리 기분이 찌뿌드드한 날에도 저녁에 바삭하게 마른 빨래를 걷고 있던 엄마의 표정은 한결 가벼워 보였으니 내 추측은 틀리지 않을 것이다. 그렇게 우리 엄마의 칠십 평생이 갔다.

내가 런던에서 지낼 때 제발 한 번만 오라고 애원해도 엄마는 끝까지 오지 않았다. 차라리 그 돈으로 너희들 좀 더 넉넉히 지내라고 안 갔다던 엄마의 삶은 온전히 자식들로만 채워진 채 이제 여백도 없이 끝자락에 섰다. 어느덧 나이 차이가 많이 나는 자매처럼 엄마를 닮아가는 내게 늘그막에 허무해서 견딜 수 없다는 엄마의 심정을 채워줄 수 없는 것 역시 견딜 수 없는 일이다. 내가 혼자서 채워왔다고 생각한 지난 시간은 실은 엄마의 희생으로 빛을 발할 수 있었다고 한 마디 거들어 보지만, 요사이 점점 행동이 둔해지는 엄마는 다 알고 있다는 듯 어렴풋이 따뜻한 얼굴을 할 뿐이다. 그런 엄마에게 마음속 으로만 편지를 건넨다.

"엄마, 일전에 아버님 요양원에 갔을 때 이제 자식들을 기억도 못하는 부모를 만나러 매주 피곤한 고속도로를 달려오는 나이 지긋한 사람들을 보았어. 바람 빠진 풍선처럼 힘없이 휠체어에 앉은 부모에게 그 사람들은 있는 힘껏 웃어 보였어. 있는 힘껏 마음을 전하고 있었지. 그런데 나는 눈물이 나서 고개를 돌려버렸어. 그 사람들은 웃고 있는데 나는 눈물이 났어. 엄마, 우리 다음 생에는 부모 자식의 연으로 만나지 말고 단짝 친구로 만나서 한평생 서로 덜어주고 도와주며 살자. 그도 아니라면 우리 그냥 지나는 바람과 들꽃처럼 스치듯 만나 스치듯 헤어지자. 아니야, 엄마, 우리 아예 인연 같은 것 만들지도 말자."

얼마 남지 않은 어버이날 나는 엄마 몰래 화단에 앉아 민들레 꽃이나 훅 하고 불어야겠다. 엄마가 지나온 질곡의 세월이 봄날 화단에 모두 날아가도록 후후 불어버려야겠다. 그러고 나면 시인 예후다 아미차이가 말한 것처럼 지나간 기억은 없을 '첫 비'가 내려 모든 것을 씻어주면 좋겠다. 그 밤 깜깜한 하늘에는 우리 엄마의 사랑처럼 따뜻하고 반짝이는 샛별 세 개가 떴으면 좋겠다. 별빛 아래 내 아이가 꿈속으로 아득히 잠들기를 바란다.

첫 비는
내게 솟아오르는 여름의 먼지를 떠오르게 한다.
비는 어제 내린 비를 기억하지 않는다.
한 해란, 기억을 할 수 없도록 훈련된 짐승과 같은 것.

_ 예후다 아미차이, 「첫 비」 중에서

김상희,
「무제」,
2012년, 순지 위에 먹과 채색,
작가 소장

그림을 그리기 위해 작업실에 갈 때면 평상복을 벗고 멋들어지게 차려입는다는 작가 김상희는 나와 같은 동네에 살며 아이들을 키우고 있다. 조소를 전공했지만 서울이 허락하는 좁은 공간을 고려해 채색화를 시작한 작가는 아교를 섞어 쓰는 채색 물감의 특성과 제한된 시간 때문에 틈과 틈을 모으며 작업을 하고 있다. 내 엄마의 삶도 그렇게 분주했을 것이다.

꽃이라기엔 들에 핀 풀 같기도 한 코스모스처럼 엄마는 이리저리 흔들리며 세월을 건너왔다. 한때 엄마 생각을 하면 끓어오르던 감정을 이기지 못해 엄마를 미워하기도 했다. 너무 사랑해서 미워하지 않고는 견딜 수 없던 엄마의 삶이 떠오르는 코스모스가 그림 속에 한 가득 소담하게 피었다. 왜 그렇게 살았냐고 다시 물어도 괜찮다고만 답할 엄마의 미소만이 부족한 딸을 위로한다.

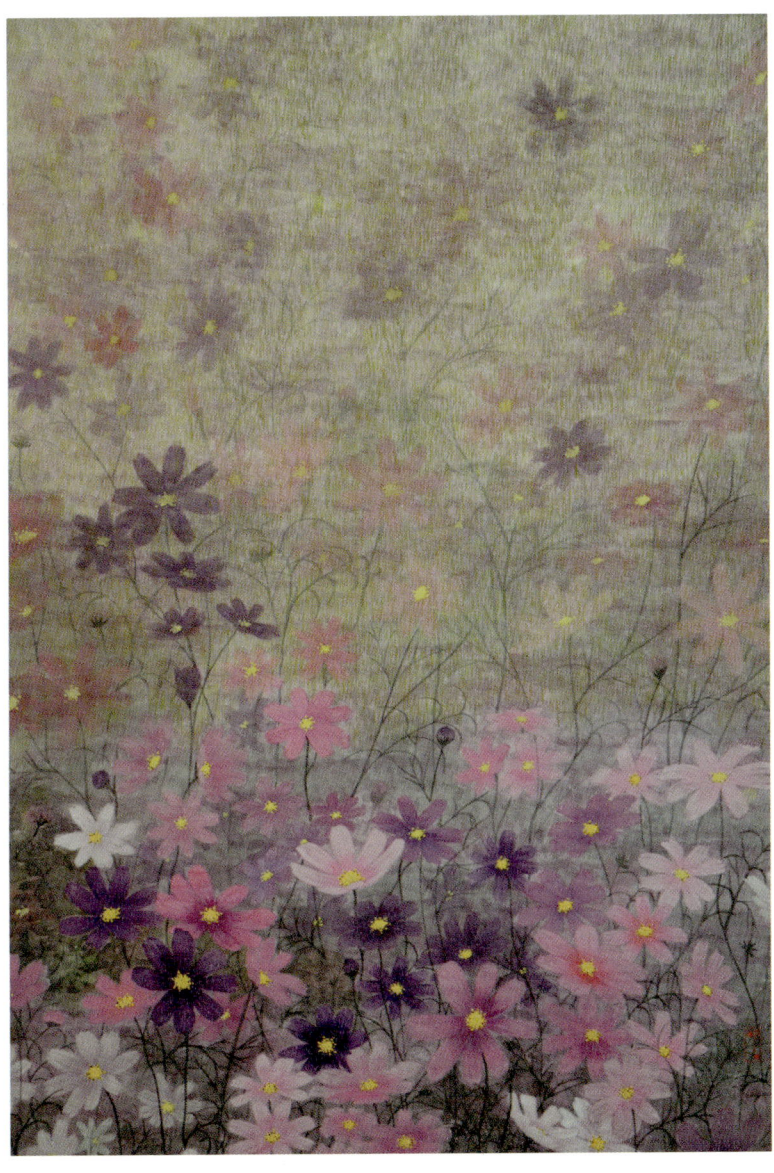

돌아오는
길

집 근처 지하철역 공사가 한창인 건널목을 건너려는데 누군가 오렌지색 형광봉을 손에 들고 길을 막는다. 레미콘이 왔다 갔다 하는 사이 수신호로 길을 건너는 사람들을 통제하는 것이었다. 일단 서서 길을 건널 수 있다는 허가를 기다려야 했다. 갑작스레 겸연쩍어 마땅찮아진 시선은 달리는 차들을 향했다가 방금 길을 막은 손의 주인공과 마주쳤다.

그는 어딘가 몹시 더운 나라에서 온 이주 노동자였다. 피부가 검고 몸이 말라 한눈에 알아볼 수 있었다. 근처 백화점의 번쩍이는 불빛을 따라 사람들은 바쁘게 발걸음을 옮기고, 새로 생긴 카페에서는 아침 일찍부터 커피 향이 고소한데, 그는 어젯밤 한잠도 자지 못한 듯 피로가 가득한 큰 눈을 깜빡이며 공사장 한 귀퉁이를 막고 서 있었다. 도시 사람들이 멋을 내며 비싼 돈을 주고 마시는 커피의 원두가 그의 고향 마을 어딘가에서 그의 고향 사람들이 그와 비슷한 마디 짧은 손으로 재배한 빨간 콩이었을지도 모른다는 생각에 이제 가도 좋다고 그가 다시 한 번 형광봉을 올렸을 때 나는 고개를 뚝 떨어뜨리고 길을 건넜다. 때마침 나는 남편과 다투고 커피를 사러 나간 참이었다.

전 세계에 체인이 있어 어디에서나 비슷한 모습의 카페 안은 커피를 마시는 젊은 사람들로 붐볐다. 검은 옷에 선명한 색상의 운동화를 신은 잘 다듬어진 예쁜 손톱의 주인들은 지금 유행이 어떤 것인지 한눈에 보여주었다. 카페 안쪽 구석에는 휴대폰과 노트북의 작은 화면을 사뭇 진지하게 들여다보는 얼굴들도 많았다. 모두 그런 장소에 어울리는 모습이었다. 커피가 내려지기를 기다리며 진짜 고민에 골몰한 가정주부의 모습은 그곳과 참으로 어울리지 않았다.

그들처럼 스무 살이었을 때 내게 삶의 아름다움이란 쇼윈도에 있는 것이었다. 반짝반짝 빛나고 사람을 매혹하는 그것들은 놓쳐서는 안 되는 절대적 미 같아서 어떻게든 닮으려고 애썼다. 쇼핑백을 들고 거리를 활보하는 것이 자존 확립의 근거였던 그때, 치장하고 사람들 앞에 나타나면 대개는 환영을 받기도 했던 터라 나 역시 겉모습으로 사람을 판단했다. 사람의 내면에도 어떤 세계가 존재하리라는 사실은 잘 와닿지 않았다.

높은 곳에 올라가 내려다보는 세계가 전혀 다른 모습이듯 시야가 조금만 달라져도 사물에 대한 관점 전체가 달라지고 세계와 나의 관계도 달라지는 것이 우리의 눈과 인식이다. 하이힐에서 내려와 엄마와 주부의 삶을 살면서, 윈도와 거리의 시선들에서 소외되어 살면서, 나는 새로운 세계를 발견했다. 그것은 지식과 정보가 아닌 진리의 영역이었다. 사실 누가 들으면 콧방귀를 뀔 사소하고 개인적인 깨달음에 지나지 않지만, 고지대에서도 오체투지를 마다하지 않는 티베트의 승려들처럼 고행을 자처하지 않았어도 기계처럼 집과 시장을 오가는 생활의 반복을 통해 나라는 평범한 여자는 자연스레 스스로 구한 자각과 통찰, 그리고 새로운 각오를 다질 수 있었다.

걸어서 지구를 한 바퀴 돌아온 것처럼 이제 나는 삶의 어느 지점을 한 바퀴 빼곡하게 돌아 다시 내 자리에 섰다. 믿었던 자신이 날카로운 좌절의 칼날로 삶과 생활을 재단했던 시간을 거쳐 새로운 시간 앞에 다시 섰다. 그런 의미에서 벽돌을 한 장 한 장 쌓아 견고한 집을 짓듯 차곡차곡 거르지 않고 쌓아온 나의 삶 앞에서 나는 기꺼이 그것의 뮤즈가 되려 한다. 있는 힘을 다해 끌어온, 무엇 하나 내 것이 아닌 것 없는 내 삶의 온전한 뮤즈가 되려 한다. 비록 초라한 차림으로 마주했어도 화가들의 그림에 나오는 아름다운 그들처럼 삶에서 얻는 진리가 진정 아름다운 것임을 깨달은 나는 그것의 뮤즈이고 싶다. 삶은 결코 우리를 알아주는 친절하고 다감한 벗이 아니다. 쓰러지면 다시 일어나야 하는 것이 우리가 해야 할 일이라면 이번만큼은 나도 당당히 설 수 있으리라 다짐해본다.

　그 청년과 마주치고 며칠 뒤 비가 내리고 활짝 개인 아침 다시 커피를 사러 갔다. 부러 카페 2층에 올라가 공사장을 들여다보았는데 잠시 쉬는 시간인지 털모자를 쓴 남자와 청년 두 사람이 담배를 태우며 이야기를 나누고 있었다. 빨간색 띠가 있는 회색 털모자를 쓴 남자는 티베트 어딘가에서 온 듯 콧수염의 까만색처럼 살갗에 주름이 선명했다. 우리는 한 번도 보지 못한 파란 하늘을, 우리는 한 번도 다가가지 못한 거리에서 접한 사람만이 가질 수 있는 진한 갈색으로 그을고 패인 그 남자의 얼굴에는 도시 사람들은 흉내 낼 수 없는 미소가 옅게 서려 있었다. 아마 그들은 가족을 위해 이렇게 멀고 이렇게 낮은 곳까지 내려온 것이리라.

　살기 위해 이루어지는 모든 것은 명분이 된다. 진부하고 초라해 보이는 삶의 풍경이라도 진리가 담긴 그것은 근사한 영화의 아련한 장면처럼 누군가의 기억에 남을 것이다. 살아가면서 깨달을 것만 많을 나는 더 없이 깊어갈 미의 세계에 다가설수록, 한 걸음 더 아래로 내려선다.

워렌 창,
「귀가」,
2006년, 캔버스에 유채,
76.2×60.96cm, 개인 소장

화가의 아내가 이른 새벽 시골 마을 산책을 끝내고 집으로 막 들어선다. 아이들이 어릴 때 잠시도 혼자만의 시간을 보낼 수 없던 그녀는 가족들이 잠든 사이 이렇게나마 자신만의 순간을 누렸던 모양이다. 아이들을 재우고 늦게까지 혼자만의 시간을 보내는 엄마들이 많다. 딱히 할 일이 있거나 하고 싶은 일이 있어서 그런 것이 아니라 그냥 혼자 있고 싶어서 늦게까지 잠을 자지 않는다는 엄마들의 마음을 나 역시 잘 안다.

막 집에 들어섰지만 그녀를 기다린 누군가 켜놓은 등불과 사람의 온기가 느껴지는 쿠션이 이 집에 가족들이 함께 살고 있음을 보여준다. 전업주부의 삶은 의미를 찾기 어려운 고된 노동의 연속이다. 하지만 미련하게 기다려주는 가족들이 있기에 해가 지면 집에 돌아가고 싶은 것 아니겠는가.

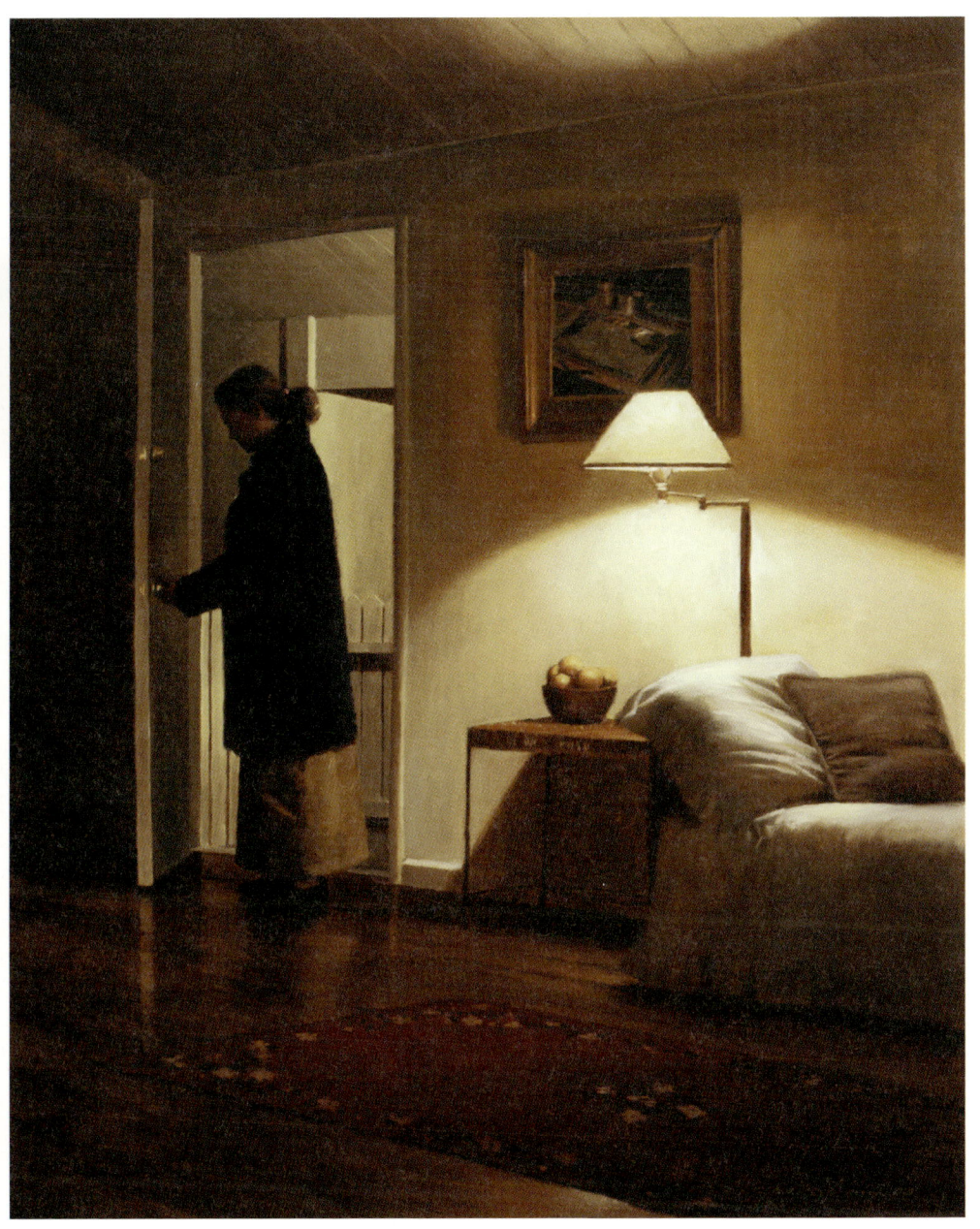

241

마음을
정리하는
방법

어느 날, 결혼과 부부에 관한 영화를 보러 친구와 극장에 갔다. '남자가 일하지 않으면 지구가 돌아가지 않는다'거나 '아내가 원하는 것은 그저 어깨에 손을 얹어주는 것일 뿐'이라는 보편적이지만 흥미진진한 명제들로 가득한 그 영화는 남처럼 각자 살아갈 수밖에 없는 부부의 생리를 진솔하게 진술하면서도 새로운 시각으로 보여주었다. 덕분에 자못 진지한 이십대 관객들과 달리 둘 다 결혼 10년 차를 맞이하여 어지간한 일에는 끄떡도 않게 된 친구와 나는 시종일관 공감의 웃음을 터트리지 않을 수 없었다.

아내가 남편의 관심을 끌기 위해 커다란 귀걸이도 하고 립스틱도 진한 색으로 고쳐 바르는 두서없는 장면에서는 둘이 한참 마주

보고 키득거려 옆에 있는 사람들 눈치가 보일 정도였다. 그녀가 귀걸이를 빼고 립스틱도 지우고 눈물로 얼룩진 얼굴을 보여주며 영화는 끝났지만 우리는 슬프지 않았다. 결혼의 진면목은 영화의 마지막에 사정없이 울려낸 첨탑의 종소리처럼 현실에서 한 치도 물러나지 않는 치열한 것임을 우리는 이미 잘 알고 있었다.

설거지를 할 때 가장 깨끗하게 닦아야 하는 그릇은 컵이다. 귀찮더라도 거품을 내 꼼꼼하게 헹궈야 다음에 물을 마실 때 냄새 없이 상쾌할 수 있다. 남편에 대한 나의 마음이 국그릇 같은 것이어서 대충 씻어도 양념 냄새 덕분에 무난히 쓸 수 있다면 좋으련만. 생활과 삶의 구석구석을 나누는 듯 하지만 실상은 자기 자신에 골몰한 그와 내게 찾아오는 다툼과 대립은 매번 물컵처럼 주의를 요하는 마음의 저 안쪽을 시달리게 한다. 때문에 잘 깨지기도 하는 그것을 어지간한 방법으로 깨끗이 씻어낸다는 것은 불가능하다.

처음에 남편 때문에 마음이 시달리기 시작했을 때는 마냥 서툴기만 해서 무조건 내 의견을 목청껏 전달하려 했다. 분개와 발작을 몸소 실천하듯 집 근처에 있던 사무실로 도망간 남편을 끝까지 따라가 내 의견을 관철시키거나, 제목부터 무시무시한 장문의 이메일을 하루에도 몇 통씩 보낸 적도 있다. 아마도 그때는 우선 남편의 항복을 원했던 것 같다. 이겼다는 확신이 들 때까지 싸움을 멈추지 않는 어린아이들처럼 유치하게 나 자신을 내세우는 것이 최선이라 여겼던 것이다.

차츰 싸움이 발생할 때 지나치게 에너지를 낭비하거나 상대방의 바닥을 헤집으려는 시도는 어리석다는 것을 깨달았고, 그 다음부터는 화가 나더라도 일단 한 발짝 물러나 대응했다. 해야 할 말과 하지 말아야 할 말을 구분하고 어떤 순간에 어떤 의견을 전달해야 만족할 만한 결과를 얻을 수 있을지 골몰하기도 했다. 그러나 그 역시 결국엔 나를 위한 침묵과 나를 위한 대화였으므로 관계 개선에는 큰 도움이 되지 않았다.

어느덧 싸울 만큼 싸운 덕분일까. 요사이는 점점 서로에게 느슨해져 다툴 일도 많이 줄어들었고, 이것 아니면 저것으로 뻔해진 다투는 까닭들에 대처하는 요령도 생겼다. 전 같으면 짐을 싸들고 가출을 감행할 일도 아파트 놀이터에서 그네를 타는 것으로 그럭저럭 넘어갈 수 있게 됐으니 다행인지는 모르겠지만, 사실 내가 결국 도달한 곳은 불행히도 관용이 아니라 체념의 근처였다. 결혼하고 오랜만에 만난 한 신부님은 뚜껑만 열어놓은 피아노 건반처럼 고요한 호수를 앞에 두고 나직이 말씀하셨다.

"나는 해보지 않아서 결혼이 어떤 것인지 잘 모르지만 말로 하지 않아도 알 수 있는 것들이 있는 법입니다."

영화에서 울고 있는 여주인공에게 할머니가 해준 "남자는 좋은 사람이건 나쁜 사람이건 그냥 내버려두어야 한다"는 말처럼, 부부 사이도 때로 댐에 가둔 물처럼 옆에 두고 고민하기보다는 그저 흘러가게 내버려두는 것이 서로를 위해 더 좋을지도 모르겠다.

　　그날 영화가 끝나고 밖으로 나오니 조나단 보로프스키의 「해머링 맨」이 쉬지 않고 연신 몸을 구부려 망치를 내렸다 올렸다 하고 있었다. 무의미한 노동을 반복하는 시지프와 달리 성실함과 끈기의 의미를 알려주는 해머링 맨은 비가 오는 날에도 천둥이 치는 날에도 망치질을 멈추지 않는다. 남편이나 결혼, 그리고 부부에 관해 마음을 정리하는 방법은 없을 것이다. 끊임없이 망치질을 하듯, 마음을 다잡고 새 마음을 먹어도 또 다시 갈등은 어느덧 눈앞에 파도처럼 밀려온다. 살갗에 난 상처를 다스리는 별다른 방법이 없듯 마음의 여린 결을 베고 지나간 자국을 아물게 할 별다른 방법도 없다. 그저 시간이 지나기를 기다리는 수밖에.

"항상 제 아들 '보'의 초상화를 그리고 싶었어요. 가보로 남겨둘 수 있을 것 같아서요. 작업을 하면서 이 그림이 제 아들의 개성과 존재감을 드러내는 동시에 전형적인 아이들의 초상화와는 다른 느낌을 주었으면 좋겠다고 생각했습니다. 이 표정이 보의 성격 전부를 드러내는 것은 아니지만 제가 종종 마주치는 얼굴이기도 하고 또 보가 어른으로 성장했을 때 가끔 아이의 얼굴에서 보았으면 하는 모습이기도 합니다."

곧 울음을 터트릴 것처럼 잔뜩 찡그린 아이의 얼굴에서 화가 나 일그러진 아줌마의 심사가 보인다면 과장일까? 이 그림의 작가는 아이의 찡그린 이 표정을 나중에 또 보고싶다 한다. 하지만 화가 난 어른의 얼굴은 보기 두렵다. 그래도 가끔은 그림속 아이처럼 솔직히 속을 드러내고 싶다. 화를 처리하는 교양 있는 방법 따위는 생각조차 할 수 없을 정도로 남편 때문에 속이 썩다 보면 어느 날 경지에 도달하기도 한다. 다섯 살짜리 아이들처럼 온몸으로 화가 난 기색을 나타낼 수 있다면 속이 시원하겠지만, 어쩌면 아예 기대를 안 하는 것이 가장 좋은 방법일 수 있다. 노력해서 나아지는 것이 있고, 포기해서 좋아지는 것도 있으니 말이다.

246

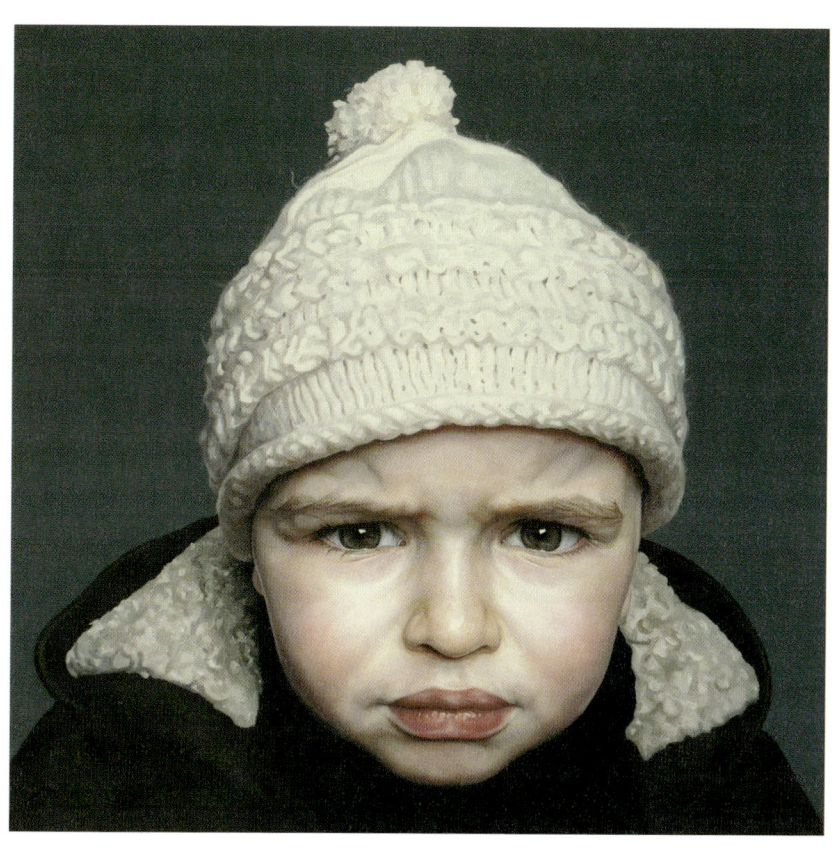

먼
북소리

"나는 어디든 갈 수 있고, 어디에도 갈 수 없는 것이다."

소설가 무라카미 하루키는 어느 날 일본에서의 생활을 정리하고 그리스로 떠난다. 이글루처럼 둥글고 하얀 집들과 태양 아래 언제나 푸르기만 할 것 같은 바다를 마주할 꿈에 부푼 하루키 부부는 미련 없이 생활의 터전을 옮겼다. 그러나 그를 기다리는 것은 계절이 지난 관광지의 빛바랜 파도와 창문이 떨어져라 세차게 부는 바람, 그리고 그가 조르바게 그리스인이라고 부르는 고집불통 지역 주민들이었다. 하루키는 그곳에서도 낮에는 맥주를 마시고 성실히 원고를 쓰고 달리기를 하며 그리스의 가을과 겨울에 적응해갔다. 그렇게 그가 탄생시킨 소설들은 오늘도 많은 사람들의 마음의 온도를 오르내리게 하고 있다.

후에 그가 고백한 바에 따르면 어마어마한 대중적인 성공 덕분에 통장에는 잔고가 두둑이 쌓였지만 정작 자신은 그 배가 넘는 허탈감에 시달렸다고 한다. 위대한 작가의 탄생 뒤에 온 공허의 기운을 온전히 이해하기란 힘들지만 언제나 공감하고 동경하는 것은 그가 들었다는 바로 그것, 멀리서 들려왔다는 북소리다. 둥 둥 둥 둥, 맥박이 뛰는 소리를 따라 호흡으로 파고들어 심장을 움직였을 그 소리, 그의 삶도 이 소리를 따라 어딘가로 이끌렸을 것이다.

많은 엄마들은 자신의 역할을 묵묵히 수행하며 살아간다. 개미가 먹이를 나르고 쇠똥구리가 쇠똥을 굴리듯 그녀들은 지치지도 않고 꾸준히 엄마로 하루를 살아간다. 그러나 그들에게 다가가 말을 걸어보라. '아니요'라고 대답할 사람이 분명 있을 것이다. 대부분 그들도 평범한 다른 사람들처럼 아이와 집을 오가는 뻔하고 진짜로 끓어오를 줄은 모르는 일상을 떠나고 싶어 한다. 그들의 바람은 사실 열망이나 애원에 가깝다. 가족을 생각할 때면, 그것의 직접적인 의미인 책임이라는 것을 생각할 때면 떠난다는 것은 늘 이루어질 수 없는 꿈으로 남을 수밖에 없어 더욱 그러하다.

아이가 아직 제대로 기어 다니지도 못할 무렵 엄마가 우리 집 현관문을 열고 들어서서 가장 먼저 했던 일은 내 손에 들려 있던 걸레를 빼앗아 바닥에 던지는 것이었다. 당황한 나에게 엄마는 전에 본

적 없는 결연한 얼굴로 외마디 비명을 질렀다.

"니, 내가 이래 살라고 공부시키고 키운 줄 아나?"
"아니, 엄마. 애가 저렇게 어린데 뭘 어떻게 하겠어? 주부가
아이도 돌보고 집도 건사해야지."

엄마는 이번이 아니라면 두 번 다시 못할 말을 할 것처럼 온 얼
굴에 힘을 주었다가 이내 한숨을 푹 쉬고 돌아섰다.

"니, 엄마처럼 살고 싶나?"

나는 대답하지 못했다. 엄마처럼 산다는 것이 어떤 것인지 알
았다기보다는 평소 내가 엄마에 관해 가지고 있던 생각이 불현듯 어
두운 그림자처럼 무겁고 쓸쓸하게 어깨에 툭 내려앉았기 때문이다.
우리 엄마의 삶이란 어떤 것인가. 마티스의 그림에 나오는 것처럼 신
선하고 두근두근한 색깔의 옷들은 늘 어두컴컴한 옷장에 걸려 있고,
외출하려면 장바구니부터 챙기게 되는, 여자보다는 엄마가 늘 앞섰
던 삶. 그것은 희생과 인내만을 의미하는 것이 아니라 내 것인데 결
국은 내 것으로 만들지 못한 사람의 언제 늘어놓아도 정당한 절규 아
니던가. 엄마 앞에서는 안타까워하지만 뒤돌아서는 '난 저렇게는 못
살아' 하며 마음을 다지게 했던 우리 엄마의 삶. 내 삶에 나는 없는

삶, 생각하면 몸서리치게 두려운 그 삶이 나의 것이 된다니, 그 대답은 당연히 '아니요'였다.

주부의 삶 밖으로 나가는 것이 스무 살 즈음 치통으로 몸서리를 치다가 뽑아내는 사랑니 같은 것이라면 참 쉬울 것이다. 그렇다면 마음이 뒤틀려 잠 못 이루는 고통이라든가, 나 빼고 세상 사람들은 다 행복해 보인다거나 하는 것쯤 어떻게든 견뎌볼 수 있을 테니 말이다. 하지만 인생의 중반에 찾아온 사춘기는 파장은 크면서도 남들에게 내보일 수 없어 누가 겪어도 만만치 않은 성장통이다.

나 역시 어느 날인가부터 '누구 엄마'로만 사는 것이 고통스러워 견딜 수가 없었다. 그런데 막상 내 길을 가자니 도대체 내가 뭘 하고 싶어 하는지조차 알 수 없었다. 하루키가 들었다는 북소리는 어느 방향에서 오는 것이기에 사방의 문을 열고 귀를 열어도 들리지 않았다. 내 귀와 감각은 이미 고장 난 안테나에 지나지 않는 듯, 앞섰던 나의 의욕은 바로 배운 좌절 앞에 곧 무릎을 꿇고 말았다. 그러던 어느 날 TV에서 작가 한비야 씨가 하는 젊은 의사 이야기를 듣고 나는 소파에서 벌떡 일어났다. 의료봉사 때문에 눈까지 멀어가는데도 왜 이런 일을 하냐고 물었을 때 그는 말했다. "이 일이 바로 제 심장을 뛰게 하기 때문이죠." 그래, 내 심장이 뛰는 일, 그런 일을 해야지. 나를 일어서서 걷게 하는 일을 찾아야지. 하루키의 여행길에 드디어 나도 오르게 된 것이다.

소설을 쓰는 것, 멋진 이야기를 써서 모두와 나누는 것은 내 오랜 꿈이었다. 하지만 늘 자신을 속여왔다. '잘하는 것을 해야지, 하고 싶은 것을 해서는 인정받을 수도 없고 결국에는 포기할 거야. 소설가라니 사람들이 알면 다 미쳤다고 할 거야.' 그랬던 내가 일어나 컴퓨터를 켜고 이야기를 쓰기 시작했다. 하루키가 말했던 북소리는 저 밖이 아니라 내 안에서 나에게로 오는 것이었다. 둥 둥 둥 둥 힘찬 북소리는 잠들었던 나를 흔들어 깨웠다.

내가 그랬던 것처럼 많은 엄마들이 엄마의 이름으로만 사는 것을 힘들어하면서도 아무렇지도 않은 척 주변 여건을 탓하며 스스로에게 거짓말을 한다. 나는 그들이 그러는 것을 사랑스럽게 본다. 내 심장이 뛰고 있지만 발걸음을 함께 옮기는 것은 힘들다는 사실을 누구보다 잘 알기 때문에 그들의 거짓말 뒤에 숨겨놓은 진심이 밉지 않다.

새롭게 내디딘 길의 끝에 성공이 기다릴지 실패가 버티고 있을지 누구도 확신할 수 없다. 그러므로 누군가에게 섣불리 떠나거나 나서라고 말하는 것은 곤란하다. 하지만 만약 누군가 자신에게로 통하는 자신만의 삶을 살고 싶어 한다면 나는 주저 없이 등을 밀어주고 손을 잡아당길 것이다. 어느 날 밭에 가서 다 시든 것처럼 보이는 잎사귀 더미를 당겨보라. 새빨간 당근이 쑥 하고 올라와 당신을 놀라게 할 것이다.

스티븐 얼 로저스,
「타스미아와 그녀의 아들들」,
2007년, 보드에 유채,
75×91.5cm, 개인 소장

엄마와 두 아들이 빛이 화사한 창가를 배경으로 초상화를 위해 포즈를 취했다. 전통적인 초상화라면 엄마가 중앙에 배치된 의자에 앉고 아이들은 주변에 서서 함께 정면을 응시했겠지만, 흥미롭게도 이 그림은 엄마인 타스미아만이 관객을 향해 시선을 보내고 아이들은 엄마의 눈치를 보고 서 있다. 사소한 잘못으로 벌을 받는 중이 아니라 당당히 드러난 엄마의 정체성을 새삼 느끼고 경외하는 듯한 모습이다. 엄마에게도 자신이 주인공인 인생의 몫이 있는 법이다.

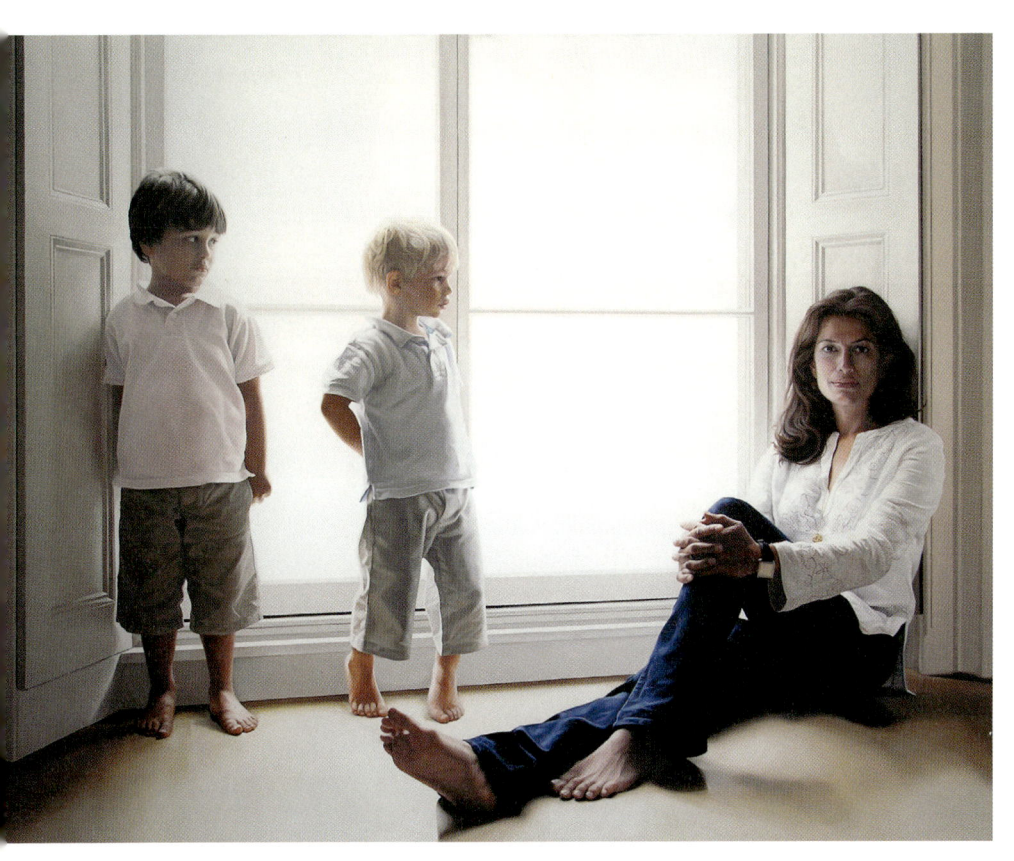

고릴라를
사육하는
악어

남편이 미울 때 화가 나서 물건에 분풀이를 하거나, 창문을 닦다가 눈물을 훔치는 대신 웃을 수 있는 방법이 없을까 생각해보았다. 아무렇게나 벗어 던지고 나간 와이셔츠나 식탁 위에 떨어진 밥풀 혹은 국그릇 같은 것이 무슨 죄가 있을까. 나는 더 이상 분노에 가득 찬 얼굴로 길거리를 헤매며 아무 잘못도 없는 누군가를 붙잡고 하소연하고 싶지 않았다.

나는 알고 있었다. 불만이 쌓이면 분노로 발전하고, 그 크기가 커지면 후탈을 겪어야 한다는 것을. 멀리 갈 것도 없다. 이슬람 신자들이 코란를 암송하듯 내가 잊기라도 할까 봐 정기적으로 내게 자신만의 만트라를 설파하는 엄마는 오늘도 시작한다.

"내는 만약 전쟁이 나서 압록강을 건너야 되면 느그 아빠는 절대로 안 따라간다."

어느 오후 언니와 셋이서 카페에 둘러앉아 이야기를 나누다가 엄마는 자신도 모르게 마음의 밑바닥을 툭 내뱉었다. 그날 엄마는 안 그래도 강한 경상도 억양에 힘까지 더해서 '절. 때. 로'라는 부분에서 한참 숨을 고르며 레퍼토리의 정점을 찍었다. 인간이 인간을 만나 관계를 형성하고 유지하면서 서로에 대한 견해가 머무를 수 있는 한계가 있다면, 엄마는 이미 극한을 넘어 해탈의 초입에 들어서려는 중이었다. 엄마가 상대에게서 원하는 것은 기쁨이나 책임, 성실함 같은 건전한 방향으로 관계를 발전시킬 수 있는 거름이 아니라 오로지 관계의 단절과 분리였다. 무시무시한 얘기를 하면서 웃고 있는 엄마의 얼굴은 분노를 처리하지 못하면 발생할 수 있는 상황 묘사 매뉴얼의 한 페이지 같았다. 나는 눈을 질끈 감고 매뉴얼을 덮었다.

세상은 험하고 매정한 곳이다. 아이들까지도 무한 경쟁 속에서 살고 있는 요즘 이 사실을 실감하기란 어렵지 않다. 자기 이익만을 위해 눈앞의 것들을 긁어모으려는 사람들을 보면서 그들이 겉모습은 사람과 닮았지만 사실은 밀림에 사는 사자, 악어 같은 육식동물들과 다르지 않다는 생각을 종종 하게 된다. 동물과 인간의 진짜 다른 점은 무엇일까 하는 엉뚱한 생각을 하지 않고는 그런 사람들을 견디기가 점점 더 어려워진다.

어느 날 남편이 출근하고 이제 막 비워진 집을 향해 돌아섰을 때, '아, 내가 사육하고 있는 고릴라가 방금 집을 나갔구나' 하는 깨달음이 스쳤다. 두 개의 그림을 합쳐 넣은 홀로그램처럼 흔들어서 다시 보면 남편은 파란 셔츠에 회색 바지를 입고 검은 구두를 신고 있었지만 사실은 시커멓고 거친 털을 뒤집어쓰고 원하는 것은 신선한 바나나와 거대한 몸을 누일 수 있는 산뜻하게 마른 풀뿐인 평범한 고릴라였다.

흥미롭게도 고릴라 역시 인간처럼 혈액형에 따른 분류가 가능하다고 한다. 높은 산악지대에 사는 산악 고릴라는 A형, 사람처럼 낮은 평지에 사는 저지 고릴라는 B형이라고 한다. 종종 남편이 가지고 있는 성격상의 단점을 이야기할 때 어쩔 수 없이 꺼내게 되는 혈액형이라는 인자에서 두 개체의 공통점을 찾게 되자 한번쯤 우리 집 고릴라의 특성을 정리해보고 싶었다. 우리 집 고릴라의 특징을 친절하게 설명하면 다음과 같다.

하루에 세 번씩 먹이를 주어야 한다. 감정 상태가 복잡한 것이 특징이지만 그에 상관없이 먹이는 먹는다. 겉으로 보기에 신체적 결함이 있는 것 같지는 않지만 유희와 오락에 빠져 있을 때 청각이 일시 마비되는 장애가 있다. 사육사가 아무리 소리를 쳐도 듣지 못한다. 이때는 먹이도 먹지 않는다. 강압적인 면은 없지만 근본적으로 군림하려는 경향이 강하다. 사육사가 먹이도 챙겨주고 잠자리와 털의 위생에도 신경을 써주지만 고마움을 표시하기보다는 당연한 권리로 받아들인다. 밤 휴식은 여섯 시간에서 일곱 시간 사이, 오전과 낮, 그리고 늦은 오후에 이르는 작업 시간은 아홉 시간 정도 되는 이 성질 나쁜 고릴라는 습득 가능한 단어의 숫자가 2,000개는 된다고 알려져 있음에도 사육사에 대한 불만을 언제나 한마디로 전달하려 한다.

가끔은 사육사에게 간략하다 못해 너무 희미하여 주의를 기울이지 않으면 알아듣지 못할 애정을 표시하기도 하지만, 다시 자기 이익과 욕구 충족을 위해 늙으면 크기가 커져 뒤로 처진다는 두개골을 획 돌려버린다. 화가 나면 털을 쥐어뜯거나 탈출을 시도한다. 이때는 위험한 상태이므로 일단 고릴라를 생포하려 드는 것은 곤란하다. 내버려두면 다시 우리로 돌아온다.

이들 주거형 고릴라의 가장 나쁜 점은 사육사를 분노와 회한의 감정에 골몰하게 한다는 점이다. 이기심이야말로 이들의 치명적인 정서적 결함이다.

나는 이제 고릴라들의 특성에 대해 잘 알고 있다. 덕분에 내 옆에 누워 있는 사람이 남편이 아니고 내가 잡아 우리에 가둔 고릴라라고 생각하면 바랄 것도 화날 것도 없어진다. 어느 날 나는 또 다른 발견을 하고 말았다. 고릴라를 사육하다 보니 그렇게 된 것일까. 우왕좌왕 사납고 흉한 걸음새로 가게의 유리창을 향해 걷고 있는 어떤 여자를 보았는데, 그 모습은 내가 아는 누군가와 많이 닮아 있었다. 타인과의 관계에서 서로를 배려하고 지지하는 사랑을 통해 아름다운 결실을 맺기를 소망하는 사람들의 부드럽게 나아가는 가벼운 발걸음이 아니라 위협적인 몸짓을 서슴지 않는 그녀는 바로 나 자신이었다.

나는 어느새 화가 나면 몸길이의 절반을 차지하는 입을 쫙 벌려 흉한 이빨을 드러내는 흐릿한 눈과 거친 피부의 소유자, 악어가 되어 있었다. 악어와 고릴라의 공생이라니, 서로에게 견디기 힘든 조합이다. 나쁜 것은 고릴라만은 아닐 것이다. 가끔 고독하게 웅크리고 앉아 슬픔과 실의에 빠진 고릴라를 향해 냉소적인 마음을 숨긴 채 흘리는 '악어의 눈물'은 충분히 사악하고 잔혹하니까.

결혼은 아무 쓸모도 없는 희망만 남은 판도라의 상자 같다고 버릇처럼 말하곤 했는데, 어쩌면 결혼과 부부 사이란 우리에 갇힌 동물들에 연민을 느껴 결국은 투어를 중단하고 마는, 그렇고 그런 동물원 여행 같은 것인지도 모르겠다. 그도 나도 맹수의 이빨과 짐승의 야만성을 숨기지 않고 살아가지만 다른 사람들의 눈에 비치는 우리는 본래 자신의 모습은 잃어버리고 살아가는 우리 안의 딱한 동물들에 지나지 않을지도 모른다. 눈앞의 것들에만 급급하고 자신을 채울 생각만 하는 우리를 볼 때 그것은 정말 어쩔 수 없이 자각이 된다.

그러므로 언젠가 우리가 스스로의 처지를 깨닫고 한번쯤 서로를 따뜻하게 품에 안아줄 수 있다면 서로를 향한 분노와 절망은 다른 감정으로 승화될 수 있을지도 모른다. 또 언젠가 우리 집 고릴라의 그림자가 내가 빠져 있는 아름다운 달빛을 가리는 어두운 그늘이 아니라 내게로 다가오는 법을 여전히 모르는 어떤 빛이라는 것을 깨닫는다면, 나 역시 분노에 가득 찬 악어가 아니라 고릴라를 사랑하는 법을 배운 훌륭한 악어가 될 수 있으리라. 고릴라와 악어는 서로를 구할 때에야 이곳에서 살아남을 수 있을 것이다.

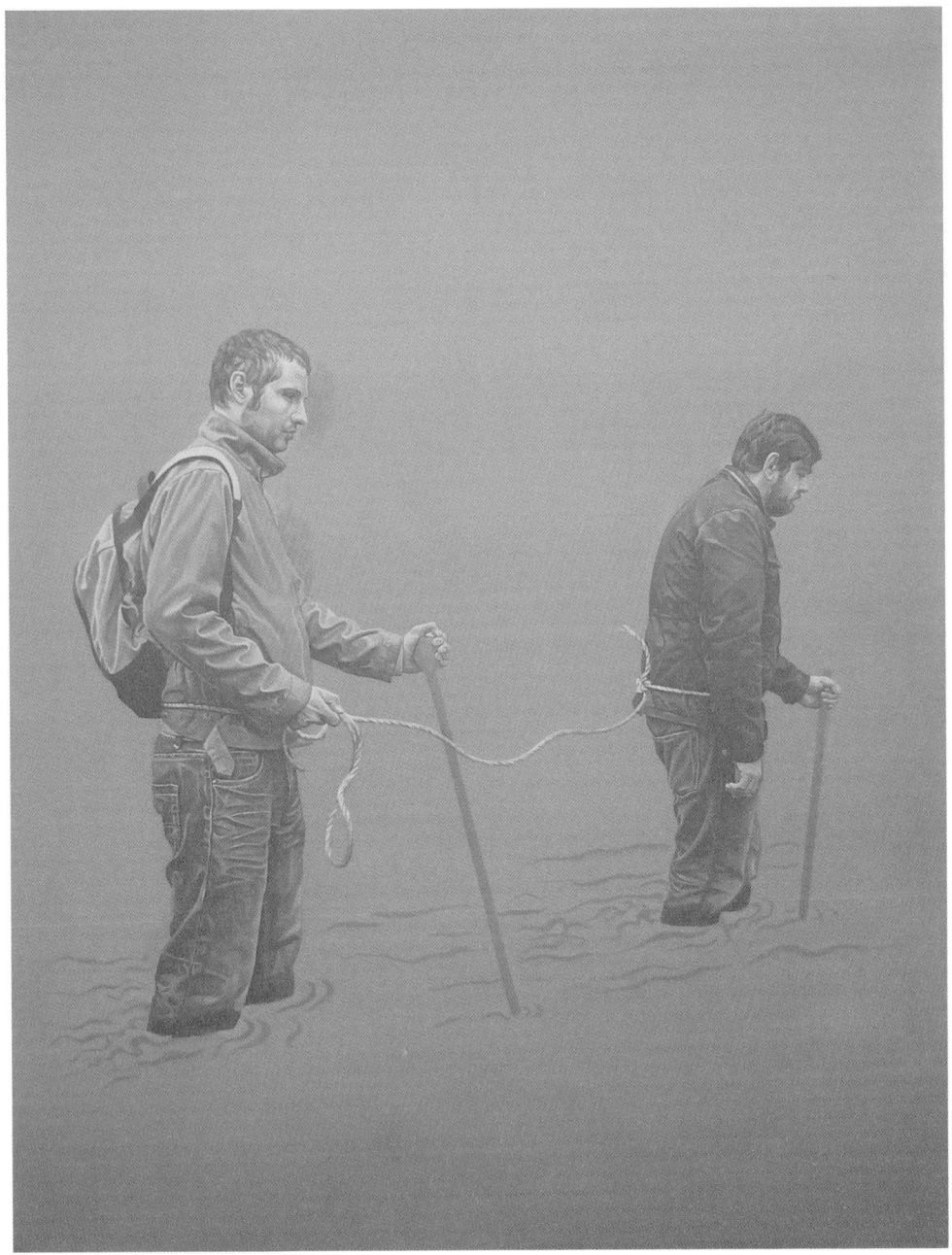

스티븐 얼 로저스,
「위기상황 대처법:강을 건너는 방법」,
2011년, 캔버스에 유채,
80×60cm, 작가 소장

한때 작가가 흥미롭게 읽었던 잡지 『리더스 다이제스트』에서 아이디어를 얻어 작업한 『위기상황 대처법』 연작 중 하나다. 작가는 이 시리즈에 대해 이렇게 말한다.

"전 세계가 공통으로 겪고 있는 경제위기뿐만 아니라 우리가 생활 안팎에서 겪는 위기를 극복하기 위해 서로의 도움이 필요함을 강조하기 위한 작업들입니다."

아이디어를 전개하는 참신함과 전달하려는 메시지의 진지함이 그의 말에 고개를 끄덕이게 하지만, 처음 이 그림을 보고 나는 한동안 실소를 멈출 수 없었다. 전쟁이 나 압록강을 건너게 되면 아버지를 절대 따라가지 않겠다던 엄마 생각이 나서였다. 엄마는 이 그림을 보면 질색을 하겠지만, 이미 두 분은 꽤 오래 이렇게 한 줄로 몸을 묶고 결혼이라는 험난한 세월의 강을 건너오셨다. 엄마의 소원은 줄을 풀고 혼자 마음껏 헤엄쳐 강을 건너는 것이리라 짐작하지만 육지에 먼저 도착해 아직 허우적대는 아버지를 바라보는 것도 엄마에게 그다지 속 편한 광경은 아닐 것 같다.

고릴라와 악어가 억지로라도 공생의 노력을 하기 위한 최적의 조건은 둘의 차이가 빚어낸 갈등과 이를 극복하려는 의지가 아닐까?

'그러니까 그 나이였어… 시가 나를 찾아왔어' 파블로 네루다의 시, 〈시〉는 이렇게 시작합니다. '그러니까 그 나이였어… 사랑이 나를 찾아왔어' 저의 이야기는 이렇게 시작해야 할 것 같네요. 저에게 진짜 사랑이 찾아온 것은 남편을 만나서 결혼생활을 시작했을 때인 것 같습니다. 제대로 사랑할 줄 몰라서 미워하고 다투던 시간이 있었지요. 시인이 그러했듯 마음속의 불덩이를 해독하려로 발버둥쳤습니다.

그런데 어느 날 새로 열린 밤하늘, 별들의 길을 따라가보니 제가 그려놓은 작은 별 하나가 반짝반짝 빛나고 있었습니다. 제가 발견한 사랑의 진짜 모습은 모차르트의 곡에 나오는 '작은 별'처럼 어리고 순수한 따스함이었습니다. 그림은 인상주의 화가들의 옹호자이자

화상이었던 폴 뒤랑 뤼엘의 딸 잔느의 초상화입니다. 세상은 살기가 힘들어도 그림은 밝게 그리자던 화가의 말처럼 어린 소녀의 순수한 눈매와 상기된 볼이 사르르 마음을 녹여줍니다. 엄마와 아내로서 제가 지켜야 할 집안의 온기도 바로 이런 모습이 아닐까요.

　　'별들과 더불어 굴렀으며 내 심장은 바람에 풀렸어'라고 시인은 끝을 맺습니다. 저는 '사랑과 더불어 살아가며 내 심장은 꿈을 향해 두근두근 설레고 있어'라고 끝을 맺겠습니다. 시인이 만난 시처럼 저에게 사랑할 수 있는 영감을 준 가정과 가족의 따스한 울타리 안에서 저의 이야기는 앞으로도 계속 될 것입니다.

피에르 오귀스트 르누아르,
「잔느 뒤랑 뤼엘의 초상화」,
1876년, 캔버스에 유채,
114×74cm,
필라델피아 반스 재단

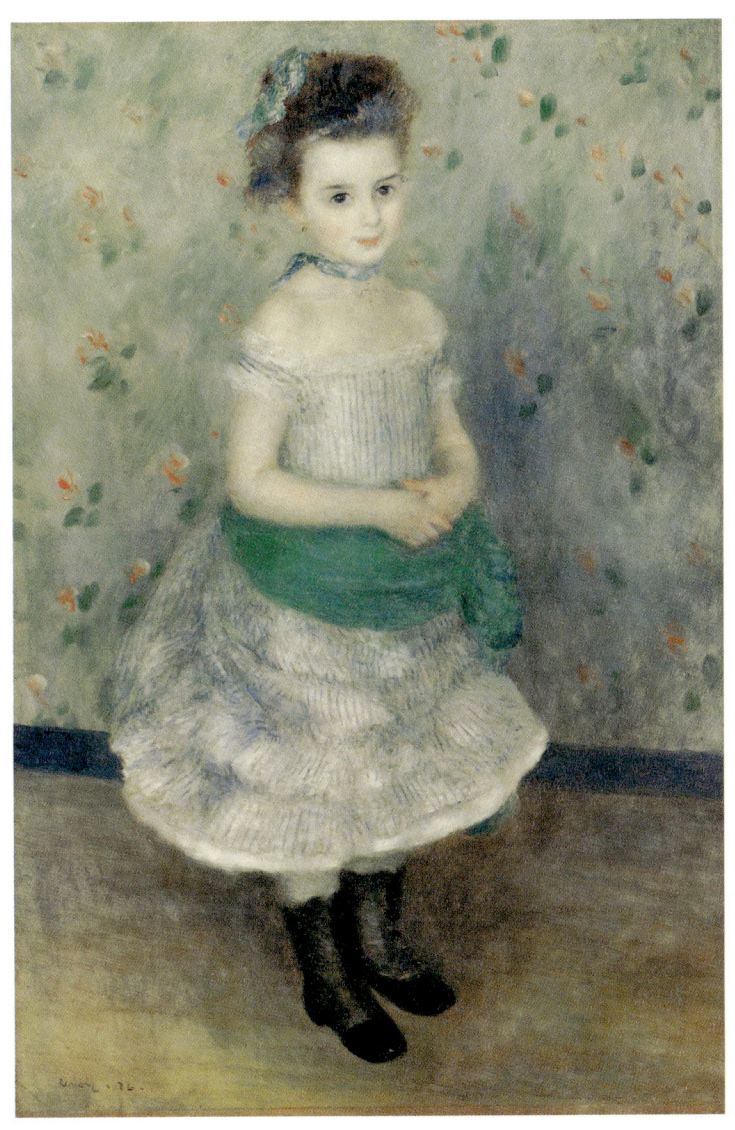

들어가며

에드워드 호퍼(Edward Hopper), 「아침의 태양」, 1952년, 캔버스에 유채, 71.5×101.98cm,
오하이오 콜럼버스 미술관
ⓒ Edward Hopper and Columbus Museum of Art, Ohio

1부 나의 결혼식

김원숙, 「Moon Bride」, 1983년, 캔버스에 유채, 51×41cm
Courtesy of Artist

1. 마르크 샤갈(Marc Chagall), 「하늘을 나는 연인과 부케」, 1934~47년, 캔버스에 유채, 76×50cm,
런던 테이트 갤러리
ⓒ Marc Chagall / ADAGP, Paris – SACK, Seoul, 2021 Chagall ®

2. 윌리엄 드구부 드 넝크(Willaim Degouve de Nunques), 「브뤼셀 왕립 공원의 밤풍경」, 1897년,
종이에 파스텔, 65×50cm, 오르세 미술관

3. 김원숙, 「Forever Orchard」, 2010년, 캔버스에 유채, 92×137cm
Courtesy of Artist

4. Wim Heldens, 「Distracted」, 2011, Oil on Canvas, 75×55cm, Private Collection The Netherlands
First Prize BP Portrait Award 2011
Courtesy of Artist

5. Warren Chang, 「Artist and Muse(The Conversation)」, 2008, Oil on Canvas, 76.2×60.96cm,
Collection of the Artist
ⓒ Warren Chang

6. 김덕용, 「결–부부」, 2009년, 나무에 단청기법, 112×132cm
Courtesy of Artist

2부 나의 진짜 결혼식

파스칼 다냥 부베레(Pascal Dagnan Bouveret), 「결혼식 전 젊은 부부를 위한 축복」, 1880~81년,
캔버스에 유채, 99×143cm, 러시아 푸시킨 박물관

1. Alan Coulson, 「Ciara」, 2010, Oil on Panel, 40.3×29.7cm, In Possession of the Artist
Courtesy of Artist

2. 르네 마그리트(René Magritte), 「향수」, 1940년, 캔버스에 유채, 102×81cm
ⓒ René Magritte / ADAGP, Paris – SACK, Seoul, 2021

3. Stephen Earl Rogers, 「Michael and Georgia」, 2011, Oil on Board, 80×70cm,
Private Collection London
Courtesy of Artist

4. Michael Gaskell, 「Open Border」, 2004, Egg Tempera on Board, 17.3×38cm,
Private Collection Hong Kong
Courtesy of Artist

5. Diana in Rain 1981.02.01 ⓒ Hulton Royal Collection

6. 존 윌리엄 워터하우스(John William Waterhouse), 「미랜더-템페스트」, 1916년,
캔버스에 유채, 100.5×137cm, 개인 소장

3부 내가 새로운 사랑을 할 때

메리 커셋(Mary Cassatt), 「아기의 첫 애정 표현」, 1891년, 종이에 파스텔, 61×76.2cm,
개인 소장

1. 뤽 올리버 멀슨(Luc Oliver Merson), 「이집트로의 피난 중 휴식」, 1880년,
캔버스에 유채, 77×133cm, 니스 미술관

2. 존 싱어 사전트(John Singer Sargent), 「오래된 의자」, 1885년, 캔버스에 유채, 67.3×55.88cm,
개인 소장

3. Hector Manuel Hernandez, 「Portrait of My Mother」, 2009, Oil on Canvas, 35.5×91.4cm
Courtesy of Artist

4. Amy Bennett, 「Up to Our Necks」, 2007, Oil on Canvas, 15.24×15.24cm
Courtesy of Amy Bennett and Galleri Magnus Karlsson, Stockholm

5. Alex Hanna, 「Sandy Watching」, 2010, Oil on Canvas, 50×76cm,
Collection of the Artist, London
Courtesy of Artist

6. 펠릭스 발로통(Felix Vallotton), 「공」, 1899년, 나무에 붙인 카드에 유채, 48×61cm,
오르세 미술관

4부 나의 빈방

Anthony Williams, 「Eli」, 2004, Egg Tempera on Panel, 42×35.5cm,
Collection of the Artist
ⓒ Antony Williams / DACS, London – SACK, Seoul, 2021

1. 존 싱어 사전트, 「에드워드 달리 보이트의 딸들」, 1882년, 캔버스에 유채, 222.5×222.5cm,
보스턴 미술관

2. 존 앳킨스 그림쇼(John Atkinson Grimshaw), 「폰테프락트 근처 스테이플턴 공원」, 1877년,
캔버스에 유채, 28×43.5cm, 개인 소장

3. 페르디난트 호들러(Ferdinand Hodler), 「영원과의 소통」, 1892년, 캔버스에 유채, 159×97cm,
바젤 시립미술관

4. Stephen Earl Rogers, 「Miranda and Mimi」, 2009, Oil on Board, each 102×46cm,
Private Collection
Courtesy of Artist

5. 다니엘 리지웨이 나이트(Daniel Ridgway Knight), 「첫 슬픔」, 1892년,
캔버스에 유채, 152.4×119.4cm, 브링검 영 대학교 미술관

6. Brian Shields, 「Inside Out」, 2010, Acrylic and Gel on Stained Ground,
118×73cm, Collection of the Artist
Courtesy of Artist

5부 줄무늬 고양이와의 대화

Benjamin Sullivan, 「Life」, 2008, Oil on Canvas, 106×51cm, Private Collection,
United Kingdom
Courtesy of Artist

1. Michal Ozibko, 「iDeath」, 2010, Oil with Acrylic Background on Canvas, 220×170cm
Courtesy of Artist

2. Michael Gaskell, 「Tom」, 2009, Egg Tempera on Board, 27×21cm, Private Collection,
New York
Courtesy of Artist

3. 안성하, 「무제」, 2007년, 캔버스에 유채, 개인 소장
Courtesy of Artist

4. Rica Bando, 「Mason jar/Summer Light」, 2000, Lithograph on Paper, 30.5×23.5cm,
Private Collection
Courtesy of Artist

5. 권대하, 「카페」, 1999년, 캔버스에 유채, 45.5×45.5cm, 작가 소장
Courtesy of Artist

6. 버네사 벨(Vanessa Bell), 「버지니아 울프」, 1912년, 보드에 유채, 40×34cm,
런던 내셔널 포트레이트 갤러리

6부 엄마에게서 나에게로

아돌프 폰 멘젤(Adolph Von Menzel), 「거실에 있는 화가의 여동생」, 1847년,
캔버스에 유채, 46.1×31.7cm, 뮌헨 노이에 피나코텍

1. 김상희, 「무제」, 2012년, 순지 위에 먹과 채색, 작가 소장
Courtesy of Artist

2. Warren Chang, 「Returning Home」, 2006, Oil on Canvas, 76.2×60.96cm,
Private Collection
ⓒ Warren Chang

3. Stephen Earl Rogers, 「2」, 2009, Oil on Canvas, 20×20cm, Collection of the Artist
Courtesy of Artist

4. Stephen Earl Rogers, 「Tasmia and Her Boys」, 2007, Oil on Board, 75×91.5cm,
Private Collection
Courtesy of Artist

5. Stephen Earl Rogers, 「What To Do In An Emergency-How To Cross A River(Juneau Project)」,
2011, Oil on Canvas, 80×60cm, Collection of the Artist
Courtesy of Artist

나가며

피에르 오귀스트 르누아르(Pierre-Auguste Renoir), 「잔느 뒤랑 뤼엘의 초상화」, 1876년,
캔버스에 유채, 114×74cm, 필라델피아 반스 재단

결혼한 여자에게
보여주고 싶은 그림

1판 1쇄 발행 2013년 5월 2일
1판 7쇄 발행 2021년 1월 20일

지은이 김진희

편집 이채연 성유경   펴낸이 고미영
디자인 김이정   펴낸곳 (주)이봄
마케팅 백윤진   출판등록 2014년 7월 6일 제406-2014-000064호
홍보 김희숙 김상만 이소정   주소 10881 경기도 파주시 회동길 455-3
    이미희 함유지 김현지 박지원   전자우편 yibom@yibombook.com
제작 강신은 김동욱 임현식   팩스 031-955-8855
제작처 상지사   문의전화 031-8071-8671(마케팅) 031-955-9981(편집)

ISBN 978-89-546-2122-9 03600

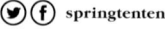 **springtenten**   yibom_publishers